知日的风景　日本的历史文化与当下

汪涌豪　著

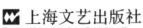
上海文艺出版社
Shanghai Literature & Art Publishing House

目 录

第一辑 精神速写

寂灭之美 ...3

无情成解脱 ...9

湮没在人群中的我的脸 ...15

人间、间人与间文化 ...22

礼貌的芳香 ...28

达人与职人 ...35

浮世中,一种叫"粹"的表情 ...41

逝川·落花·无常 ...48

外面的世界太无奈 ...56

松之恋 ...62

如川而逝 ...70

第二辑　世相风物

落寞的背影 ...81

那时的衣冠 ...87

夏之风物诗 ...92

岂可食无鱼 ...99

缪斯的驻足 ...105

漫画脱亚 ...111

川柳中的牢愁 ...117

此翁白头真可怜 ...123

最是那一低头的温柔 ...129

幸福终点站 ...136

时间汤中的平田老人 ...142

遍路上的情侣 ...148

女性的大河剧 ...155

草食男的恋爱经典 ...163

第三辑　人物浮绘

    大梦谁先觉 ...175

    最后的武士 ...194

    浪花节人生 ...210

    久留米妖魅的画魂 ...220

    一条运河与一个主妇 ...232

    无垢的利益 ...238

    身体的语言 ...244

    幼稚的力量 ...252

    渡边淳一的幻觉世界 ...264

    芥川奖中的女孩 ...270

    村上的祛魅 ...277

    吉川幸次郎的"中国乡愁" ...285

附录：当我们谈日本的时候我们谈什么 ...305

后记 ...335

再版后记 ...343

三版后记 ...349

第一辑

精神速写

寂灭之美

如果你看过日本的能乐,一定会感到乏味。因为这种戴着面具的表演,比较不容易使人入戏。至于面具表情的单一漠然,更妨碍了人忘情的投入。可日本人说,这种单一漠然的无表情,正象征着一种无限本质的表情。他们把这个本质的东西称为"寂灭"。

譬如,你信任现世一切的安好吗?你热烈期待天意与人情的长久吗?对此,生性善感的日本人通常都会作反向的思考,并因着神道和禅宗的影响,特别是禅宗"以无念为宗"和"诸法从本来,常自寂灭相"的观念,对人生有一份悲观的体认。具体地说,他们常常凝然湛寂于一切浮华事象的背后,通过纷杂的人事变幻,透看其内藏的枯寂本质,或尽可能让种种浮华事象,约敛为无限的至简与大静,然后再从此至简大静中,领悟枯寂所特有的粹美。要之,在日本人看来,能体认万物寂灭的本性,是建成真实人生的基础。有此基础,人才可能在红尘热场中体证到永恒存在的本相，并生也尽欢，死亦欣然。而纷杂起灭的生活事象本身，从来就不是对寂灭之美的否定，只是以它纷杂的形式，表征了这种美而已。

日本许多代表性文化，都是这种寂灭之美的形象代言。日本人喜爱赏樱，乃至"樱狩"（即观赏樱花）成为日本季语中宝石级的热词，是因樱花绚丽的开放，含示着美的必然败亡；又喜欢赏雪，所谓"雪见障子"（即拉窗赏雪），被认为是最能体现"风物舒缓的日本"的热词，也是因雪的冷冽，无可掩饰地征象了人生的凄苦与清寂。这一些，只要稍稍读过一些俳句，都能够体会。但在西方人，通常是只爱前者的热闹和后者的肃静，俳句中的那种意味，需要太多注解，他们很难有耐心去体会。面对这种异文化的隔膜，日本人通常不愿作太多的说明，因为说了也没用。就是对中国人"春心莫共花争发，一寸相思一寸灰"的连类式伤感，也不认为是一种贴己的赏惜，因为事实是，春心与春花都将成灰，一切青春的美好与一切相思的热烈都是表象，都将归于死亡。而这，从根本上说并无关悲喜，只是寂灭。

兴起于平安朝的日本传统园林枯山水，被西方人称作"禅花园"，它以耙痕宛然的白沙表示大海，以排布有序的组石表示岛屿，无水之庭中，风物简少到只有沙石、苔藓与地衣，也是为了让人在一种与"动观"不同的"坐观"中，谛视大自然枯淡寂灭的存在，由此"寂而常照"，"照而常寂"，体悟到其中悄然流动着的生命消息，万物生灭的幽微的至理。他们把这种风物的简少与静寂，看成是自然界一切生命最自持而老到的呈示。它不见繁富，但更接近永恒，所以成了日本人涵养精神的最好的园林。

再放大看日本的寺院，一色木结构，草葺顶，屋内没有天花，屋檐没有鸟吻，连屋脊都不起翘；或收小看日本的陶器，每常素烧、熏烧，外观既不对称，胎质也不均匀，有时未上釉色的部分，还伴带着有意掺入的沙粒。凡此种种，都是想用摆落繁富的简少与约敛，征象自然万物的寂灭本质，还有人顺应这种本质的虔敬与诚心。

茶道更不用说了，讲究的就是"和敬清寂"，茶庭中简朴的布局，点茶品茗时安和的氛围，都使人通过茶事与自然的一体，印证到永恒寂灭的道体。茶道还讲"一期一会"，强调主客间每一次的聚饮，都有可能是此生仅有的欢会。这种对生命相遇的悲而真的体认，使所谓"寂"，最终成为茶道"四谛"中最高的境界。当然，对这一切，日本人也少有说明。冈仓天心的解释是："美，或者说万物的生命，其隐含于内时，比显现在外更有深意。"这样的处置态度，本身就透露着对寂灭之美的领会。

至于日本文学与艺术中，由古至今，寂灭与美走到一处，哀感与美感不期而遇，就更常见到了。美在他们那里既是生加上青春，更是死加上颓废。故无论是"好色物"（艳情小说）、"町人物"（经济小说），还是"心中物"（情死剧），都贯穿着以寂灭为美为乐的思想。落实到文学家本人，则无论是俳圣松尾芭蕉的将人生枯淡化，还是芥川龙之介以"临终的眼"对自然美作深彻的垂注，或川端康成好作秋雾中的墓地散步，乃至以后决绝地自杀，包括北村透谷、有岛武郎、太宰治、原兵喜和三岛由纪夫等人，都或多或少地受到这种美的指引与召唤。三岛由纪夫并称自杀为"夭折的美学"。所谓夭折，不过是寂灭的残酷形式而已。而在前卫派画家古贺春江看来，"再没有比死亡更高级的艺术了。死就是生。"他死前不久作的《深海情景》，接近于川端说的"二科会上展出的作品，阴气逼人，令人望而生畏"，是这种寂灭感最形象的示意。经验中，我们很难从别的文学或艺术中，看到这样耽溺于断灭的淡定表达，所以一旦面对，直感到理解的不易与评说的困难。

更让我们诧异的是，这种残酷的寂灭如今还在上演。已连续十多年了，每年都有三万多日本人决绝地走上赴死的道路（其中自然包括作家与艺术家），相对人数居发达国家之冠，更是美国的两倍。许多西方人更惊奇的是，他们怎么能像对待工作一样，把这种事做得这么认真和完美：先在自杀网站上仔细确认所购药品的药性与件数，再在殉情看板（网站上的求死告示板）上挑剔地征集有意赴死的陌生的同路，然后平静地接受《完全自杀手册》系统而有针对性的指导，结果，确实做到了不留一丝麻烦给他人的利落。当国会通过了《自杀对策基本法案》，政府设立了专门的防范机构，建筑师都已将如何规避住户自杀考虑进设计方案了，地铁站更是统统放上了落地镜子，不为理容，只为让人再看一眼垂死的自己，以猛然惊醒。但还是不断有人"死党征集"，前赴后继，或挂枝富士山下的青木原森林，或跳进新宿与涩谷间最繁忙的地铁。

为什么？自然是为经济破产，为工作压力，为退休后的人生乏味，为愈演愈烈的校园暴力，但也有许多赴死者什么也不为。说他们一定都受到了万物流转必灭的佛教无常观的影响，乃或视现世为苦界的净土秽土观的蛊惑，不免有些深求，但有一些东西已然深入到血液，内化为气性，是确然无疑的。故至纯孤绝中，他们才以这样决绝的行为，作为生命最终的告白：死原比生占有更长的时间，因此也更本质；死将生从已有或将有的种种不安中解放出来，因此更可以让人归于寂静，安享清明。这，就是日本人所欣赏的"灭之美"了。在这里，寂灭像足了一种逆缘，注定了让人在生命的某一刻与它相遇。所以，尽管天主教视自杀为罪恶，儒教视自杀为弃孝，日本人只把它看成是一种离诸有、灭烦忧的回归，既不惜一死，更尊重死。这里面，实在是有一种慨叹和泣诉世事无常的"怨愁美学"在起作用。它契合着个体对寂灭之道的深切感知，在在显示了日本人精神构造的严酷与冷峻。

再回过头来说能乐，它特别的地方岂止是桧木制成的面具。舞台布景的异常简单，笛与鼓伴奏下演员表演超出一般的迟滞缓慢，与所演说故事的超乎想象的旖旎跌宕，都构成了征象寂灭美的内在张力。当你体会到这种张力，再仔细辨识这面具的眼角与唇边，就能够发现，它看似漠然的表情其实兼有哀喜，不过是淡淡的，且从整体上服从于波澜不起的肃穆罢了。这样的表情，日本人以为正可用为寂灭之美的注释。所以，说它直观地呈示了日本民族对人生的感知，是其生命体认最真切形象的图示，大概是没有错的。

无情成解脱

要说日本的寺庙多过便利店,一点都不夸张。由于自公元6世纪初度传入,佛教在列岛的发展一直都很平顺,加以历史上从未发生过类似欧洲的屠神运动,故传承至今,已衍成七大系、二百十四宗派的规模,各式寺院的总数更多达七万八千个。即使僻处乡野,路边的佛龛,一年四季也都清酒满盏,花果不断。

一些由家族管理的寺庙,更是香火旺盛。其间的功劳,首先要归那些承袭父职的"后继"(あとつぎ)。这些人大多受过良好的教育,因与一般社会习尚没有认知上的疏离,做起笼揽善缘的事来,大抵周洽而有效。其中一些人行有余力,还兼差别事。2006年在京都作读书会演讲,就结识一位在家住持,正做着大谷大学的教授。坐中有一来日不久的女生,乍听之下,惊讶得直吐舌头,待得知村上春树的父亲也是和尚,顿觉沮丧和失落,想到偶像细腻入骨的妖娆才情终将归于寂灭,满心的不舍。其实看看那个教授,她应该知道自己是多虑了。家有佛寺却子弃父业，在这里是很平常的事。而入了此行，娶妻生子之外，经商学艺，也各由自己。故纸笔的营生，实在是哪路神明都得罪不到的。至若净土宗，就更没有传统和尚的那些戒律，只要不在修行期间，连留不留头发，都可由自己决定。

不过话虽这么说，凡初到者，对日本人的佛教信仰还是有许多不能理解的地方。因为一方面，日本人似乎终其一生都离不开佛教，受"本地垂迹"说的影响，甚至连神也被指为是佛的化身和变现，由此神道融入佛道，敬神与礼佛成了人终身的功课。自中世禅宗传入，特别是净土宗普及后，老病而死之人的通夜和葬礼更多在佛寺举行。但从另一方面看，他们的佛教意识似乎又很淡薄，由于本质上属于多宗教信仰的民族，早在绳文时代，就存在万物有灵的泛神信仰，以后虽逐渐出现神道、佛教等主流宗教，但民间仍习惯供奉包括八幡神、鬼子母、稻荷神、子安神等众多神灵，以至有所谓"八百万神灵之国"之称，所以就一般人而言，精深的佛学修养是谈不到的。倘你不知深浅，问以所属门派与教义，其人必多涨红着脸，缩手嗫嚅，那种愚憨之状，直逼废学被责的蒙童。而事实是，他家里可能既设有佛坛，又供着神龛。有时举行婚礼，按惯例倒是应放在神社的，但为了不开罪任何一个神明，居然能先参拜神社，然后再依次到寺院与教堂行礼。

据此，许多外国人断定，日本人比较缺乏对佛教的敬畏与虔信。如14世纪，最早一批来日的葡萄牙籍耶稣会传教士、留居日本长达几十年的路易斯·弗洛伊斯（Luis Frois），在《日欧文化比较》中，就对日本尼姑不能像西方修女一样隐居清修婉转提出批评。以后，埃德温·赖肖尔（Edwin Oldfather Reischauer）因在日本出生，又长期在哈佛从事日本语言与历史研究，并创办日本研究所，还担任过五年驻日大使，以对日本宗教的深入了解，在所著《日本人》中，更径指日本人虽分属不同的宗教团体，其实对此并没有足够的信仰。而据读卖新闻社新近的调查，战后有宗教信仰的国民已逐年减少到三成以下了，这在一定程度坐实了上述外人的判断。

可经验告诉人，有关日本的事情一般都不会像人想象的那么简单。只消看看这个蕞尔岛国，宗教信众居然是人口总数的两倍（因一人可同时信奉多个神，据《平成宗教年鉴》的统计，其中佛教信众近亿），宗教团体更多达二十万个（其中佛教团体占有相当的比例），谁能轻言那里的神佛没有得到应有的礼敬？或许，当不同文化在作互相打量的时候，听听日本人自己的说法会有帮助。日本宗教哲学家矶部忠正对此的解释是：在日常身边的一切事态和自然现象中，日本人都能感受到神秘的生命以及宗教的存在。考虑到日本自古就有前述"八百万神灵"的说法，人们喜欢把对神的虔信投托在日常平居之中，由此信奉佛教也多重不弃世俗的心灵修行，而不讲究处所方式等外在的形迹，他这样的说法显然是有道理的。在信奉绝对神的西方人看来，这一切或许太过随意，但在他们，受高僧最澄、空海以下,一直到净土真宗的宗祖亲鸾大师"在家佛教说"的影响,是已经把对佛的信仰与日常的生活彻底糅合在一起了。

犹忆八年前在福冈,曾亲见一位年过八旬的佝偻老妪,费力地从路边拣起一片红叶,谛视很久。当时,看她用手帕包好红叶,放进手袋的庄敬样,很是纳闷。要知道,十一月的福冈街头,风到处即有此物。如此懵懂多年,方始憬悟,她或许是一个大自然热切的崇拜者,乃或日本民族特有的"季语文学"的爱好者。但当那一刻,她要珍藏的,只是自己抚弄落叶时所体悟到的禅意而已。

这些年,随着泡沫经济的破灭和金融复苏的乏力,整个日本社会弥漫着一种强烈的挫折感,人们承受的压力,较十年前大为增加。当此因果密接,烦恼连绵,复杂的人际酬应和乏味的家庭关系,都使人身心俱疲。人世间终百千劫,常在缠缚,究竟什么东西才能对人的精神归宿有所承诺,又有哪种修炼才能让人的内心重归平静?红颜绿酒之外,热瑜伽与芳香浴之余,许多人重新发现了佛教。就这样,带着一颗将信将疑的心,那些男男女女再一次来到四国八十八寺庙朝拜,期待着低首合手,以此片刻之闲,抵去经年的尘梦,然后继续去修个人的胜业,或是为名,或去求利。

在东京神谷町的光明寺,有一个年仅二十七岁、法名绍圭的净土真宗派和尚,原名松本圭介,北海道生人,入净土真宗本愿寺派,为僧侣、布教使。看到这种修行的功利与轻躁,这个毕业于东大文学部哲学科的年轻和尚,立意要在开显人的真佛性上下工夫。他相信佛教之广大美备与高明精深,应该能够让任何一个人体认到,只要你真想领略,必有契心之处。所以,他大开寺门,准备下精致的咖啡与茶点接引四方,让那些深陷烦苦的人们,得以出空久积于心的烦乱,坐下来谛视蝶来花开,静听鸦噪风吟。他告诉人,在这样的凝神息虑中,可以听到内心的声音。至于钱,你看着给;你不给,他也一脸慈悲。他还另创超越宗派的网上寺院"彼岸寺"(www.higan.net),举办寺院音乐会"谁彼",甚至组织大型的表演活动,对走不出困局的人给予提点,教他们如何当此一念已逝,检点心智,万虑未生,守护清明,由此减去世缘,涵养天机,在世网尘劳中,真正得大自在,有大清明。一时引来无数人登陆与留言,结果真的度了不少有缘人。

这当中,女性的困惑总是更多一些。面对迟滞而保守的社会,怀有过时想法的男人,她们既感到深刻的失望,又不愿降意屈从。所以会花八十美元,到京都龙源寺做一日尼姑,身披袈裟,借冥思坐禅来平息内心。有的一入佛堂,竟能心生憬悟,既洞彻了"畅好恩情容易败"的原因,复勘破"一生多累为柔肠"的道理,从此坚持独身,不再要婚姻。朋友中就有不少这样的人,不敢说她们的选择尽出自觉,也可能是一种力量耗尽后的放弃。但感觉得到,经由这样的精神沾溉,她们的内心确实平和许多,她们的皮肤有了光泽,神情更加朗亮。或许日本尼姑虽不能结婚，但像天台大寺住持濑户内寂听这样乐观到可以上电视说脱口秀，自爆早前情史无数、获NHK放送赏的经历影响了她们，所以对她们而言，更准确的表述可能不是"放弃"，而是"放下"。在越来越多的人只知道背负更多的时候，她们放下了。有鉴于人生所以苦难，大半是因承担的重压，这样的"放下"显然有一种让人玩味的深意。

　　由此，自然联想到身边发生的事情。不久前，那个活脱脱的"林妹妹"与丈夫一起抛下事业和父母，剃度出家了。消息传来，引出一片感叹。是啊，多登对的一双璧人，"从此萧郎成路人"。可能在他们看来，幸福以任何形式出现都显得乏味，所以才决定背对这个花月世界，决绝地与它作彻底的挥别。可佛的意思是：十丈软红，哪里不是积福处？一个人能悟得此理，尽大地皆是蒲团，为什么要过于拘执槛里槛外呢？这样想来，或许每个人都有跨不过去的边界，但尽可能作积极安和一些的选择，应该还是可以的吧。

湮没在人群中的我的脸

如果要问，这世界上哪国国民的同一性最大，我想应该是日本人。我曾无数次在九州各地的街头，看到行色匆匆的日本女性，从白领、主妇到学生，但凡拎包的，一例都将手柄勒在蜷曲的腕关节处。后一直游历到北海道，也罕见例外。推而广之，其他肢体语言甚至生活用语也都如此。譬如一个女孩猝遇美食、华服或帅哥，简言之，一切可陶醉之物，必定是耸肩合手加阖眼，并口中轻呼"喜啊哇噻"，那脸上的表情，让人根本分不清孰莺孰燕。

对这种高度的同一，外国人大都感到诧异。日本文化人类学之父石田英一郎指出，它与日本农耕文化所特有集团意识和群体认同有关。说得透彻些，是岛国的地理环境和单一的社会风习，养成了日本基层文化特有的"同质性"与"纽带性"，其过程的模式化和呈现的整一化，又使之带上明显的"型文化"特征。一个欣赏异量之美的旁观者，固然可以对其中呈现出的范式感大加称美,有许多初识者确实也在这样做,但它兼带有沉闷单调甚至强制压抑的另一面,却不是一掠而过的人所易察知的。

对此,日本人自己并不否认。西方人编笑话,说同样面对海难,船长需用"跳下去就是英雄"、"就是绅士"或"就能赢得美人心"等不同的说辞,来鼓励美、英、法、意等国人弃船逃生,但对日本人,只一句"大家都跳下去了"就已足够。这样的笑话,日本人听后,心里通常有一份拜服。不久前,早坂隆甚至还将世界各地嘲讽日本的笑话结集出版,一时热销的风头压过首相的新作。

因为他们懂得,笑话可以轻松,但笑话背后的意指不该被轻忽。特别是当这种高度同一积习为传统,它实际存在的另一面,日本人是冷暖自知的。就以"村八分"(むらはちぶ)为例,它说的是江户时代就开始的,群居村落中,有谁违反群体共守的规则,就会遭到集体性孤立与排斥的规定。之所以称"八分",是成人礼、结婚、生产、生病、建房、水灾、忌日与旅行之外,勉强让出火灾与丧事两分让其参与。你乍听之下不觉有异,待知道这种排斥之苛严与悖情,由不得不倒抽一口冷气。试想,同住一地,日夕间无一人与你说话,甚至目光的交集也没有,是一种怎样的惩罚。倘不能一开始就入乡问禁,以后又时时注意抑性从俗,差不多就剩狼狈逃离一条路。20世纪80年代,根据松本清张推理小说《砂器》改编的电影,对此问题从反歧视与社会平权的角度,作过形象的探讨。此外,小栗康平根据宫本辉同名小说改编的电影《泥之河》,也对这种习俗有真实的反映。影片拿到西方,几个大电影节上都获得好评。但一般观众不了解故事的背后,不过将其视作是对冷漠人性的残酷揭示而已,以致片名草草,只用了日语的音译,什么"DORO NO KAWA",其实,按好莱坞素来喜欢的意译习惯,是可以译作《村规的界河》的。

今天,类似的事情自然不会再有,甚至"村八分"一词,在"新摇滚运动"中,也早就被柴田和志等几个年轻人用作摇滚乐队的名字,得到彻底的解构。但是换一种方式,这种高度同一带来的集团性冷漠与排斥是否真已消失,连日本人自己都不敢肯定。

从大处说,只消看看他们还把外国人一例称为"外人",就可知一二。与中国人说的"老外"不同,这一称谓看似中性,内里却深埋着一种戒惕与排斥的意思。因为你的行事方式与他们不同,这令他们很难忽视并接受。当然,无论是戒惕还是排斥,都是非常有礼貌的那种。迈克尔·齐伦齐格曾经是美国奈特-里德公司驻东京办事处主任,他的感觉,自己在日本的生活并无任何不适,也受人尊敬,但日本文化鄙视个性,偏爱电影《复制娇妻》(*The Stepford Wives*)中机器人妻子般的顺从,实在让他难以融入。许多巴西人、秘鲁人,甚至中国人,初来乍到,每每被这种礼貌打动,但知道就里的,尤其是那些已获准永住的，面对日本人，彼此鞠躬，礼成而退，不一旋踵，就会在心中生出一丝凉意，因为这种礼貌告诉他们：你不同于我们，所以即是如此，你还远远不能算进入。

眼下，随着少子化、老龄化加剧，日本社会的劳动力严重不足，不用数十年，总人口将一定跌破一亿。但是究竟是"放入"还是"迎入"外劳，全社会仍无共识；甚至在到底要不要引进这个问题上，对立的双方仍在扯皮中。说到底，那种不同的说话行事方式，连同不同的穿衣吃饭习惯，再干脆点说，不同的外貌表情，要接受起来还真是困难。电视上的讨论，太多的日本人貌似对异文化的种种很感兴趣，对着前方记者传来的画面啧啧称奇，然而，一阵阵低低的惊呼声还是戳破天机——这简直没法称作是生活。然后，所有异域的荒蛮与落后，都成为其确认自己安全和优裕的触媒。此时你看得到，他们脸上的笑容难得地舒展开了。当此际，想想著名民族学家、京大名誉教授梅棹忠夫所说的日本是"黑洞国家"，光吸收外部，不敞开内里，你感到他是真把话说到极处了。

再从小处说，就是日本人自己，对同一集群之外的"闯入者"，通常也取一种冷漠与疏远的态度，在学校、会社、团地，甚至街头公园，这样的情形经常可以看到。它的好处是能增加内聚力，那种由一体感造成的团队精神，能让利益相关的日本人团结得像一个人。可随着年功制的解体，工蜂式工作伦理崩溃，传统习尚的权威越来越受到年轻人的挑战，其中也包括对这种同一性的挑战。当然，长期的教成和习得使他们不可能一下子变得像西方人一样独任自我。端着一张公式化的脸，他们对上司和先辈，仍然谨慎地用着敬语；租屋或搬家，仍会主动拜访邻居，问好道别，但心里早已不是那么回事了。

这样做的后果无疑是严重的。他们几乎无一例外地受到了主流社会的排斥。现在，年轻人的常用词语中，出现了以"村八分"为词源演变的"はぶる"，即证明这一点。有些人抗争了，结果并不理想；更多的人知道自己是无力抗争的，所以只得在公众场合端着公式化的表情做大家，只有独处的时候才放纵狂野的内心做回自己，乃至拒绝社交，用极端的排他与自闭，表示个人的坚持。其中，尤以20世纪70年代初，也即战后第二次婴儿潮出生的一代人为甚。这群人眼下被日本社会称为"团块次代"，他们大都有生存压力，但偏又很重视照着自己的意思活。由于自知不能见容于人，所以就无意容忍别人，哪怕是所爱的人。结果，直接促成了《读卖新闻》一开年所预告的"新难婚时代"的到来。可这又能怪谁呢？都说含情不是爱，投入才。面对着隔山隔海的人心，爱情早已不产生快乐，婚姻更会断送人生。情根一动，即为祸苗。还能用什么理由，说服他们走出自我呢？

所以，繁华的街头，你能看到的，多是一个个疾行着的"活动城堡"。外面看去，表情神态仍然高度同一，但其实，他有可能只热衷在"扒金窟"玩电子游戏，或在便利店看廉价杂志,甚至蜗居在六叠半里,集动漫书,做"御宅族",与私人博客或同人杂志为伍。老人们迷惑呀,那里边有什么,居然能让人这样的无暇外骛?对此,他们通常不愿回应,回应了也没用。你能相信,那里面确实有可以托庇灵魂的东西,确实有比现实更让人着迷的生活吗?日本社会似乎从来就缺少中国人项莲生这样的性情,项氏曾说:"不为无益之事,何以遣有涯之生。"现在好了,"御宅族"的人生态度,似乎在另一个意义上与之接近。

由此,他们的孤独感越来越深,性格也变得越来越内向起来。不过,这让他们有了另一张新的高度同一的脸。那种集体性的淡然,甚至漠然,你很少能在其他地方看到。社会评论家大宅壮一曾说,"男人的脸是履历书",现在这些男人的脸,严肃得都快赶上扑克,正提示着他们的内心已经孤冷到什么程度。间或的狂浪作谑,行令传杯,根本不足以使其身心回暖。所以酒在舌底,渴留在心头;鬓际有风,心被铅压得密不透风,就成了很自然的事情。再看看女人,也好不到哪里去。在人前,她们留意着动气与忍性之间的得体;人后,也开始将心浸泡在杯中,轻愁薄醺,甚至沉酣烂醉起来。用朦胧的醉眼,看杯底的自己,虚幻啊,那张属于自己的脸在哪里?这样感叹着,酒醒后的她们再回到人前,表情不免也漠然起来,笑容越来越少,即使笑起来,也让人难以捉摸。

希腊人拉夫卡迪奥·赫恩(Lafcadio Hearn),20世纪就一直住在日本，娶松江破落藩士家的女儿小泉节（或称小泉节子）为妻，所以又叫小泉八云。他在所作《日本人的微笑》中，感叹日本人难得一笑，即使笑起来也多暧昧。倘若他现在还住日本，必定更加困惑，因为在现时，那里的笑都已无关内心了。为叫你明白，可以打个比方。譬如选美，哭是胜者的特权，而出局的是不是只能笑？

人间、间人与间文化

战后日本,民主成熟,个人隐退。虽然早在明治十七年(1884),"individual"一词已被引入,并译作了"个人",但日本人仍坚持用日语原来的成词——"人间"(假名写作"にんげん")。以汉语的理解,这是一个非单体单数的复合名词。但受家元制度与村落秩序的影响,自来日本人都在关系,日语称作"间柄"(あいだがら)中论定个人,故恰恰是这个词,将日本社会个人隐于群体的特性表露无遗。

这里的群体,主要指"仲间"。相对于"身内",因是亲属,多可转圜,"他人"是外在于己的同事、朋友,由其构成的"仲间",在日本人看来是最为重要的人际关系,不能不给予高度重视。所以,时时留意"仲间の目",即周围人的看法,关注团体中个人的位置以体现"存在感",协调团体内部复杂的人事以培养"连带感",然后共同维护团体利益,几乎成了他们终身的功课。尤其是日本男人,大半辈子陷身其中,其能自觉将此历练到圆熟的本事，更让你惊叹。

有此圆熟，彼此的"合意"就变得容易，乃至能够生出一种默契，日本人称此为"人间回路"（にんげんかいろ）。日本公司之所以拥有不同于西方的家族式的温情与依赖，日本的职场人生之所以能出现视工作为生命、视企业如祖家的"公司人"——日语自然唤作"公司人间"——有部分原因就出在这里。以后，这些人老退为"窗边族"，给后辈让出位置，但不必担心会遭解雇。倒是那些张扬个性、背离团体的异类，常常会沦为彻底的失败者。他们得到的教训是，你越张扬自我，就越没有自我。

公司以外的整个社会，即人日常生活的活动交际范围，他们称为"世间"，也是如此。所有人都依照某种基准，或年龄，或地位，在深切体味排序关系的过程中，自觉地约束自己；在体察对方心情与立场的前提下，小心翼翼地把握着自我表达与扩张的分际，即使心有怠惰，也不敢不打起精神，选用敬语以崇人，省略主词以卑己，然后以无言的暗示，要求对方视人如己。语言学家山田孝雄认为，这种措置语言的方式，正是日本人"无我"的表现。但必须承认，经由这种整塑，整个日本社会因此结成一"教养共同体"，人与人之间的一体感就此得到确立，个人的权利也因此有了保障。对这样的社会，日本人仍用"人间"一词来表达（但假名写作"じんかん"）。外国人看了直犯晕，搞不懂两者为什么可以这样转换。但日本人只是笑笑，并不解答。

学者与教授倒有解答,但那是在书上。如明治末年,远藤隆吉就不无骄傲地将这种特质称为"日本我",虽有神户正雄等人认为,这正表明日本人不是"主我"的国民,但到20世纪70年代,随经济的高速增长,日本文明学派的代表人物、社会心理学家滨口惠俊再度肯定这种"日本我",他认为西方一味以个人为中心,高明不过日本人的以人际为本位。他借原指日本中世以来无土地的下层农民的专用名词"间人",来指称这种"人际关系中内化"的个人,称由此构成的相互依存与信赖的社会为"间人社会",并有专著《"日本味"的再发现》(《「日本らしさ」の再発見》),呼唤日本式信赖社会的复兴和"全球化的间人主义"的推展。

"人间",抑或"间人",像是文字游戏,但看滨口的论说,包括剑持武彦《间的日本文化》就可知道,它的内里是幽邃的文化——"间"文化。在前述日本人好用敬语、省略主位的语言策略中,我们已看得到它。在其标志性的身体语言如鞠躬中,更可以深刻地体认到它。那种温雅而不失矜持的行礼方式,较之西方动辄接吻拥抱,是让人不得不庄肃以对的周到与刻意。它在全球通行的握手礼外,独辟一个文化空间,正是"间"文化在人际交往中的无相妙用。还有日本的和歌与俳句,上下句之间,经常有视觉与听觉的转换,歌者假此安顿"幽玄",听者从中滋长"余情",也是用"间"。至于音乐家中井正一分析过的，日本音乐中特有的"间"之美，或作曲家小仓朗在《日本の耳》一书中所说的，"作为寂静无声的时刻而具体体现出来的形式"，不是用语言可以传达清楚的。

或许，因建筑是流动的音乐，我们可连带体会日本的和室，隔扇与障子的自由拆分，天然给人一种连带感。那种封闭时成一独立空间，开启后清风明月，自相往来，并屋内屋外，能闻其声，往复酬应，可通其意，特别是玄关与缘侧（和室外侧屋檐下的木制通道）的设计，让整所房子介于内外之间，既拥抱庭院的自然，又接应邻居的顾盼，活脱脱显现了"间"文化所特有的自在与圆融。它是隔离吗？抑或连带吗？其实既以隔离表示连带，又以连带体现隔离，所呈示的正是日本人最独特的心理基底。

只是有些可惜，时至今日，日本人似更深切体悟到它隔离的一面，而将其连带的一面给丢失了。"人间"一词还在，但"间人主义"像一件过了时的衣衫，放在今天的日本，怎么看都不再合身了。

譬如，日本的公司再没了"拟似家族"的脉脉温情。几年前，索尼、东芝等大公司相继宣布采用美国式的经管方式，打破年功序列，崇尚能力第一。苛刻的业绩主义、过高的劳动定额、长时间的工作、增长不了的收入，让人际关系变得日渐淡漠，企业认同感遂日趋稀薄。现在，有的公司设立"推进工作多样化本部"，尝试SOHO新模式；有的则每月拿出日元若干万,让员工"酌酒交流",舒缓焦虑。不过尽管如此,还是有越来越多的人选择从职场退出。厚生省的计划,是全国所有的都道府县都要设立"地域援助中心",把人重新拉回到集团中来,但效果如何,没人乐观。

有的人进而选择从社会退出,那一百多万每天需要母亲将饭菜放到卧室门口、整日与漫画电玩为伍的男性"御宅族"就是。眼见去年早稻田大学推出一款可依声控指令做饭说话的机器人,手上还覆盖着一层柔软的硅胶,与自己互动,应够亲切?再加上第一款机器人性伴侣不是也已问世了吗?他们的想法,自己孤绝隔离的避世生活应该可以延续。女性也大抵同此,看看东京出现的一连串以漫画书为主题的餐馆,其服务生一例书内扮样尚可理解,离奇的是,赶去光顾的她们居然也同样穿戴。有的则花一万日元,到江之岛水族馆享受通宵服务,在水母的陪伴下,感觉到远离现实的杳远与安静。而猫咖啡馆已经开到二十几家了,很快就在全日本遍地开花。试想,花钱接受半小时由猫陪伴的闲暇,超过时间还得另外付费,仅仅是因为爱动物,或自己不方便养宠物吗?凡此种种,恰恰都指向其身畔乏人的孤独。她们原是需要人陪伴的,只不过这个人不仅没在身边,更严重一些,还不存活在这个世界。所以,以此作为对这个衰败社会的另类回应,她们实际已无声地表达了对这个"人间"的失望。

但所有的表达也仅仅到此为止,所有的孤独者最后都选择忍受，并不期待人帮助。因为更让他们不堪承受的是与人应接的恐惧。这种人际交往的恐惧，既体现为见生人就脸红，就视线飘忽，更体现为自觉貌丑、口吃与体臭，然后羞愧至于非得用杂志蒙住整张脸不可。这样的用"间"，真让人感叹。又由于他们中的大多数选择在隔离中克制，甚至视这种克制为美德，这让日本人成了这个世界上孤独感最强烈的民族。西方人常这么说。但个人看到的还有另一面：倘将其放置到一个阔大的空间，他们必定会感到一种无处藏身的窘迫。这就是他们只要一出国门，在"我族主义"的作用下，一定又会做回群居动物的道理。因为他们实在无法轻松地与陌生人沟通，无法找到能让彼此安定的"间人"。

不免联想起韩国人李御宁的《日本人的缩小意识》。他说日本人中有许多"广场恐惧症患者"，一到开阔的地方，便会像放了气的啤酒一样，失去判断力，甚至坐卧不宁，不知所措。仅仅是不习惯放大吗？说到底，是因为"间"的失去，"间人"关系的失去呀。再想到多年前贺圣遂先生的笑谈。某次他在饭店大堂宴客，歌呼淋漓，宾主尽欢。不意旁边一桌日本人无端紧张起来，有一最紧张的还起身过来道歉，弄得他一头雾水。其实，那也是恐"间"症发作。我断定当时那个日本人一定想到列岛流传的成言，"男人一出门，必遇七敌人"。那没有"间"的世界，哪里还是"人间"！

礼貌的芳香

如果我告诉你,早在1549年,西班牙人扎比埃罗就已在感叹日本人多礼,1811年,俄罗斯人葛罗宁也曾为其冗长的寒暄大觉费解,你就不会对我底下要讲的事情感到讶异了。十年前,在北九州市的街头,我曾亲见两个从巴士下来的白头老妪,分手后仍隔着马路不停鞠躬,及我转身,还未了账。

自然,日本人的多礼不仅体现为鞠躬一事,而贯彻在视听言动各个方面。譬如,它有所谓"九品礼",折手、合掌之外,还有"目礼"与"首礼"。其中"目礼"又分"平目"与"平肩",一说还有"平额"与"平眉"的,要旨在迅速定位需接应对象,该"目上"(めうえ)还是"目下"(めした),也就是该拿眼睛往上瞧还是往下看,前者用来对长辈与上司,后者则用来对晚辈与部属。一旦拿捏不准,则祭出一些暧昧的招数,如西方观察家所总结的"三S",不是"沉默"(Silence)、"微笑"(Smile),就是"瞌睡"(Sleeping)。至于定睛直视,则属失礼。

所以，被公认为最日本化的大导演小津安二郎，其电影中的人物就几乎不面对面说话，而常常是并排坐着，有一搭没一搭地看着天边聊。你或以为那是戏中人寄心悠远，但在日本人意识中，只有这样的交谈才最含蓄，也最合礼数。

多听少说也是一种礼。听要专注，有"是吗"、"是啊"等恰到好处的呼应；说更要慎重，要虚己从人，倘不该说而乱说，还不如瞌睡。这也是除了酒鬼之外，日本人最讨厌"饶舌家"的原因。而一旦不想说、不便说，又无法瞌睡，上述沉默或微笑就是最好的应对了。尤其是微笑，在日本人看来，有无穷的意味，能给人无量的受用。对此，民俗学家柳田国男的解释是，日本人的笑可以兼摄多种含义，甚至可用来掩饰厌恶和悲伤；新渡户稻造也说，日本人在遇到最严峻的考验时经常会笑，并用以作"悲哀或愤怒的平衡锤"。但或许因承担了太重的责任，到后来，笑就此成了那里最为稀缺的表情，不是你想见到，就一定能见到。更要命的是，不是你想牵起嘴角，就一定能在脸上绽放。《朝日新闻》两大版的国民意识调查，71％的日本人认为，日本社会缺乏笑，即使有，也是苦笑、假笑远多于开怀大笑。并且，比之京畿（京都周边的二府五县）人，东京人尤其如此，这就使得如何落实礼貌成了问题。所以那里有"笑学会"，1994年由关西大学名誉教授井上宏发起成立。它要人学会用笑让周围的环境乃至世界变得更美好。但纵使日本人努力践行了，给人的感觉也只是拒人于千里之外的恭谦和多礼。

当然，人终究不能整日缄默与微笑，所以如何说话就成了日本人终身的功课，以至到最后，日语被磨炼成为一种最讲究礼貌的语言。它的词汇，有许多辞典意义确定，但实际运用中意义却多待定；它的句子，至多可有二十多种表达方式，究竟用哪一种，取决于交谈双方的相对关系。更重要的，它还有一套行之千年的敬语系统，因人而施，不相错乱。没用敬语而闹出人命，在那里绝非奇谈。

敬语加上特定文体、语气，滋育了日语中特有的寒暄语，日本人称之为"世间话"，譬如"天气真好啊"之类。八成以上的日本人，与人交谈都从这种定型化的"式辞"开始。由于它多属"建前"（たてまえ），也即施诸他人的客套，而非表达自己真实意思的"本音"（ほんね），所以交谈过程中，有时说什么固然重要，怎么说才更加重要，那些没说出来的最最重要。对这个部分，日本人因自小的习得，自然能"以心传心"，彼此感通，是谓"腹芸"（はらげい）。别看今天的年轻人，已大不同于自己的父辈，整日价嘻嘻哈哈，不见正形，但由其创造的新词"KY"——取日语句子"空気が読めない"的英文发音"kuuki ga yomenai"的第一个字母和合而成，直译为"不会读取空气"，其实意指不会看人眼色、按当时气氛和情景作出适当的反应——就可知道这种"腹芸"的生命力。你看后听罢，一定感叹自己已太落伍。确实，它出来已经有一段时间了，非常日本的一个词，只是外人要弄明白大不易。他们的感觉，这是一种不仅在语序上完全颠倒的语言,而且还充斥着动辄就会引爆的"社交地雷"。所以经常是这样,当你日语说到"背啦背啦"(べらべら,日语流利和滔滔不绝的意思)的程度,你与日本人的交流才刚刚开始。

我曾将此意告诉日本友人,回答让我吃惊,他说许多日本人对此也大感困惑,面对着悠长的传统,直觉得承袭与接续的困难。盖日本自进入文明社会以来,因为受摄关政治、幕藩体制等独特的政治架构的规定,从来重视不同人等及其关系的处置,由此形成一整套严密的规范和礼仪。到了近代,因"古学派"先驱山鹿素行等人的提倡,知耻守礼更成为社会公行的准则。这样的集体认同,固然缔结起一个如日裔美籍学者弗朗西斯·福山(Francis Fukuyama)所说的"高信任社会",但其呆定的"纪律社会"的特质,却也是一望可知的。

道理很简单,较之少礼而粗放的社会,礼多的社会固然世道安定,人际和谐,但有时压抑沉闷也在所难免。特别是当这种礼未内化为人的道德自觉,就更如此了。现在,本尼迪克特对日本"耻感文化"的论述已广为人知。其实这种文化与西方"罪感文化"最大的不同,就在于后者是内心服罪从善,靠自律;而前者由外部约束行善,靠他律。加以日本文化自来就有重外在习俗、轻内在自觉的传统,人们对内在的天性与人情,每每持一种肯定与任从的态度,如德川时代,古学派中"堀川学派"创立者伊藤仁斋(1627—1705)就认为,所谓仁义礼智皆道德之名，而非性之名，由此承认天性的自然合理，且较多地将此天性与个体的生物性相联系，以致人的非理性一面，也被视为人情的表现。这就为自然欲望与原始野心，保留了宽裕的活动空间。

故此，尚礼对日本人来说，是一种非如此不足以羁勒放失的迫切需要，对礼不厌其烦的讲求与苛责，成了日本人修身目标的重要补充。要而言之，繁缛复杂的礼仪既是科律，也是掩饰。此所以，辜鸿铭要指其为"需要死记硬背"的"排演式的礼貌"，它"繁杂而令人不快"，像"一朵没有芳香的花"。

至于它虚饰、造作，甚至残酷的另一面，也让日本人别有一番滋味在心头。看看日裔美籍小说家森京子《有礼的谎言》一书就可知道。我们不知道的只是，这个长大后才去国的女作家，她对日本礼仪的残忍面所作的纠弹，是否还与其母亲在孤独中自杀的经历有关，但她在异国回望自己的故土，有些感慨竟与当年三岛女士《我的狭岛祖国》中表达的感慨那么相似。后者留学卫斯理学院，她回忆中的至痛是，那种人与人相处的亲密感，在她三岁时就被当作不礼貌扼杀了。

或许，这样才有了今天日本人对礼的反拨，既为其虚伪，更为其繁缛。有些则不免自我放纵，迷失在绝对个人主义的潮流中。《朝日新闻》2000年的调查，日本儿童的无礼貌已让整个国民蒙羞，政府决心发起礼貌运动。2008年新公布的民调，更指日本人的礼貌程度普遍下降，以至于横滨市要专设"礼貌警察",来纠正发生在公共场所的粗野行为。一般团体、机构或公司,开办礼貌学校,教人如何从正确的坐姿做起,如何呈递名片,送往迎来就更多见。语言的学习自然也少不了,自2005年政府建议出版第一部《敬语手册》以来,各类《礼貌语│应酬语标准》常被摆在地铁书店的最前台。小泉保是日本当代著名的语言学家,他给自己的语用学著作设定的标题是《言外的语言学》,其中就专门论及"会话规约"与"礼貌原则",对如何处理类似"腹芸"这样的内心表情,也有周详的提示。当然,许多时候,要人礼数周到,目的再不局限于人情义理,也可施诸商战,此时,它就成了高夫曼(Curt Coffnan)或列文森(Lois Levy)所说的"利益博弈"的武器,其背后的功利性甚至攻击性,正不可小觑。

当然,较之东西方许多人的"大行不顾细谨,大礼不辞小让",乃至"无礼走遍天下",日本人终究还是恭谨多礼的。故欧洲酒店业评选全球最佳游客,第一名总是日本人,为其多礼而爱清洁。法国人只能叨陪末座。以前听说过日本人去法国旅游,因不能适应而患上"巴黎综合征",觉得好夸张。这回不信也得信了。

再想及二十多年前章培恒先生请客的旧事。时值盛夏,复旦的先生个个穿得清凉,不意迎来的日本教授却一例正装。待几天后客人回请,受到礼貌教育的主人均易服而往,但此时提前恭候在饭店的日本人却都换上了T恤。我年辈太低,没轮上那时的座,但彼一丝不苟的庄敬样,此时不费思量,也宛在目前。古人说,"夫礼之初,始诸饮食",又说"入乡随俗","客随主便",这两者他们都顾及了。这样的日本人,有趣无趣,真是难说。

达人与职人

全球"美食圣经"《米其林指南》新近推出了《东京餐馆指南》。根据它的评定,东京获颁星级的餐馆数要超过美食之都的巴黎许多。其中最高等级的三星级餐馆中,还有三家是做法国菜的。隔洋的美国人事不关己,所以就事论事,《时代周刊》的评论是:"世界美食中心已经转移到日本。"法国人就做不到这样客观了,当看到喜界岛出身的吉野厨师,居然敢来巴黎复兴法国菜,心里像打翻了老醋缸,那份五味杂陈,最难描画。

其实,日本菜好过法国菜已不是一天两天的事情了。你想,东京有餐馆十六万家(其中有许多就是"洋食馆"),巴黎才一万,怎么比嘛。再要说得具体,东京周边,光意大利餐馆就有四千家,比罗马还多,它能在摆弄通心粉、烘焙羊角面包等欧洲传统手艺方面后来居上,有什么可奇怪的!

更关键的是日本人的认真与用心。虽说扬名世界的菜系与餐馆,一般都有自己的绝活,但在这个方面,体贴本国的文化,维护着自己的传统，苦心孤诣地使臻完美，不能不说以日本人为最努力。其所达到的境界，有时是欧洲人根本无法梦见的。譬如，你能终此一身都老板兼着酒侍，店主兼着大厨吗？或许第一代能如此，但经过三代五代，在日本人是仍然如此。你固然知道用波尔多或勃艮第的葡萄酿制红酒，并在橡木桶内培育它醇厚与甘香，这些他们也会，所以为做一碗酱汤，可以从京都和唐津分别运来井水与鲣鱼，又从北海道运来海带。可你未必能够的是，一生的精力就只用在打荞麦面与乌冬面的用力轻重上，体会如何使前者更匀，后者更透。

还有做寿司，在东京数寄屋桥次郎寿司店老板小野次郎那里，是五十年从无间断的手工亲制。为使自己的手永远保持对鱼片细微的触感，他长年戴着手套，即使暑天也不例外。你见了钢琴家如此犹且不解，怎么可能理解他心心念念的那个境界？还有，他的店大大地有名，门厅却极狭小，只一家地下室店铺而已。没有菜单，没有独立洗手间，只有十个座位。你也不能理解，为什么他不扩大规模，甚至连锁经营。再掉头东顾，在香港，那里的寿司师傅，三个月就可以领到执业牌照了；至于上海，那些边手上忙活、边口诵"伊拉瞎矣"的孩子，可能不用三个星期，就前台操刀了。想到为入此行，经年的受苦，最初几年，基本就在厨房打杂，是为耳目熏陶与气息的濡染，你能让一个日本人承认，这样做出来的东西叫寿司！

所以，那里的餐饮界行会组织，会颁布海外日式餐饮认证计划，会为了维护日式正宗，越界扮演"寿司警察"。美国加利福尼亚州的一些餐厅在售鳄梨和乳酪做的寿司，就让他们很生气。前年，个人曾旅行法国，在里昂找到一家寿司店，大半个月的洋葱牛排以后，你可以想见的，见此如见亲人。开店的是两个不到三十岁的小伙子，端出的寿司，小而精致，中间夹着粉绿色的蔬菜泥尤其美味。当时问了做法，无奈没记住。第二天搁下行程，重新光顾，边吃边想，若是日本人，能否据实称赞。但其实，这是没可能的事。说到底，长期的浸淫，用心的投入，是保证日本菜口味百变而纯正不变的根本原因。而这种用心投入背后的文化传统，尤其非外人可以轻易把握。

　　这种传统博大而悠久，其间，江户时代随町人阶层成长起来的"职人"传统尤为影响深巨。所谓"职人"（しょくにん）是指从事各种行当的手工业者，如泥水匠、铸物师、染坊主和油漆师傅，当然也包括料理人。他们对所从事的行当，大抵有不遗余力使臻完美的苛严追求，有时重视品质与细节，可以到斤斤计较的程度。或以为，西方人做事也讲究呀，但西方人烧菜如配药，既顾忌胆固醇，复考虑维他命，虽够科学，与道和艺终究隔得太远。而这些职人追求的不是匠，只是艺；要达成的也不是技的掌握，而是对道的领悟。天下事从来都是如此，面上掠过也就算了，一旦深入到道这个层次，就等于掉进了黑洞，要再回身出来，非在得道以后。但对此密实的黑洞，职人们都甘心投入，并无逡巡。因为在他们看来，百行各业都植基于人性，并贯通义理，哪里只是一门手艺而已。其中顶尖的高手，更将之视作一种可终身以之的精神修行，或借此含玩洗练之美的独特，或据以体味知性之美的纯粹，并在一种贴己的憬悟中，获得安身立命的快意。

日本人把这样顶尖的职人称为"达人"（たつじん）。在伊藤干治《稻作仪礼研究》、大林太良《海人的传统》，或朝冈康二《锻冶的民俗技术》等书中，我们看得到，从农户、渔民到铁匠，各个行当的职人们就是秉着这样的达人追求，执著而安然地将自己的全部心智投注在对象物上，最后竟至于能以一种宗教的禅定之心和哲学的审美眼光看待这对象了。所以，当有人为此放弃体面的职业，或优渥的薪水，在日本人看来根本就无关美德与品位，不过系于个人的癖好与趣味罢了。这就是学者所说的"职人根性"了。

以后，日本被动或主动地受容西方文明，不说别的，单在吃上，能做到全身心投入，然后以可乱真的绝技，准确捕获别人舌尖上的消息，直抵其心底万难切近的味蕾，正得益于这种"职人根性"的作用。文献的记载，明治前，全日本只有横滨与长崎才吃得到西餐，但到明治四年（1871年），东京的驹形町已开出第一家洋食馆"开阳亭"。次年，假名垣鲁文就编出了皇皇两大册的《西洋烹调通》。推而广之，职人们的勤勉与好学，就此改变了一个国家的面貌，他们在各个领域不断发明新的器械，改进旧的技术，甚至为以后日本制造业的崛起奠定了基础。

其实，有些东西说起来并非由他们发明，但一经其改造，就变得精致耐久了，像吹嘘进了生气，再非凡物。一直到战后的今天，像丰田这样的企业，不断探索，制定出一种准时化拉动式的生产方式，其精细有效率，就被美国人奉为"精益生产方式"（Leanproduction）的样板，《哈佛商业评论》并称其最可怕的地方就在精致。它的创始人大野耐一也因此被称为"生产管理教父"，"穿着工装的圣贤"。其实，这个教父与圣贤未尝不可以说就是一个职人。当然，是一个出色的顶尖的职人。

职人熟达，可为圣贤，这种观念在从来受"达人大观"说影响的我们看来有点不可想象。但在日本人是"虽小道亦有可观"，很正常的事。所以，那里的学校，今天还有"日本文化诸相"这样的课程，由技的传承而及文化的发扬，并有向职人学习的内容。那种民具、民艺的博物史与世相史的研究，也一直很吸引学生，以至于让其各言志向，男孩子除棒球手之外，位列三甲的必有大工（即木匠）；女孩子中，愿做料理人、点心师的就更多了。父母不以为忤，老师也不以为非，不是觉得行行出状元，只因为百行各业，均能出道入心而已。当然，你若想做文化人，像名作家赤川次郎那样，他们觉得也很好。但赤川每天非写满二十张稿子不能安睡，如此二十七寒暑，从无懈怠。他看自己，活脱就是一"写作职人"。他矫情吗？翻翻远藤元男的《日本职人史研究》或田村荣太郎的《日本职人技术文化史》，可知他这样说不是自夸，当然也没有自贬的意思。因为置身于一种悠长的传统，日本人确实感到，其实一切的一切，都需要人用心地投入。

这样就有了一个单身汉，可以为吃遍全日本的拉面，借钱飞遍列岛，上午刚到北海道的札幌，下午就转去九州的熊本了；一个家庭主妇，可以为寻找全日本最好的面包，跑遍神户三百八十四家门店，日以继夜，不获不休。别人是干活的职人，他们是赏味的职人，所做的事情固然不同，所投入的认真竟是一样的。

当然，由此上溯，如本居宣长所揭示的，日本文化中那种特有的"悯物意识"，以及它所涵带的日本人对外部世界的纤敏的触感，也对"职人根性"的形成产生过深刻的影响。这就牵涉到更久远的文化传统了。对于这样的传统，我们尚缺乏评述的能力。但它体现出来的好，多少已能领受。

浮世中，一种叫"粹"的表情

又到年末，友人若杉老先生的年贺状如期而至。这回选用的图案依然是歌川丰春的浮世绘，只是祝词换了小林一茶的俳句："露水的世，虽然是露水的世，虽然是如此。"

说到浮世绘，与相扑、歌舞伎并称"江户三绝"，是世人熟知的东洋文化的典型。但在日本，它的地位并不高。若非随被包裹输出的茶叶传到欧洲，以后又有驻日的荷兰商人搜求于前，波士顿美术馆七万件的收藏张皇于后，日本人并不觉得它的艺术有多精妙。

战后，欧洲研究浮世绘的著作纷纷传入，一些日本人因其深受马奈、惠斯勒等大师的推崇，开始花高价从欧美回购。但饶是如此，大部分国民仍不以为意。只要看东京太田纪念浮世绘美术馆，或横滨平木浮世绘美术馆，都选址不僻而门可罗雀就可知道。远在长野乡下的那家浮世绘博物馆，虽五代人的收罗，十万余件珍藏，自然就更不用说了。故此，从书店到网上，贺卡的例选图案少有及此不足深怪。反倒是在年轻人以另类的手绘出新，成年人选家族的照片应景的时下，像老人这样几十年一贯地钟情于此，才真正少见。

与老人熟悉后，我曾问过他何以有此雅好与坚持，不过每次都未获回答，听到的只是对世人淡忘的感叹。一次，我说到西人有"过去犹如异邦"的成说，他有感于心，一句"还真是这样啊"，眼中顿时蒙上一层阴翳。我以为天下事，有些本来就只属于某些人，如能为一二识者知，就已足够。但或许他年过八旬，无妻无子，一个人独处久了，难免哀乐过人。所以，我试着拿这样的意思开解他，并开始为他接纳。

以后经他指点，我遍赏各馆所藏。题材上从"役者绘"到"相扑绘"，形式上从"墨摺刷板"到"肉笔丹绘"，几乎囊括无遗。我的感觉，歌川国芳的"武士绘"和葛饰北斋的"风景绘"自然都好，但像喜多川歌麿《当时三美人》这样的"大首绘"，还有他的《吉原之花》与《青楼十二时》更好。老人问我原因，我答不上来，只是觉得画中人的表情比中国仕女图的慵倦呆滞要生动，那种眼波将流、似荡实贞的夭娇与风流，迎拒之间，不但全无推就含娇的情伪，反见朗亮顽艳的韵致，似乎不是黄遵宪《日本杂事诗》所说"手抱三弦上画楼，低声拜首谢缠头"可以概尽，但究竟是什么表情又说不清。"或许解释它就是扼杀它吧"，我为自己的笨拙找台阶。

"那你总知道他们都是什么人吧？""游女和恩客呀。"以我单纯的喜欢，对江户町人与游廊的发达自然一知半解。老人的反应略略有些复杂，"你这样说自然不错，但若径将游女视为妓女，游廊等同于欢场，就别指望读懂这种表情。"本来，他找我是想读明清小说，两个月下来，我却成了他的学生。他告诉我，游女擅长和歌、能乐、茶道、书画等才艺，身份不尽低微，情怀更是高贵。男人欣赏她们，乃至引为精神知己，是因其有不同于人妻的利索和大气。唯其如此，与之交往过程中才能待之以礼，但为当筵之奏，不求枕席之欢。见我有些不信，他补充道："当然不都如此，但由此出发并归结于此的，却是常态。"我暗自将这话与自己看过的浮世绘对核，老人看穿我心思，拿出一帧画册，指着菱川师宣的《枕边絮语四十八手》说："你以为浮世绘就是枕绘、秘戏这类春画吗？或者凡涉情事都难脱俗艳与色情吗？"这帧《四十八手》确实不同一般的春画，但看画中"第一手"，女子递茶给客人，主客皆衣冠齐整，再看"恋者，非仅一途，可分为七"的配文，以及以后从"邂逅"、"聊天"到"初夜的心情"的种种表现，显见重在情愫的表达，而非色相的诱引。"这才是游女与恩客的本相"，老人提高了声音。

回家翻检图文，从明治游女的老照片，到歌川丰春《花街新吉原包宴图》这样的浮世绘，发现不管是早先的大名将军，还是以后商人庶民，凡到此风流薮泽，确实多重情致的投契而不及权钱。如彼此心仪，拟结夫妻，又能遵守固定的仪规，懂得如何在漫长的等待中，投入地享受那折磨人的"缓慢的激情"。至于女方，一旦意决，也能在感情存续期内绝对忠于对方，若是缘尽，绝不粘缠。其间种种的讲究，虽琐细而大有可观，这就是日本人所讲的"色道"了。见我用功，老人很高兴。再去时，从一排《日本思想大系》中抽出一册《近世色道论》，告以书中所论"通""雅"与"粹"，这些"游乐的哲学"也是江户艺妓通行的准则。艺妓刻苦修身，漠视金钱，既忠于"旦那"（だんな），即出资人，又不痴迷到忘我的"拔俗"个性，正是上述观念很好的诠解。老人的结论是："粹"是一种洒脱洗练的人生态度。"通"与之意通，指稔熟与机敏。两者训读时又通写作"雅"。其中"粹"（いき或すい）这一名言的意味尤其深湛。若依以行事，可称"粹人"，反之为"无粹"。"你看浮世绘人物的表情，觉得不能名状，其实那就是粹。"

那一次，一并带回的还有一册哲学家九鬼周造的《粹的构造》。灯下再做功课，才知道所谓"粹"，原是由九鬼结合对深川艺妓的考察，以及自己东京柳桥的狎妓经历，总结出的渗透在日本人生活内里的"意识的现象"，它内涵"媚态"、"执拗"与"洒脱"等特质，不仅指精通风月之道与人情世故，更指一种感性知性相结合的自由风度和审美意趣。在女子，它是使距离切近到极限，但又让对方意识到不可亵玩的"涩味"（しぶみ），包含着女性对男性主宰的自觉反抗；在男子，则是一种通达人情、飞扬个性的洒脱品格，是日本近世急需的熟谙世务、伸张意气的开明的思想。鉴于它对灵肉结合而非两性苟欢的

"色道"的张扬，以后安田武与多田道太郎的《粹的构造解读》将之径视为"大和民族独特的生命方式之一"。也正因为是这样，从美国人摩根到葡萄牙人莫赖斯，或千金赎身，或死追到手，当他们拿自己心仪的美人与浮世绘的人物表情相对照，直觉得这种绘画的无影平涂与两维视角可学，但"粹"的表情实在太难言说。

由此，自然想到海德格尔与手冢富雄那场著名的对谈。尽管九鬼留欧期间曾从其学，但他对"粹"的解说实在让人不敢恭维。也难怪，因为在通向语言的途中，这个词原本就没有对应，无法翻译。它只存在于歌舞伎的华丽转身中，存在于浮世绘的独特表情上。那样的仪态万方，如洛神出水，天女坠空，一般熟读"游里书"（教人游廓玩赏的导游书）的江户人都无法赏会，更何况外人。我把这个意思告诉老人，他欣慰的表情，直到现在我都记得。"你现在知道了，江户人乍一看去，只喜欢俏卖风流，其实骨子里都是粹人和艺术家。没有这种人和这份粹，江户文化无从谈起，就是日本今天的文化也无从谈起。"说这些时，老人的态度坚定，只是语气已归平和。

我觉得，自己应该已理解他所讲的"粹"了，包括他对歌川丰春的喜欢，不是因其受西画影响，笔下更具明暗与透视关系的表现，而是他以庄敬和歌颂的笔调，记录了一代江户粹人的风流与才华。"只可惜，现在它成了正在湮灭的传统，永井荷风所说的一个消失时代的欢乐之梦"，老人语带伤感。我安慰他说,今天日本,男人用"时の粋"贵朵表,女人用伊奈美"水肌粹",都是"粹"美的传响。至于茶与酒用"粹"来命名,漫画与私小说用"粹"来串连,就更多了。"那算什么,不过是不明就里的套用滥用罢了,"老人不以为然,"而且商业性太强,污秽不堪的东西太多,俗艳之极。"老人的家住在原宿,近太田纪念浮世绘美术馆,过去他常去那里,现在,由原宿至青山大道间的表参道已被改塑成"日本的巴黎",神宫桥附近尤多年轻的追星族,将好好的街市弄成出位的时装流行地,他看得心烦,就不再去了。"那日本人珍视自然人性,亲近风土风俗,不都与粹有关吗?"我还想接着说,老人打断了我。他尤其见不得有人以"一生青春"自命,一会儿教人如何不做"恐妻家",一会儿又授人任行风流不被"见破"的方法。那种不以抖搂一大本花账为耻,反自诩为"豪快不伦"的人,在他看来是重感官享乐的恋物主义者,所谓浪荡的"道乐者",他们与"粹"无关。

我与老人交往已有四年,他的行迹,知道的只有这些。如果要问这么一个坐拥百册浮世绘画集,沉湎于伊达藩主为义夫(高级游女)退位的性情中人,一个从《万叶集》中的游女记载读到《游里文学资料集》的好学深思之人,为何孑然一身,我无法回答。我只能说,有时候,美在一个人的生命中会变得碍事,让他费神观赏,忘了其他。老人似乎正是这样,经常用此清欢,以销永日。可他分明又告诉过我,"若无花月美人,谁愿生此世界"。总不会那画中人的蚀骨销魂,使他有太早遇不上、太晚又错过的遗憾。但他的气性是何其沉静，所以我想，这样的猜想可能太过浪漫。

唯一的可能，或许只能寄托在我所看到的他房间的那帧挂饰上了。那是一张泛黄的妇人像，印象中，像中人梳着"岛田髻"或"兵库髻"这样高高的发髻，和服轻裹，笑容婉然，所能见出的仪态与姿容，是让人看一眼就不胜孺慕的那种。现在，我想把它与以下两段谈话联系起来，或许老人的人生和他独有的"露水的世"的光景，因此都可以得到解释。

——"你可知道，九鬼的父亲贵为枢密顾问官、驻美公使，夫人星崎初子却是艺妓。九鬼的母亲是艺妓，由其父亲赎出，他本人的第二任太太也是艺妓，所以他是真懂粹。"

——"你可知道，日本第一个领稿费生活的职业写作者、文人画师山东京传，先后两任太太都是游女。他的洒落本《古契三唱》中有几段吟唱真是太粹了，风情可抵中国的六朝。"

逝川·落花·无常

日本人没想到,这一次,他们是以如此惨烈的方式,让世人的目光再次聚焦自己。焚后劫余,整个世界都在惊叹,大自然肆虐后留下的线条竟是如此粗粝。但当人们在日本人脸上没发现多少灾难的刻痕,这种惊叹更胜于前者。想想地球另一边,美国和芬兰的碘片都已买到断货,近邻中国,食盐的囤积也曾几近疯狂,《洛杉矶时报》不禁感叹,"灾难无损日本人的气质"。

我很好奇这是什么气质?在日三年,岛国山河澄净而静美,我的日子也寂寞清好。每周有好几天,我可以什么事都不干,只用来观玩人性,体察世相。当时的感觉,我开朗乐观,彼内向悲观;我相信只要自己努力,万事可以成就,彼认定无论成己成物,都须忍从天命。我甚至觉得,这种人性的外在印记也很分明。譬如,比之背靠大地面朝天的中国人,大多数日本人行动坐卧都不尚开展,相反,常不自觉地蜷曲身体,步踏内撇,小而急促；手势含敛，指不出掌；有时并睡姿也谨慎小心，多偎缩床边，少仰面朝天，日语称这个为把自己"收小一圈"。究其何以如此，会田雅次以为与日本的稻作文化有关，他说日本人的精神构造始终是农人式的，弯腰低头，将五感拢于内。如此敛手缩背，人或以为是拘谨排外，并由此断定其难有完美的婚姻和圆满的人际。但其实，因体认到一己的卑微，又善于回光内鉴，他们对人事反而有更细致的观察，精神世界反而更坚韧强大。

我相信这一解释有道理，但私心觉得总还有别的原因。前几天，趁着打电话问平安，特意向日本朋友请教。电话那头，除了道谢，并无回答。第二天收到邮件，不见一字半句，只附了鸭长明的《方丈记》。此书与清少纳言《枕草子》、吉田兼好《徒然草》并称日本古代三大笔记，小小情致，寓大哲理，那种才人清言的高上格调，本就招人喜欢。以前因忙，几次拿起放下。想眼下便是机缘，当即找出中文版对读。

全书篇幅短小，文字也朴素。作者是镰仓时著名的隐者，故笔到处常能声色不动，只因内容不出天灾人祸与人生波折的感悟，尤其中心部分，从"安元大火""治承飓风""福原迁都"，一直写到"养和饥馑"与"元历大地震"，所以读来处处惊心。安元大火发生在安元三年（1177年），元历大地震发生在元历二年（1185年）。由1177年到1185年，短短八年间，列岛火山、地震、饥荒和传染病前后相接，如元历大地震，居然一天连震三十次,持续三个月,还引动海啸,让作者禁不住感叹人的任何营构毫无意义。他以"处世不安"与"诸行无常"作全书的主旨,用他的话:"川水流淌不止,绝非源头之水,水泡时散时聚,不曾长久不变,世之人及其栖之所,也如水泡幻化。"自然这个东西就是这样,让懂它的人看一眼就自觉渺小。作者山中日月,朝夕观对,只觉得有些东西不能解释只有承受,因此全书的格调是悲悯与敬畏间杂的。

对这种宿世无常的佛教常谈,中国人很熟悉。佛说"一切有如法,如梦幻泡影,如露亦如电,应作如是观"。但在日本,由《竹取物语》《伊势物语》等书的记载可知,早在佛教传入之前,古代向中世转换的时候,贵族与庶民的意识中就已有此荒乱的感受。中世的日本人还赋予这种生生灭灭的规律以特定的名词"ことちり",即所谓"理"。并且,如东大教授、日本佛教本史专家末木文美士所说,它不同于印度可交由理性分析,而最多感性的成分,所以是一种"无常感"而非"无常观"。《方丈记》中类似"逝川流水"的比喻就体现了这样的观念。此类比喻也见于《日本书纪》和《兼仲卿记》。而其他两部笔记,如《徒然草》要人"务必将无常随时迫近一事牢记在心,片刻不忘",《枕草子》感叹飞鸟川一日为渊、一日为滩,"让人感到人生变化无常",说的都是同一个主题。一直到18世纪,《叶隐闻书》中,山本常朝教武士每日应默想可能遭遇的种种危险,除"被弓箭、刀枪和长矛撕成碎片"外,就是"被汹涌的海浪卷走","被大地震震死"。日本的神道教常举行各种敬神的仪式来安抚自然力,也多少与这种"无常感"有关。

至于平安文艺的"物哀"意识,中世隐士文学与"幽"、"寂"等美的观念,看到底,也都浸透着这种思想。日本文学中有"飞花落叶"之喻,中世歌论家心敬常常由对它的观赏,而及草头的露水,道说的无非是对生死的达悟。还有,日本有一首给儿童发蒙的《伊吕波歌》,由四十七个假名构成,内容是"花开香艳终须落,谁能长生永世乐。无为之山争越过,不醉不梦免蹉跎"。它同《方丈记》之成为中小学生的必读书,一些日本学者进而将它当作最想留给千年后日本人的"美物"之一,都表明这种观念已经成为日本人国民性的一部分。再推广至日本传统的诸般各色,西行的和歌,宗祇的连歌,雪舟的画和利休的茶,那种顺从天命并回归造化的情感背后,其实都有"诸行无常"的体认在孳乳,在发散。

"难怪连日本的孩子,猝遇大灾,也能泰然面对",我给朋友发去读后感。"还有一点,因为在对无常的体验中,我们懂得不完整的事物更有意义",他的回答虽短短一句,仍使我心惊。联想在上述笔记中读到"倘若无常野的露水和鸟部山的云烟永不消散,世人既不会老也不会死,则纵有大千世界,又哪有生趣可言",还有从寺院的非均衡布置,到陶器的破残设计,直觉得一种惨酷的生命启示真是伟大。由此亦明白鸭长明们的意思,显然不是要人体认到人生无常而选择逃避。相反,有鉴于活在世间，忧患永远广远，在动气与忍性之间，人该如何耐其难耐，忍其所不能忍，学会平静接受命运的安排，并意态如恒，不动如山，才是切要的功课。如果一个人的体认够深刻，能视死为生的一部分，从而在万物流转中积极追求变化新生，找到向死而生的道路，那才算摄得至高的"无常之美"。当然，若你既有凡人所有的恐惧，却还想有神仙所有的欲望，他们也不责怪，所谓"虽无人解，亦无伤也"。他们从不解释。

所以人们看到，面对大变故，日本人通常选择静默与忍耐。这些天，全世界人都在谈论日本人的牺牲、克制和秩序。有人用谷川竹二《血型与性格》的理论，认为是因日本人中 A 型血占相当比例的缘故，这种血型的人通常更能忍耐。但德国也多 A 型血，德国人未必有日本人的耐力。其实，准确地说，它更与这种忍耐背后的无常体认有关。忍耐，日语称"我慢"（がまん），它由佛教《俱舍论》中的"四慢"与"七慢"，即过分自我、不能见性开悟的意思，到日本人手里，变成专指人的忍耐与自制，并在生活中推崇备至，身体力行。类似武士临死不惧，产妇临盆不叫，倘如背后没有基于"无常感"的无边悲悯作支撑，哪里能产生这么大的力量。

在日期间，我还常见到母亲教孩子冬天着短裤奔跑，甚至在冰水中静坐，性格心理学家诧摩武俊的研究证明，母亲的这种教养态度对孩子忍耐力的养成大有助益。这样，等他上学读书，受高年生欺侮用忍；做白领通勤，遇痴汉骚扰用忍，总之，由其自小被告知"不能成为别人的负担",到开蒙后《社会生活教育》第一章第一节被强调"不要给人添麻烦",都要你万事用忍,以至恋爱的极致,也是如常朝所说的"忍恋",则猝遇天灾,穿过死亡之谷的人们临大难而无着,也只有调动自来的习得,自我消化畏惧,释放勇敢,既不能指望救星,更不该麻烦他人。如此日锻月炼,日本人性格中的情绪与意志变得非常稳定,对自己行为的明确程度与控制能力也就达到了很高的水平。

还有,山本健吉曾说,日本人选择生活在易朽的木构建筑中,这使其产生出一种与置身石造城堡的欧洲人全然不同的生命体验。但中国人也生活在木构中呀。原他的意思,似乎就是比中国人,日本人都更能顺从自然的意志和安排。经此灾难,我的体会是,中国人在自然中寻找的通常是身心安适之地,中国人也确实找到了;但在日本人,是更愿意从中体会一种无常的哀感,在此过程中,他可能遭受自然的种种打击,但每一次打击,都使他们更切近一种"断念达观之美",最后竟得以一种平和肃穆的心态,坦然面对生死。也所以,良宽和尚会说,该遭灾的时候遭灾是最好的,该死去的时候死去也是最好的,本居宣长会主"无情",说那应该高兴的事情其实并非那么高兴,该悲哀的事情其实也没有那么可悲。再想到小津安二郎的《东京物语》,那个死了老妻的平山会平静地对来安慰他的儿媳说:"黎明真美,明天大概会很热吧。"以前,看到类似的地方总不能明白,现在知道,在日本人,这种忍耐其实没有我们想得那么艰难,相反,它甚至还有点美丽,就如同那种将五感拢于内的肢体安排,绝非我们想象的拘谨排外,还有精气内绻、蓄势待发的意味。

我对朋友说,就像中国人也能欣赏盛筵易散与月缺花残,日本人的"我慢"其实与中国人讲的"处世不求无难"、"谋事不求易成"道理一样,因为世无难则骄奢必起,故患难为解脱;事易成则志存轻慢,故颠扑是树立。但心里佩服,这种淡定而韧强的心性要靠怎样的打击和挫折才能成就。在我,念兹在兹,是家园的毁弃和亲人的死亡。而在彼,居然当不幸降临时能坦然接受不幸,幸福降临时又能忘情享受幸福。此次地震的发生在东北,较之大阪人的豪放幽默与京都人的文雅礼貌,奥州北道的东北人,比之同样坚韧的九州人更有纪律性。这种能忍而守纪的精神气质,大概就是让赖肖尔印象深刻的"习惯于忍受自然灾害并能泰然处之"的风范吧。顺便一说,在《日本人》一书中,赖肖尔也说到了灾害助长了日本人的宿命论一事。

这样就想到我的朋友,似乎也常蜷缩着身子,内向而沉默。与之交谈,经常是我说得多,他应的少,间或回应,也乏滋味。我一直不能确认自己是否喜欢这种样子,所以常用言语小小地冲撞他一下,结果如石沉大海,但他依然认我做朋友。他应该也是这样能忍的日本人吧。这样的日本人应该可以在灾难中崛起的。事实是,他们曾不止一次在灾难中崛起。有人说,但这次不同了,核难当前,已有女人在毯子里哭出了声,有老人在菜圃里悬了梁。或许，还会有什么。但我想，一个能尊重自然教诲并忍耐克制的民族，一定会在灾难中重生。帕斯卡的说法，"人终究比致他于死命的东西要高贵得多"。

外面的世界太无奈

长谷川是我在意大利旅行时结识的朋友。之所以与他搭伴，从那不勒斯一路游到佛罗伦萨、博洛尼亚，全因他的好性格。譬如，旅途中他能问我要这要那，连谢也不说一声；兴起时在草地上翻筋斗，外加搭讪女孩，哪件都不少干。而且做这些时，他的神情朗亮如托斯卡纳的晴空。说实话，见多了日本人的"阴翳之美"，这样的率意，真让我喜欢。

我打趣说，据欧洲一百位酒店经理的打分，全球游客数日本人素质第一。"你一路咋咋呼呼，不怕丢日本人的脸吗？"他听罢呵呵一乐，问我知不知道日本有"出门在外，不怕丢脸"的谚语，我说不知道，但另外两句倒有印象——"旅行靠同伴，处世靠人情"和"常在外面走，或能交好运"。他听后更开心了，"那就请包容我吧"。

这个我自然乐意，只是暗忖他的同胞能否做到。因为就我所知，日本人到了国外，多好集体行动，不仅住同一家酒店，提同样的装备,还一体遵行同样的规矩。所以,只要你看到一群带耳麦的人,从下车一刻起就跟紧一个对麦克风自言自语的导游,默默地走,安静地看,且群行群止,很少稽留,准是日本人。我拿长谷川开涮:"难道日本人真是群居动物?拘泥刻板也天下第一?"他咧嘴笑笑,看自己一眼,好像在说,他本人就是一个反例,既独自行走,又不循规矩。

见他不服气,我继续逗他:"你看过早坂隆的《世界的日本人笑话集》吗?""买了,还没来得及看。""其中有一则笑话就发生在旅途中!"他来了兴趣,把脸转向我。"说的是航行中发生海难,船长下令弃船。他用来鼓励美国人的话是'谁跳下去谁就是英雄',鼓励英国人的话是'谁跳下去谁就是绅士'。""那对日本人呢,必定有对日本人的说辞吧?""是,船长说的是,'你看,大家都跳下去了'。"这下他有些尴尬了。原本我还想问他为何会买这本书,并告以从他至今没翻看过一页,就能猜出他的回答——"因为大家都买了。"——谁说不是,此书2007年前由中央公论新社推出,很是风靡了一阵。但现在看他的神情,我把话咽了回去。

心里明白,因为那个"驯化的社会",自小习得的教养,早已让日本人习惯跟自己人腻在一起,既以增进认同,兼能联络感情。所以从小学的修学旅行,到会社的见学体验,日本人都喜欢选择"合宿",发展到后来,有"音乐合宿""瑜伽合宿""空手道合宿"等多种名目,许多保险公司也乐意为此提供保险。试想，要这样的人到海外不待在一起，可能么？至于凡事恪守规矩、依常套、循旧例，既可以确保不给别人添麻烦，又能避耻与遮羞，实际上也是基于对这个驯化社会的服从。这样做的结果是，人们做任何事情都会依循程式，先预备下文案，再照以执行。既然恋爱也有《指南》，教你如何步步为营，扎实推进；接吻更有《必读》，提示你如何先鞠躬说对不起，然后恭行如仪，周到一点的，甚至还图示步骤，那么当他出得国门，不会做即兴随意的无攻略漫游，也就是很自然的事了。

不仅如此，一旦脱离熟悉的环境与人群，有的孤悬海外者会顿时陷入空前的紧张与不安中。精神医学家稻村博的调查报告《日本人的海外不适应》，对此有十分详切的描述，譬如有的人会发生程度不等的精神障碍和歇斯底里，有的人甚至想到自杀。人类学家中根千枝《纵向社会的人际关系》一书中，更将其人的无助与焦躁，形容为"被放逐的囚徒一般"。其实追溯历史，可以发现日本人对出国一事从来就很纠结，既纠结于别人的出国，也纠结于自己出国。前者，是否让外人到日本旅行，四个世纪前就有过争论，即使是赞同派、大学问家西周，也对放行可能引出的异文化冲突心存忧虑；后者，在是否让国民外出旅行问题上，虽有津田真道这样的积极推动者，以为日本人缺乏智识与开化，通过出国增广交际，是赶上先进国家的好办法，但真正得到落实还要等很久以后。

日本的文化就是这样，对外来思想或许能够开放，但对外人常不免心存排斥。这种排斥的原因,有时仅因为饮食习惯的不同,甚至语言表达有别。他也知道这样做没道理,所以当交会接触之际,表面看去并无立场,更不出恶声,但在心里会重重地给对方打个叉。所以最后的情形只能是这样,尽管日本游客的素质全世界第一,但全世界的在地住民还是更喜欢美国人,为其更愿意说他们的语言,尝试当地的土产。

长谷川终究性格开朗,乐意说出自己的想法。他的意思,"二战"以后,日本已然形成新的国际观,日本国民更是满世界行走。"为什么先生仍会觉得我是另类,而绝大多数日本人都不如此?"我不知该怎么跟他说。但我在上海的日本朋友,十多年下来,确实除几句简单的问候语外,至今不会说完整的中国话,生活的范围也永远在住家附近。约我吃饭,不是古羊路的"源八",就是东平路的"炙屋",且纵使喝到情畅,也只肯"Japanese 干杯"。我曾邀他来城隍庙品小吃,但他看来,满上海的美食,不可能好过大酱汤与天妇罗。有时实在寂寞,就在网上约同胞聊天。他告诉我,他身边的日本人也大都如此,既自成一队,又各有协会,必须与外界打交道时,就通过外服公司,找日本人在华生活顾问。总之他的感觉,"生活在上海,就如同掉在荒岛"。久而久之,有的同事心理有了问题,得了抑郁症或环境适应障碍症。此时,他们就会飞去北京的维世达诊所精神科。去那里就诊的,数日本人最多。

我问到过上海的长谷川,今天的上海是否可称荒岛,他连连摇头。但近两万家在沪日企,过五万常驻日本人,许多正抱持着这样的想法,这该这么说。想到文久二年(1862),德川幕府锁国两百多年后,从长崎派出的第一艘官船"千岁丸",驶向的目的地就是上海。随船而来的纳富介次郎与高杉晋作在所写《上海杂记》与《上海淹留日录》中,记录了他们的足迹,遍及上海的角角落落。而再早一两个世纪的东南亚,从荷属东印度的巴达维亚,到西属菲律宾的马尼拉,包括越南阮主政权广南国的会安和大城王国的阿育陀耶,到处有日本商人、武士和天主教徒开辟的"日本人町"(にほんじんまち),其规模之大与人口之众,不由人不感叹,现在派再多的人出国,至多产生几个日本人俱乐部,再不会有"日本人町",中华街这样的规模就更不要想了。是不是日本人的开拓精神已经丧失?

这次,长谷川没有否认。因眼下许多日本人不愿常驻海外,甚至年轻人都不愿出国旅行或留学的事实,他是知道的。过去十年,与中印两国留美人数翻番形成鲜明的反差,日本的留学生却减了一半。有识者担心,如此下去,怎么培养日本人的国际视野,又怎么能在下一代建立起广泛的人脉关系。但许多调查的结果很现实,那些留学生回国后反而找不到合适的工作,因为他已脱开了与这个驯化社会的联系,已失去了集团性的一体连带。我说,"我很记得新渡户稻造的感慨,日本人精神结构里是否真的缺少一种超越的价值观。"长谷川沉默。

这样到了锡耶纳,他的兴致似减了许多。要说锡耶纳这座中世纪古城,虽然历史悠久,与其他欧洲城市其实区别不大,照例有市政广场和大教堂构成的老城,无数的尖塔,以及断断续续围合的城墙,只不过前者建得像一个巨大的水槽,凹陷而平坦;后者有五彩大理石构筑的辉煌正面和俯视人群的高耸的哥特式尖塔。我问长谷川,是否因此前的话题太过严肃,导致他游兴大减,他摇头:"老实说,一路走来,我对这种老套的建筑格局已心生厌烦。"能这样实话实说,也是他的好处。"你应该了解的,我们日本人喜欢的是自然和艺术,像这样森严高凸的建筑,终究多了压抑,少了人情。"这次我没再反驳他,心里想的是桶口忠彦《日本的景观》一书的解说,日本人从来喜欢由山谷、河口与平原构成的"凹型景观",而不欣赏由山顶、丘陵构成的"凸型景观",因为它以一种"眺望的形象",构成了太过明晰的看与被看的关系,远不如前者以一种"掩身的形象",既征象着现世与来生的联系,又涵示着隐晦的渗透关系。要而言之,他们就是不喜欢这样的看与被看。

第二天,我要转道去圣基米尼亚诺了,那是一座建在山上的由十四个城堡围合成的中世纪小城。有鉴于它"凸型景观"得厉害,我没指望长谷川有兴趣同往。西方人有谚语,"旅途中的爱情不长久",其实旅途中的友情也同样。我们互道珍重,握手告别。

回国后,收到他邮件。告诉我之所以独自欧游,是和朋友打赌。对方赌的是不出一月,他就会对海外旅行兴味索然。而他返程回国,正在离开日本的第二十九天。

松之恋

都说日本的樱花红叶有名，但倘非春秋当令，你见到最多的恐怕还是松树。日本的松树不但品种多，种植也广。世界各地的观光客，乍见它在皇居前铺排出的阵仗，啧啧称叹。其实，从北方的岩手，到南边的冲绳，有八个县都以松为县树，它在那里作成的声势要大许多。

当然，最大声势要数"三大松原"，即静冈的三保松原、福井的气比松原和佐贺的虹之松原，前者有松五万四千棵，树龄多在六百年以上；中者过两百年以上的也有一万七千棵；最了不得的是后者，有黑松一百万棵，多为17世纪唐津藩主所植。其他如京都府的丹波山地也多松杉，天桥立景区的"芜村之松""晶子之松"等，还与名诗人相挂连。此外，日本还有"三大美林"之说，指秋田的杉天然林、青森的丝柏与长野的桧林。这些树的质性也都与松近，并与松杂处。

在日期间，与石桥先生交好。他常带我出游看花草。我虽知这是日本人天性，日本文化的"亲植物性"也最著名，但终觉蒲芬艾荣，太过寻常；蓬飘梗断，又稍涉凄清，倒是梅与松，香色俱佳，可当游兴。老人很高兴我与他有同好，遂常邀我赏梅观松，尤以看松展的次数为最多。这些松姿形各异，或侧偃，或盘地，或列植，或孤生，经花工的精心收拾，均不同凡品。偶尔也会同游寺庙与庭园，但讲解完池、石、桥、亭、屋，他的话头总会转回到植物，诸如苔草须羊齿苋和龙须，灌木宜冬青和杜鹃，至于乔木，则必须是松杉与柏桧，其中黑松被称为"乡土树种"，尤不可缺。

以后看日本各地的寺庙与庭院，尤其是庭院，敷材形制不同，但不管芝庭、苔庭还是砂庭、石庭，不管是池泉园还是筑山庭，主打景木果真都是松树，盆栽更基本以松为主。再欣赏插花，被告知松柏是花道的核心，花道最大的流派"池坊流"制作立花，就首采松枝，为其色至青，似真如。然后看能乐演出，被提醒舞台唯一的布景、那块充作天幕的"镜板"上画的也是松，是为"松壁"，又称"松羽目"；带连着从能乐中截取的歌舞伎戏目，也被称为"松羽目もの"。至于参观各处美展，所见松为题材的画作就更多了，像16世纪长谷川等伯的《屏风上的松树》、17世纪法桥宗达的《松岛图》、18世纪圆山应举的《雪松图》，还有河濑莲井的《岚山冬景》与横山大观的《松树与鹌鹑》，都是国宝级文化财。这些松或背海虬立，或标崖孤恃，其皮如龙鳞、叶如马鬃的嶙峋风骨，让人思清神远。我的感觉，拿它们与《万叶集》或《古今和歌集》对看，最是入味，也最让我有亲切感。尤其《和歌集》中"松绿寻常色，四时不变形。春回大地绿，松树也增春"，"大雪严冬日，年当岁暮时。万流终变色，不变是松枝"这样的吟唱，不正是中国古人常用的比德与象征吗？

老人说日本人之爱花草植物，本就是受中国的影响。松四季常绿，多节永年，遇霜雪不凋、历千年不陨的品性，是先为中国人欣赏，再为日本文人所知的。当然，更多日本人因它千年色、万年寿而称它为"千代木"或"寿草"，用它做"缘起物"（えんぎもの，吉祥物的意思）来迎祖神、接洪福，乃至《和歌集》中，多"万代如松寿，祝公定可期。松阴长鹤立，托庇万年时"这样的诗，是与他们所持自然崇拜的信仰有关的。这种崇拜让人确信，是万物造神，而非神造万物。佛背后是神，神背后就是自然。故日本民间图腾，日月山川之外，就是树木，是为"树神信仰"。古木巨木，尤其古松巨松，被认为是神体的象征，最能通神，神佛也最常投影于此，是所谓"影松"。也因此，早先的日本人普遍好以松作家纹和姓氏，前者见诸《日本家纹图典》，数量达百种以上；后者如"松井""松下"之属，也俨然大姓。还有，因佛典记载松叶能强精力，有些忍者还将它碾碎了，与黑豆、芝麻合服。一直到今天，日本人逢女儿节或结婚添丁，仍会用松。"但尽管如此，中国文化的影响还是清晰可见。中国人不是还以松祝寿吗？"因为喜欢中国，老人不忘点出这种松崇拜的原因。

我猜立门松的年俗也因此而起,老人点头称是,告以过去日本人,一般年前就上山去采摘合用的松枝了,是为"迎松"。接着择吉日放置,是为"立松"。再接着,等第七天"松之内"过尽,到一月十五小正月,将它连同注连绳等一起烧掉,是为"送松"。至于门松中加竹,则起自"三方原之战"后那个除夕,武田信玄对战败的德川家康的嘲讽:"松树枯萎,竹类绝迹,该是明天了吧"。面对一生最大的惨败,逃进滨松城的家康自然不服,他用松枝合围住三根斜削过的竹子,来表示自己誓死围歼武田的决心。"但这个习俗的根本出处还是在中国,是平安时从中国传来的。"说完这些,老人仍不忘再次强调。我知道他这样说,全是为顾及我的感受。日本人礼敬客人的用心,有时真细腻到无以复加。但想到由《尚书》所谓"太社惟松,东社惟柏",到周秦时的"三丈而树,树以青松",再到《荆楚岁时记》所载腊月"绞索松柏",以及清代"烧松盆"的年俗,这样的传统在我们这里,今天并一点痕迹也不见留存,心中仍不免怅怅。

像是为打破沉默,记得那次老人跟我讲了许多关于松的奇闻趣事。譬如,大阪府丰能郡有五棵八百年红松,被称为"天上松",是因其高耸接天,让许多修行者确信可借此上通神仙。静冈县的三保松原有一棵"羽衣松",传说是仙女下凡时挂羽衣的原物。仙女因羽衣被一渔夫捡走,索要不得,只能委身下嫁,并诞下孩子。不过因拗不过对仙乡的思念,最后还是盗出羽衣,回到天上。故事情节曲折，甚至感动了法国人朱古拉里斯，将其改编成芭蕾舞剧。其他还有"灯火松""夜泣松""阿古耶松"等，或能托梦，或善助人，都是造成日本人以松为"依止物"的由头。"还有，松竹梅常被日本人用来象征持久力、成长力和生命力，但也兼作料理和寿司食盒的档次标别，以松为上，竹居中，梅为下，这个你在居酒屋时注意过吗？另外，日本皇宫的正殿也有三，松之殿、竹之殿和梅之殿，同样以前者级别最高，正式仪式都在那里举行，有意思吧？不久前，文仁亲王有了儿子悠仁，纪子妃送他的随身吉祥物是高野槇，就是日本金松，亲王家周围遍植此树。这个你也不知道吧？"如此一肚皮松故事，真让我应接不暇。

我告诉老人，自己感兴趣的，其实更在这种松崇拜背后的文化意涵。记得中尾佐助在《花与木的文化史》一书中说，日本人是以文化的审美意识来鉴赏花木之美的，而松叶、卷柏和万年青等植物最能表现这种文化的极致，它们的特点是简素、枯淡，而非绚丽、豪华。杉山博明《日本文化的型与形》更认为，日本人能从树木老去中感知灭绝之美与物哀之情，对针叶树的感觉尤其细致，由此衍生出的共通感，无边无际地渗透并支撑了日本的文化。或许，透过对神迹的痴迷与永寿的念想，日本人之爱松是有其独特的文化在里边的。

见我这样说，老人很是欣喜。他说那些松，不管矮如地毯，还是高如梁栋，无不色沉气厚，姿形迈越，有时戴日映月，不乏林下风度；有时风鸣木偃，似听得到人生悲凉的清商。"看多了花花草草的生生灭灭，再审视这种单纯与简淡，正可让人有澎湃过后的安静，并心境平宁，神情开涤，这就是所谓的灭绝之美与物哀之情。"

这样细腻的体悟原是我能懂的，也最喜欢。现在，每当风起天末，雪满人间，看周遭朱颜辞镜花辞树，再回思浮漾的流光，和浮生急景难驻，老人所属意的松风松月，仍让我觉得可亲可怀。它无关古人"景物不穷，人事随变"的憬悟，也没有"行人不见树栽时，树见行人几回老"的感伤，有的只是相对不厌、去后还思的会心。我体会老人的意思，一个人倘能对此物生此心，就能体会片刻即长闲的浮生快乐。而一旦体会到这种快乐，那种物哀的心证也就在了。

唯一不明白的是，为什么这种心证不是通过赏樱获得的。对日本人来说，樱花的瞬忽生灭，难道不更能让人体悟到灭绝之美与物哀之情吗？老人没有回答我的问题，只是介绍我看志贺重昂的《日本风景论》，还有大正时动物学家石川千代松的《从生物学看日本国民性》。原来，志贺不赞成将樱花视作日本国民性的象征，为它不抗风，不耐寒，呈娇竞艳，终归飘零，远不如松柏之烈风孤凌，节操隽迈。石川更直言将樱花视作大和魂是错误的，并以为它滋生毛虫，污染环境，不值得赞美；而它所带出的人生如梦的感觉，让人心气浮荡，不仅不值得感动，"根本是让日本人堕落的象征"。老人特别提醒，像吉贺持的尽管是"国粹保存论"的立场，但他之欣赏松，是因其不事声华、坚韧持久的老重与敦厚，这一点显然与中国文化相通。所以，比之赏樱是日本人的"年中行事"，观松更须依赖日常中有心。"它不像樱那样大开大阖，让人有盛极而衰的悲喜，也不见绚烂数日、一朝飘零的惨烈，只教人安静地观对，也最宜于人安静地观对，这当然是中国的传统，只是这种传统也深深地契入我们日本人的心灵。日本的文化在根极处受惠于中国文化的地方真的太多太多。"

我原以为，在我们共处的那段时间，老人是怕太过老套，才没邀我同出赏樱。经此才知道，不唯樱花暴烈的凄美非其所好，还因为17为世纪后，它渐渐被赋予武家文化的色彩，并随自称"樱奴"的国学家本居宣长的鼓吹，成为驱逐儒学、张大"大和心"的媒介。至于明治以后，它被与经略、扩张和"玉碎"相挂连，就更非他所乐见。强调日本人对松、樱等自然美的意识来自中国，正是他对这种鼓吹的抵抗。

我不知道，现在还有多少日本人抱持这样的认识，因为今天的日本，中国文化早已被挤压到边缘。大学院里，愿意修读中国学的学生一日少于一日；一般年轻人，并汉字之美也渐渐不能认识，更不要说对自己文化母国的传统有持久的温情和敬意了。该怎样让他们了解，离开这种文化，日本将很难认清自己的来路；这个视草木如神明的民族，将很难再拥有自然的深刻与丰饶？

而对我们自己来说,亲见列岛处处,朝市秘境与名汤古泉且不论,即平常人家的万户千门,都无处不有松,无松不成景,故日本人称自己为"松国"。那么中国的国家特质与国民性该借由怎样的形象载体与符号标识,走进今天日本人的心灵呢?这个问题,同样很难回答。

如川而逝

　　门胁是中国人,跟着嫁到日本的母亲,成了日本人。与大多数日本男人一样,门胁的继父生性内向,一天跟母亲都说不上几句话,更不主动与他交流。在这样不咸不淡的气氛中长大,门胁觉得自己跟这个男人的区别,比跟一个布团的还大。

　　认识我时,门胁已读大学一年级。某次我逛电器店,听到一首歌,只一句"川の流れのように",已觉惊艳。问当值店员,说不知店长放的什么调。回来问学生,也人人摇头。是门胁告诉我,那几乎是日本最著名的演歌,"昭和歌姬"美空云雀最叫座的名曲。我知道演歌是"演说歌"的简称,其前身是"壮士节"。作为自由民权运动的产物,它早先被用来讽刺时政。后来受政府镇压,在印刷品被没收,演说会场被捣毁的情况下,自由民权的斗士们只得走上街头,把演说的内容用演唱的形式向观众宣传。明治后,社会情势改换,它收尽战斗的锋芒,渐渐成为流行歌谣一部分。20世纪30年代,因有"国民音乐家"

古贺政男的主导，演歌曾风靡一时，并在60年代达到鼎盛。但很快，欧美流行音乐风起，承猫王摇滚乐和鲍勃·迪伦乡村音乐的影响，还有此后披头士引发出的群组乐队风气，朋克、嘻哈和重金属等舶来的音乐开始流行，它就此淡出潮流的中心。80年代，虽说曾借卡拉OK的发明而短暂复兴，终究是迟暮的光景。门胁怎么会喜欢上这个？

但他没有回答我的问题，只说了一句："或许听多了就会喜欢。"我的年纪，嫌朋克闹，嫌嘻哈贫，自然容易接受演歌，尤其歌中洗练的人情与婉激的曲调，可以说一经于耳，便深系于心。找书来看，知道这种"ヨナ拔き音阶"（即除去4、7音后的五声音阶），再加上"こぶし"（即装饰音）与颤音构成的音乐，是由留美的井泽修行在1879年编订的。如此大调去4、7，小调去2、5，多段重复的分节歌曲式，弱拍起唱、二拍子的散板节奏，虽说少速度变化，与年轻人的节奏不搭，但与发音位置靠前，少依赖共鸣腔的日语很贴，再加上尺八和太鼓的伴奏，与西方音乐的区隔非常明显。"如果仔细欣赏，能听到雅乐的清雅，能乐的幽玄与义大夫的豪壮。再理解日本音乐的性格，则长呗的精粹，清元和歌泽的闲寂，也体会得到，"门胁补充道。我惊诧于他的内行，他摇头，说是偶尔从继父那里听来的，"这几乎是他唯一的兴趣和消遣。"

以后经他推荐，我听了各个时期最著名的演歌，从美空云雀、北岛三郎到森进一，对与自己同龄的"演歌五美人"尤其喜欢。又记得钢琴家山下洋辅说的话，不能仅从乐理来论演歌与其他音乐的区别，所以对诸如"泪""酒""雨""雪""海""北国""女人""旅情"等演歌的"定番"用语，以及由此串连起的情感主题特别留意。据说这些歌词在日本都被称为诗，这让我好奇。我承认，它们都非常适合于表达情殇。可问题是，这种见月怀人、听雨伤别的物候与心境，从依依爱恋到寸寸断念的流连和决绝，不是人所共有的普遍经验吗？

门胁不以为然。在他看来，类似"海峡""港町"和"波止场"这样的特殊背景，再加上对故土亲人、特别是母亲与恋人的竭情唱叹，包括演唱者五味杂陈、七情上脸的忘情投入，都足证日本人的气性。"因为没有谁会天天唱这些歌，更主要的是，没有谁会天天这么深情地在心底唱这些歌。"见我将信将疑，他很沮丧。一周后，邀我去他家做客。当时我不知道，为讨到继父这个救兵，他花了多大力气。

那次拜访真是愉快。从老门胁那里，我知道演歌所以又称"艳歌""怨歌"，是因为它常表达日本人心中那种横出他故、不得善终的刻骨哀情。我的理解，演歌虽从来有"幸せ演歌"一路，终究成为彻底的"悲恋物"，且主题永远是离别，格调永远是凄苦，是与日本人长期孤悬海上，宗教想象力丰富，孤独感和悲剧意识沛盛有关的。本居宣长不是说过吗，"人之种种感情，唯苦闷、忧愁和悲哀，即一切不如意之事，才使人感受最深。"故此，日本人会将追求人生的完满视作平庸，在乐生与崇死之间，忍耐与爆发的颉颃中，让一种彻底的悲凉将自己贯穿。这种悲凉印入演歌内里，发为阴柔的音声，就是蒋百里所谓的"高亢激烈"与"长声哀愁"了。

但老门胁的解说更为著实。他告诉我，演歌中与恋人离别的主题，是明治二十七年日清战争以后才被引入的。与故乡离别的主题，则早见于中世纪武士阶层，更与近代以来大量"田舍者"流入城下町有关。"此后，两个主题被搅和在一起，因为这些町人多农村出身，日本人的乡土意识让他们从来记得，故乡的山川风物，连同本家、神社与墓地，是自己精神世界的全部。所以除长子留守外，来城市学艺经商的男丁，当抛别父母恋人，寄人篱下，心里坚守的都是这些东西。白天，他们在以故乡命名的小店里流汗；夜里想的，就是倚门翘首的母亲和爱人。您说，除了这种凄婉的调调，还有什么适合他们？"记得说到这里，老门胁用力抿抿嘴，嗓音因用情而变得感性。

后来的事情比较容易读到。战后，急速到来的"大都化时期"，更多乡村青年，特别是青森、新潟、长野与岩手等东北地方的年轻人来东京发展。这些人一样举目无亲，在当时物价腾贵、贫富悬殊的环境中讨生活，孤独与苦闷可想而知。只是对这一些，老门胁嗫嚅几下，就一语带过。是送我出来的门胁母亲告诉我，她未及谋面的公公当年就是从青森上来求学的。这些人都很优秀，但实在太穷了。其间发生的种种，恋人成怨偶的悲欢离合，就是演歌里唱的。直到70年代，早稻田大学北面,神田川边上只有三叠大小的破屋舍里,仍然住满了穷得叮当响的学生情侣。那些男生,本就不好言辞,望着窗外的河水不舍昼夜,汤汤流入隅田川,想到自己的爱情未来,心里的悲凉,无法用言语表达。"这些人当中,又有我丈夫的长兄。因公公早逝,他从小由长兄供养。可惜那些年天天加班,弄坏了身体,也已经去世了。"这些,门胁说他也是第一次听到。

以后,老门胁又邀我去过一次,看日本老照片《一亿人的昭和史》,谈宫家准《日本的民俗宗教》和陶笛大师宗次郎的《故乡的原风景》。记得那天告别出来,心里全是思旧念故、聚散存没的伤感。回到住所,再听《北国之春》这样的曲子,回思小津安二郎和山田洋次的电影,竟不知不觉地生出一种对此茫茫、能无怅怅的感怀。以前不能体会,为什么《北国之春》会成为日本人的"国民歌",经此请益,再想及它的词曲作者早年都有贫苦生活的记忆,唱红它的千昌夫本身就来自岩手乡下,他当年坚持穿皱巴巴的风衣上镜的执拗,也就可以理解。

那一次,我们还喝了很多酒,因往酒里添加了太多东西,所以很快上头。门胁说,若非亲见,他无法想象先生会如此豪兴。但在我,以残存的清醒,不可想象的是一个总撇着嘴,咬肌紧绷,被儿子视为怪物的老男人,唱起歌来能如此投入,并浃髓沦肌,深情万斛。都说人一入情关,便无足观,但当时的感觉,老话并不都对,至少那一刻是错了。推而至于所有日本人,我甚至觉得,似乎只有入了情关,才谈得到生动。所以当酒尾兴阑，寂寞心生，再内向的日本人都会唱上一曲，助你一粲。有些用心的更温柔如水，深情似酒。你听了，只觉得哀而酸鼻；在他，是借以抚平隐在的创痛。这就是那一刻，老门胁"欲将沉醉换悲凉"的愁惨心绪了。

这样试着理解，演歌就不仅是让他也思也感、如痴如醉的娱乐，而正如其太太所说，是他的乌梅干和大酱汤，他的"怀念之酒"和"手中之茶"。他自己的表达更诗意些，"它是我们日本人的心，日本人身体里流淌着的血。您看法国有香颂，美国有爵士，日本就是有演歌。"我说现在你儿子也能喜欢，真太好了。他摆摆手，"他懂什么。他喜欢的是好莱坞摇滚名人堂里的B'z。"我劝道，年轻人喜欢流行音乐，很正常的，更何况像B'z与GLAY确实了得，我都喜欢。"只是，自上世纪70年代传入日本，这种视觉系摇滚只会用炫奇逗怪的方式炒热气氛，哪里比得上演歌，很自然地就唤出人心底的感觉。"我承认这个分疏到位。确实，听惯了演歌手的啼笑收纵与歌哭抑扬，再看B'z们的声嘶力竭，乃至滨崎步与宇多田光的"歌姬对决"，倖田未来与大冢爱的出位的性感，就觉得过心的东西太少，发泄的成分太多。或许，他们以为这是他们的世界。他们要用自己的喉管和旋律重新定义这个世界。但其实，这个世界一切的基本情形都没有改变，情感世界更是如此。

"该怎么让年轻人明白这一点呢？"我感叹。"他们不会明白，演歌不是背时的土玩意儿，作为日本近代化的产物，它曾引领时代风气，是上个世代全部精华之所在。还有，它对古典艺能与现代流行音乐的受容，那种既吸取西洋音乐养料，又接受东亚音乐滋育，与'ムード歌谣'即情调歌谣合流后，还诞生出'酒场物'等新的题材。它活泼泼的生机，根本不是这些小孩子所能想象的。"老门胁越说越激动，压了口茶后，才解释给我听。原来，演歌主要唱诵的对象是乡村与市井生活，50年代后，为迎合酒吧、俱乐部中都市男女的情感体验，才引入曲调更加洋化的"ムード歌谣"，另开新局。由于这些ムード歌手也唱演歌，造成两者新的合流。我说："现在不是又有冰川清志么？不但唱演歌，也唱流行歌曲，可见这样的新东西还在产生。"老人连连摇头，"你看他一身洋装的公子样就知道，已经不是那么回事了。"

想想也是。早前听过爱尔兰籍歌手恩雅唱的《薰衣草》，已觉这样的演歌不是味道。此刻，回忆老门胁的表情，再想到现在的冰川已开始唱"视觉系演歌"了，2009年推出的单曲《心跳伦巴》干脆走性感路线，更有甚者，一些事务所为迎合年轻人的好萌心理，推出身穿洛丽塔和服，用鸡仔声演唱的"萌系演歌手"；还有"80后"美国人杰罗，因拿捏不了演歌特殊的副拍节奏，靠秀街舞和饶舌风格糊弄，居然敢称"日本蓝调"，必不会被他认可吧。因为，对照みつと俊郎的《旋律的日本人论：从演歌到古典》，它们终究都不是"卜演歌"（即正统演歌）。老门胁的说法更决绝，"它们原本就不能进入演歌的行列"，就像掺了水，透了气，这酒终究再不成酒了。

后来我们又说回到美空的《川の流れのように》，我说她歌里拓出的那条乡间小路，虽地图上都找不到，但足以教人会尽季节的寓意，还有人生如同旅行的真谛。而她一唱三叹的那条河，那么安详平稳，让人听了就想寄身其中，载沉载浮，这种与故土故人的苦情厮守与抵死缠绵，还有在惨淡凄美中绽放出的持忍与安详，就是日本人心中的天意人情了。老门胁喜欢我这么说，"昭和时代，美空云雀和岛仓千代子是上至教授、大法官，下到出租车司机都喜欢的巨星，岛仓的演唱会曾挤死过人，美空更位列日本人喜欢的一百位世界伟人第十四位，她们是把歌唱到你心里了。就说先生喜欢的这首歌，不知感动过多少人。"我只知道美空在日本的地位无人能够撼动，以后上户彩主演的《美空云雀诞生物语》大获成功，日本史上最年少的演歌手，九岁出道的樱真耶因歌喉出色，也被人称为"平成时代的美空云雀"，但她如何流声世界，却不甚清楚。老门胁扬声说道："美空就是东方的玛利亚·卡拉斯，这首歌连三大男高音都唱过。"他的意思，如果你的人生真的干涸出了巨大的裂隙，这样的演歌必能婉转淌过你的心灵。

一年后我回国。门胁跑来送我，带给我他父亲送的一张美空专辑，里面收录了从早年《悲伤的笛子》到后期《爱灿灿》等美空最著名的歌曲，我最初听到的那首《川の流れのように》也在。我对门胁说很遗憾，忘了请教他父亲这首歌的歌名究竟该怎么翻。门胁给出的死译不能让我满意，什么"川流不息""大河奔流",整个儿美国西部片的味道,能传达一个天涯游子的人生心路,以及他对那种似水华年的眷顾与疼惜吗?他说下次问清楚后再告我。但过了很久都没见回复。原来,因为景气不好,老门胁已提前退职了。见废退消沉中的他整天摆弄那些老唱片,一听就是大半天,余下的时间就是发呆,门胁没敢再去烦他。我回复门胁,说能体会他继父的心境,包括他曾经的感叹——"那是一个多么好的年代"。可惜时间之河流走太急,已不能像过去那样殷勤识得故人心,欲其曲抵微达,就更无可能。

所以,在紧接着的2007年,NTV周六黄金档播出的《演歌女王》,会因为收视率太低而缩短集数,提前下台。越一年,新宿那家有六十年历史、被称为"演歌殿堂"的KOMA剧场也会宣告歇业,并在去年被彻底拆除。我询问门胁,想知道他父亲的反应。他没多说什么,只告诉我自己已经读大学院,课余在一家演歌教室打工。演歌教室日本各地都有,但一般都规模不大,门庭冷落。我不能相信这份工作能替他赚回多少学费,最关键的是,能干多久。他说还好,"因为总有一些人惦记这种慢悠悠,似乎停不下来的老调调,所以虽然门庭冷落,并无关门之虞。"

这样听来,或许今天的门胁仍谈不到是喜欢演歌的,但我能理会这个举动背后的含义,那是为慰藉继父日渐枯衰的晚景,也是想试着走进他的心灵。

他还发来重新翻译的歌名——"如川而逝"。将美空的歌重新拿出来听,那种感觉,似乎近了。

第二辑

世相风物

落寞的背影

许多人初到日本,见一展臂可以拦下整条街道,一转身可能撞翻三个老人,很自然地就会揣度它地狭物小,难有佳胜。有的人进而认定,其国民局处偏隅,精神视境也一定逼仄促迫,难见豁荡。

可天下事,经常是一经概括就难逃例外的。虽说受地域的限制,日本许多东西都要比别人小上一号,但彼有大物惊人,也是不争的事实。谓予不信,请问:你能说富士山不够阔大雄秀么?东大寺及寺内的那个坐佛藐乎小矣么?若要具体到人,那相扑力士的高硕肥满怎么样?他们两米开外、黑大圆光的巨大身形,难道还没大出你的想象么?

凡不想存心硬掰的,听到这里都会服输。确实,当这些重达两百公斤的力士像山一样碾压过来,一般人只有屏息仰视的份。包括那些自恃高大、笑日本人居"蚂蚁山"、住"纸盒子"的西方人,也不得不为自己的小头锐面自惭形秽。让人印象深刻的是，当西方人前倨后恭自惭形秽了，洞穿人心的力士们根本不屑一顾。打一个半尺见方的哈欠，背过脸洋洋而去，是他们通常的做派。因为他们背后有历史啊，那种镌刻在时间里的光荣，让他们有足够的自信懒得理你。

相扑（すもう）在日本兴起于7世纪，8世纪进入贵族生活圈。平安时期，它与弓箭、骑射并称为"三度节"。幕府时期，又与箭术、马术、剑术一起被尊列为"四技"，广受武士的喜爱。到17世纪，更有职业相扑兴起。明治时，因失去幕府将军与地方豪强的依靠，加以正尚欧风的国民以为，系一条兜裆布相搏于广众，殊属不雅，才渐趋衰微。不过等到昭和初，国粹主义抬头，它又很快得以复兴。以后更被奉为"国技"，受到国民的推崇。那些相扑力士自然也成了人们仰慕的对象，谁家新诞婴儿被相扑手抱过，谁家新落成的宅第收到相扑手的名片，都让人艳羡不止。

相扑力士的名字通常取自高山大海等自然大观，或者著名武士的令名大姓。他们看去行动迟缓，木讷呆笨，但以摔、绊、按、拧四大法为基础，加上各式变化，总共百余手的"技麻利"，让他们搏击起来灵活如蛟龙。不过尽管如此，他们从一开始就被告知，相扑依靠的是精神而非蛮力，相扑手不仅要有刚猛的力，更要有柔软的心。所以在平时，他们很注重自身修养的提高，饮食、医学和生理等科目外，甚至还研习汉诗。在此过程中，相扑与一般运动的距离被拉开了：相扑不讲级别，与其说是运动,不如说是文化,说到底,它是日本文化最精粹绝好的体现。

只是,时光流转,谁也没想到这么快,它又面临一个向下逆转的关口。因为全球化到来了,全球化带来的文化普遍主义以空前的整塑力席卷一切,受到裹挟,就连最珍视传统的日本人,也在不知不觉中轻慢了自己的文化。相扑自然没可能置身事外,许多本来神圣当然的讲究,开始遭人质疑与嘲笑。譬如,相扑崇尚等级,在熬到第五等"十两"、成为职业选手之前,一个力士通常能做的就是在部屋(相扑会馆)里擦地、洗衣、扫厕所,乃或给师兄梳头。说到梳头可不简单,有分缝、抹油、针挑、结辫等多道程序,一点都错乱不得;至于横纲头上那束大银杏式发梢,则不是谁都能经手的,必须交由专门的技师打理。这份苛严与疲累,如今有几个后生经受得起?

再譬如,相扑规定同一部屋的力士必须挤在一个房间,五点起,九点睡,不得随便外出,也不许喝酒。杂烩火锅倒可以敞开吃,但那是为快速增肥。然后,春夏秋冬加大阪、九州,一年六场,在727厘米见方的土俵(黏土堆成的赛台)上辛苦卖力。既要踏脚驱鬼,撒盐除魔,更须在手执军配(指挥比赛用的扇子)的行司(即裁判)怪声唱名后伺机出击,肉肉相撞。或侥幸得逞,摆手感谢天地人;也难免轰然委地,一嘴咸涩一身泥,这份苦又有几个人吃得下去?其实在年轻人看来,苦不算什么,将高尔夫操练到老虎伍兹的水平,不也得吃苦吗?问题是它太可笑太不值啦。闻听此言，上了年纪的日本人都要气瘪。想想过去，力士伺机扑击的时间可以长达一小时，现在只四分钟就已经让人不耐烦它的呆板与滑稽了。可气瘪归气瘪，相扑的观众还是不断在流失。早先，到东京两国国技馆看比赛，须提前一年预约。近几年，即使是决赛，不大的场子里，也能见到成排的空席了。

面对如此惨淡的情景，相扑手的落寞可想而知。原本上得台来，八面威风；下得台去，是广告商的宠儿；纵然退役，也有千娇百媚，排着队盼望执帚以从。还有，原本三等以上的力士都有后援会，都有粉丝送金刺银绣的织锦围裙，有的甚至缀以珍珠和钻石，现在这一切还能指望吗？至于由此带来的超过一百五十亿日元的年收益，这样的日子，在主事者而言，更是散入云烟，渺难追寻了。

这还不足以缭乱人心，最令他们尴尬的是，自20世纪90年代若乃花、贵乃花兄弟先后晋升横纲，贵乃花更被日本政府授予"一代年寄"的最高荣誉，其引退纪念会在富士电视台连续转播八小时，引得许多父母竞相送子来学，当年录取人数超过二百。此后，相扑的最高荣誉就再不属于大和的子孙了，如大关小锦、横纲曙与武藏丸都是夏威夷人，日本人虽乐呵呵地戏称他们为"番夷三结义"，心底却五味杂陈。更要命的是，这种"国技不国"的势头远远没有止住的意思。现在，整个列岛最有人气的相扑手是保加利亚籍的大关琴欧洲，前后连胜、晋升到极顶的则是蒙古籍的横纲朝青龙与白鹏。日本人犯疑了，倘若事实再这样不断证明蒙古摔跤比日本相扑高明，那送子学习还有什么意义？这样一踌躇，一发狠，2006年相扑协会招新就只录取到几十人，次年干脆无一人报名，相较于20世纪40年代相扑被列入学校科目，是为空前未有的变局。

有的相扑手心态失衡，或架不住世风的激荡与撺掇，不免做出种种有违身份与传统的事来。2007年6月，时津风部屋的力士竟被亲方（部屋的师傅）与师兄暴打至死，消息传出，惊动全国。本来，相扑中就没有拳击与摔跤那样的怀怒挟气，争雄较胜，朝青龙可以在土俵上动粗，可以不奉协会夏季巡演的征召，称病在故乡的大草甸踢球，因为他是蒙古人，对相扑背后的日本文化很难有深切的体认。但现在日本的力士出了这样的事，真让他们不知说什么好。相比之下，原本认为女子不洁不能上土俵的成例在今年秋季赛被打破，自然就算不得什么大事了。当然，见有女性奋力攀爬土俵，场内不少日本人还是很感错愕，第二天的舆论也如滚如沸，一片哗然。为什么？为一种传统似蓬飘梗断在崩坏，一种文化似礼器上的油色不可挽回地在剥落。

遥想1853年的幕末时期，美国人佩里带领着舰队，终结了德川的锁国体制。日本人猝遇变故，对西方的文明不免有一种本能的抵触。其时，就有相扑手来到横滨码头，将上百斤重的米袋抛玩得滴溜转，以此举重若轻，向洋水手示威。再看看今天，这种对传统的固执在力士心中还留存多少？尚未出头的在为名利而非名誉搏杀；已经出头的名誉既盛，赠答遂繁，乃至跑去热场追星，说不完的一大本花账。衰退就这样形成了。你只有感叹世道变化的深彻，但已经不能揣想那些站在土俵上的，是否还是一百多年前歌川国贞笔下的力士了。这世间已改换的，又岂止在相扑！

那时的衣冠

四年前,一块唐代墓志在西安八仙庵古玩市场被偶尔发现,成为此后好几年中日学者热议的话题。按说,被发现与著录的唐代墓志已不下五千方,之所以这一方备受关注,是因为它记载了一千三百年前,与遣唐使一起来华的日本留学生井真成的事迹,这使得它成了目前被发现的此段中日交往历史的唯一实证。

当墓志的复制品送到东京,引来观者无数,天皇夫妇也亲往参观。两年后,墓主人的著籍地、今天的大阪府特地在住吉神社举行恭迎与安灵仪式。其故乡历史上属河内国志纪郡的藤井寺市,更像过节一样,张灯结彩,择好地将其作永久地供奉。因为他是阿倍仲麻吕、下道真备和大和长冈的同行。这些人大多都已荣归,并稳占了青史,独年轻的他客死异地,让乡人很是疼惜。学者的研究说,作为渡来氏族,井真成所属的葛井家族从飞鸟时代起就一直向往中国,并不惮于扬帆蹈海,但这一次,他的子弟毕竟去得太远,回得又太迟了一些。

墓志周长三十九厘米,从尺寸形制上看,没有什么可以特别称表的地方,共一百十七字的简略记载,也让人约略想见主人的平凡。因为当年第九次遣唐使浩荡的船队,五百多人中有大使、副使、文书、翻译和工匠、水手数百人,井真成不过是同行若干名留学生、学问僧中的一员而已。但他"才称天纵","强学不倦",以这样的聪明好学,人们完全可以期待他异日的大成。不幸的是,他"闻道未终",才三十六岁就过早去世,这引起了中国皇帝的哀痛,故在称述其"衔命远邦,驰骋上国"的事迹后,特"追崇有典,诏赠尚衣奉御,葬令官给",俾其"形既埋于异土,魂庶归于故乡"。

其时,井真成来到的是唐朝都城长安,它辖境之阔大是明清北京城的1.4倍,古罗马城与君士坦丁堡的7倍。有百多座佛教大伽蓝,几十座道教道观,还有波斯教、摩尼教等寺庙无数。作为世界上第一个人口过百万的大都市,更有常住外国人两三万,往来通使的国家地区三百个。上国之称,不遑多让。玄宗皇帝宣德化而柔远人,厚往薄来,对前来朝觐者一例礼遇,由内使导其进城,监使负责接待,入四方馆,就国子监,然后内殿赐宴,按爵赏赉。现在,有人不幸去世了,自然要官给奉葬,成其哀荣。井真成死时,玄宗四十八岁,尚寄居别家的杨玉环年方十四,浑不知将要到来的恩宠。正奋发有为的中国皇帝的诏赠,自然是漂亮得体的大国风范。

这里要说的是他赐赠给死者的官爵尚衣奉御。此官在唐代属殿中省尚衣局，主掌皇帝冕服。与清代被降为正八品不同，其时它秩正五品，任职者均出自皇帝外戚、勋臣之子，或有特异智能的秀出之士。墓志称井真成"蹈礼乐，袭衣冠"，可见他认同并亲近中华文明；再设想他"束带立朝，难与俦矣"，又可见其丰仪出众，几乎可比唐国才俊甚至越然而上，所以玄宗赐以内官高爵，是不把他当外人的意思。而之所以将"袭衣冠"与"蹈礼乐"并提，并非官文常套，实在是因为历史上的日本，原本谈不到"衣冠"二字。所以，从公元5世纪起，他们就数次向中国索求织工，也有避乱东渡的汉人带去蚕织与裁缝技术，是为"汉织""吴织"。当时，中国的南朝被称为"吴"，故日本人至今仍称和服为"吴服"，大阪府的池田町，甚至还保存有祭奉吴织师的吴服神社。一直到推古天皇时，摄政的圣德太子派遣隋使来华，虽有"日出处天子致书日没处天子无恙"这样的大言，但私心仰慕中华衣冠，仍可从其头戴中国式幞头、身着唐装的画像中看出。以后大化改新，日本进入全面学唐时期，一应制度，诚如木宫泰彦《中日交通史》一书所说，多仿唐制。官制、刑制、兵制、田制和币制是如此，服饰形制也是如此。不仅颁"衣服令"，规定礼服、朝服与制服悉袭唐人，奈良以后，就是祭祀先皇也用"唐物"，赏赐臣下更多"唐国彩帛"。要之，日本史的记载，由于长年不断的推行，到文武天皇大宝元年（701），那里的服饰制度才粗粗告备。

如果择要例数相关事件,则在井真成来唐的第二年,元正天皇养老二年(718),刚回国一年的遣唐使多治比县守,穿着玄宗所赐朝服觐见天皇,曾引来大臣竞相效仿,带动整个上层社会,兴起不小的易服风潮。后天皇下诏,国中百姓服饰,一律仿唐。井真成去世后二十八年,天平宝字六年(762),卸下遣唐使任的下道真备在九州的太宰府,依样设计了一整套通行服饰。此后数十年,平城天皇与嵯峨天皇均下过朝会之礼与常服之制须一准唐仪的诏令。由此再联想到5世纪,雄略天皇在遗诏中深以"朝野衣冠未得鲜丽"为憾,当年井真成在大唐如何努力于衣冠制度的学习就可想而知了。平安朝后,有日本特色的"国风文化"兴起,入宋的日僧也开始不惮以"大日本"自称,但中华衣冠并没有遭其废弃。一直到江户以后,海通被限,但受"远物崇拜"影响,民间对"唐物",包括中华服饰的喜好仍未有变,以至九州、四国一带的豪强要向走私者收取"唐物税"。

毕竟中国自周朝起,服饰就尚交领右衽,那种宽袍大袖的舒和气象,是举手投足间掩抑不住的斯文与风雅。其"衣冠之邦","冠带之伦",正如其灿烂如花的锦绣生活,哪里是男着横幅,仅结束相连而无拼缝;女用大布,唯中穿一洞而头贯其中的大和子孙所能梦见。所以乍见之下,难免惊艳莫名,发愿非学到手不可。要说日本人确实最善学习,其谦虚认真的态度在那个时候就是世界第一。故几个世纪下来,他们的服饰改进了,言动与气性也发生了变化。当站上 8 世纪大唐的朝堂,《日本书纪》中伊吉博德的话说得坦率,"所朝诸蕃中,倭最胜",此处"胜"字,显然与服饰仪态的秀出有关。至《续日本纪》记"唐人谓我使曰:'亟闻海东有大倭国,谓之君子国,人民丰乐,礼义敦行,今看使人仪容大净,岂不信乎!'"将此意说得更为明白了。什么是"仪容大净",唐人没有交代,但看看今天的东邻,从髫龄稚儿到白发耆宿,应该能够知道。倒是对照明人《万宝全书》或《两朝平攘录》中裸身跣足、拔眉黛额的日本人像,反而有些糊涂。

或可再说说自己曾去到的住吉神社,创立于公元 3 世纪,是历史上日本人祈求海神护佑航行平安的地方。自圣德太子以后三百年间,从这里启碇来华的使者有十多批。在日本原木原色的建筑样式中,该神社接近于中国寺院的红色油漆,显得特别醒目,社内神职人员的服饰,也隐约看得到汉规唐制的遗存。个人的观察,去那里观光的中国人不多。今天去日本的关西旅游,凡到大阪,必会被安排去御堂筋扫街,心斋桥购物;若到京都,则清水寺、金阁寺以后,也一定会去西阵织会馆看和服展,对着满眼的锦似繁花啧啧称叹。只是有些遗憾,当我们习惯了从台港转道引进日本流行的服饰文化,并以此引领本土的时尚潮流时,我们已不能辨识其褶痕间宛在的汉风唐韵了。尽管从文明发展的进程看文化的回流与反哺,这样的情形,殊属平常。

我们心态健康,只是有些感叹。

夏之风物诗

当亚洲各地的住民为进入溽暑而烦躁不已,日本人迎来了一年中最热闹的时节——"夏日祭"。日本最著名的"三大祭",如京都祇园祭与大阪天神祭,都挤在这一时段。让观光客印象深刻的长野御柱祭等"日本三大奇祭",秋田竿灯节等"东北四大祭",也在此时举行。

此间看过的人,除惊讶其规模,大多不能明白,如此顶竿提灯,围着神舆,嚷嚷着"欧伊沙",有什么意思。而稠人广众之中,男只兜裆,女着浴衣,更让人觉得不可思议。但在日本人,祭是他们认定的人生目的之一,不但是对生命极致最好的表达,还是对生之真谛最淋漓的诠解。至其面上的热闹能释放人心底的苍凉,更让它成为日本人最期待的集体狂欢。

所以,这个时节,以盂兰盆节为中心,整个列岛如滚似沸,庆典不断。盂兰盆节是飞鸟时代从中国传入的。当节那几天,人们会从各地返回故乡,与家人一起祭奠祖先,焚烧苎壳、真菰筵以接引亡魂，是为"迎火"。两天后再送其回去，是为"送火"。以后当户点火不再常行，但为能在亡灵回家的次日，为其照亮黄泉路，人们改在山上烧"大"字祝火，是为"大文字烧"（だいもんじゃき）。从秋田的大馆到高知的四万十，此俗到处可见。在京都，更有所谓"五山送火节"，人们在东山如意之岳等五座山峰，用松木烧出"大""妙""法"及船形与鸟居图案，以祭慰先人，然后让火光映入自己的水杯与酒盏，饮下免灾；或虔敬地迎回烧剩的松炭，以驱鬼避邪。不过到今天，所有这些仪式无一例外都演变成彻底的全民狂欢。白天，是神舆游行和盆踊大会，人们身着各式和服，沿街泼水，祈祷祝福。入夜，则持火把、奏太鼓、跳大文字舞，在"大"火点燃后，期待着花火大会把一季的庆典带向高潮。

这里说到了花火大会。据说始于1613年德川家康观赏花火，"花火"一词也在那时开始出现。又说始于1733年的两国川，八代将军德川吉宗之时，其时瘟疫流行，为祛邪慰灵，幕府在东京的隅田川燃放了花火。但更有名的是合称"三大花火大会"的三河国吉田、常陆国水户与甲斐国市川所燃放的花火。现在，作为夏季盛事，列岛的花火表演就更丰富多样。来自各地的花火师，在总计三百多场的花火大会上，纷纷献上自己的力作，品目竟以百万计。至于燃放的时间，最长可达五小时。日本人说自己是一个用心看花火的民族。每到华灯初上，伴太鼓声看礼花冲天，由其一瞬间的热情迸裂到瞬忽销尽，日本人体会到的是类似赏樱所获得的邃美与凄美。也所以，一些用心者会收集情报，排出日程，把各地的焰火看个遍。而女孩子则认定此生不能与相爱的人同看一场花火大会，青春便谈不到完美。故每当这个时候，提着花布袋、穿着"ゆかた"（夏日浴衣）的她们，就成了当季最恰好的风景。日本人把这样的种种，统称作"夏之风物诗"。

虽然称作"风物诗"（ふうぶつし），其实与诗无关，指的是一个季节最具代表性的品类事象，从上述祭事祝日与节庆活动，到一地特有的自然现象与衣食器物都是。所以在那里，"夏之风物诗"还包括"炎天""夕立"和"蝉時雨"，"萤笼""线香"和"蚊取豚"。日本人对这一切的一切，都一例投入殷勤的关注，并善于体会其所代表的"年过半"的自然消息，以及这种消息中所含示着的人生真意。

譬如，用萤笼捉萤火虫，就是他们非常投入的一项活动，他们称这个为"萤狩"（ほたるがり）。你或许以为，这是迎合孩子的心性，嬉戏而已。但在福冈的博多，为了让久居城市的人们能观赏到萤火飞舞的夏景，那里的孩子特意捉来萤火虫幼虫，在车站的屋顶上培育。到六月中的最佳观赏期，灭灯让人体验。然后再央求大人望月说狐，以一通幽灵怪谈，丰富自己一夏的奇思异想。日本有所谓"三大怪谈"——《四谷怪谈》《皿屋敷》和《牡丹灯笼》，暑假合宿，黑魆魆的房间里，连老师都会说上几段。里面有古老的习俗与宗教，更多日本人的特殊气性与传统信仰，此即清少纳言《枕草子》所说的"夏天是夜里最好"。

再说那里的妇人，忙完一天家务，通常会坐到缘檐下，望着远天的"夕烧云"，在风铃的清响中，体会夏的禅意。风铃一般由玻璃、金属制成，较少见的是用木炭。锤下系一纸片，叫"短册"（たんざく），上书古诗或儿歌。当清风袭来，短册振动风铃，经过转换的凉意，就在听觉中实现了。此时，她们还会行"七夕恒例"，去入谷赶"朝颜市"，到浅草赶"鬼灯市"。朝颜即牵牛花，自打从中国引进，就深受江户庶民的喜爱。鬼灯开白花，结橙红色的果，日本人因其形近灯笼，似传说中人的魂灵幻化而喜欢它。如果你也去那里，看到百余家的露店，十万余钵朝颜和鬼灯迎候着人，是什么感觉？抑或没感觉吧。但当你知道鬼灯的花语是"虚假的爱"，朝颜的花语是"爱得无望"，就不一样了。

最洒脱的似乎是男人。在京都的"川床"，处处可见他们就着冰啤，享用着"水贝"（生拌鲍鱼）、"冷奴"（凉豆腐）等夏料理，还有冰裂纹的玻璃托盘上，两片绿枫叶垫衬着的精美点心。川床最早起于江户的鸭川。每年夏季，从北至南，二条桥到五条桥沿岸的河滩，近九十家餐馆都会架起这种纳凉台，供应京都料理和流水挂面。但在这样的"真夏"时节，如此良辰如此夜，推杯换盏中的男人们，最后的话题居然与他们的太太一样。他们说的是，不久就是秋凉，秋月映照下的一天白露，以及经宿后纷纷落成的"露时雨"（つゆしぐれ）。而从露水凝结到消失,这段短暂的"露の间",不就征象着"露の世"与"露・命"么?想到从早先的武士到后来的才人,由此生出的感慨无数,那些洗练洒脱的前辈原来与自己一样永夜独醒,多情而感伤地独立"待宵",等候"月白"(满月出来前东边天空最先出现的白色微光),并由"立待月"而"卧待月",他们觉得这样的风物诗简直就是自己不得不归服的夙缘与宿命了。

由此,他们更细腻地体贴四季风物,由"春一番"的南风初度,赏及三月初的北窗的"落椿"(椿树整朵凋落的落花方式,让其想到武士壮烈的断头赴死)。然后以"四月尽"表示对春去的伤感,"九月尽"抒发对秋尽的惋叹。中间经过五月末的"麦秋",就是六月的换夏服与十月的更冬衣了。其间,又有最值得人欣赏的大自然的一季清秋与满目鲜烈的"山妆"(やまそう)。你不读古书,自然不知道"山妆"特指秋山。但在他们,由北宋郭熙《卧游录》所说的"山之四季",是很能体会春山如笑、夏山似滴、秋山曰妆与冬山近眠的真意的。这样咀嚼含玩着,很快冬天到了。外出的他们不时将手插入棉袍,是谓"怀手"(ふところで)。一些心比别人多一窍的护惜自己的手,仅仅是为了坐到桌前,能写好一年最后的日记。他们称这个为"古日记"。待第二天醒来,已是正月新正,再记下特别的心情,就是"初日记"了。故交岁之际,贩店里记事本最好销。而这些,又是那个季节日本人最看重的"冬之风物诗"了。

如此春秋代序,寒暑迭替。每逢季节转换,日本人把窗帘坐垫换作与当季相应的调色的同时,都会在心底一一记入大自然朝暾夕胧的不同风色。所以,著名的文艺评论家山本健吉会感叹日本人对季节变化的感受性最"尖锐",由此形成的美的意识也最"纤细"。验之从《万叶集》多四季的记载,到《古今和歌集》发展出的季歌,再到类似西行五十年隐逸生活所创作的两千四百余首和歌,无往而非雪月花的吟咏,并直接影响到作为"季节之歌"的俳句,你只能同意这个有些自大的判断。直到今天,日本的俳句仍然以描写人与景物的感会为主,其中"季语"(きご)仍不可缺,因为俳圣芭蕉的《笈小文》说了,"所谓风雅,随造化、友四时也。所见无处不花,所思无处无月。所思无花之时等同夷狄,内心无花之时与鸟兽同类"。他要人"出夷狄而离鸟兽,随造化而回归造化",故以后尽管有人主张废除季语,作"无季俳句",终不能成功。至于那些不断增出的以四季加新年为分类,按时令、天地、人事、生物与草木立目,辅之以古今佳句的各种《岁时记》,更是充斥坊间,上及山本健吉就写过《言葉の歳时记》。如此春有百草秋有月,夏有凉风冬有雪,你就明白,这个民族对自己历史与文化的疼惜,到了怎样深刻的程度。

因为差不多的环境与气候,自古以来,中国人也多春惜秋悲的风物咏叹。但要说对夏天与冬天,可拿来与日本人相匹敌的细腻赏会还是不多。今天就更是了,不唯对夏冬,就是对春秋,乃至与四季相关的一切物候、器物和礼俗,人们的认知都日渐疏阔与模糊。城市的崛起似乎必然伴随着乡村的凋敝,物质的丰裕似乎命定了要简化人的生命体验，并让人轻慢自然，无视传统。更可叹的是，已经这样了，已经栖栖遑遑，日渐失去与宇宙自然的同体感和归属感，并在没有传统标识的陌生道途中无处寻觅精神的原乡，我们仍在笑话别人，说那里的种种如此粗鄙，简直可笑。故周作人《日本的衣食住》说："日本生活中多保存中国古俗，中国人好自大者反汕笑之，可谓不察之甚。"

这样再说回到"大文字烧"，可以确定发端于五个世纪前。但为何要烧成"大"字，并无确切的书证。或说"大"字形近五芒星，佛教的解释，此星可慑恶魔。也有说是因它形近神的化身北斗七星，点燃"大"火等于是有神保护先人返回天国。又有人以为"大"字代表宇宙，"大文字烧"是要烧掉潜积在人身上的诸种烦恼，其一百零八座火床正代表了世间一百零八种烦恼。明治时，因推动现代化，这样的习俗自然被视同迷信。"二战"时，为防轰炸，常要灯火管制，"大"火更被禁止。但尽管如此，它终究没有被灭绝。就是在战争打得最激烈的时候，作为替代，小学生们仍会换上洁白的衬衫，在老师带领下，一大早爬上山顶，沿着放火点列队做操，以慰亡灵。现在，就更没有要废除的话了。不过随环保意识提高，不再随意挖山插松明了，而是代之以沿山体斜面，铺设"大"字火道，这样既能防山体风化，又降低了火灾的危险。至于点火时用的"护摩木"（在神社里写上心愿供养先祖的灵牌），都是一些极普通易生的木材。

这样的殷勤周至，你觉得怎么样？

岂可食无鱼

东京市中心，与繁华的银座隔几个街区，有世界最大的鱼市——筑地市场（つきじしじょう）。它源于江户时德川家康在隅田川北岸开出的专门集市"鱼河岸"。原址1923年毁于关东大地震。待新市建成，历七十年的人气拢聚至于今，已成为都心旅游的十大必到之地。

不过，到过那里的人都不能相信，这个已显得有些老旧的扇形建筑居然有四十三个足球场那么大，湿漉漉的水泥地面与狭窄的人车通道又居然日处理海产两千吨，不仅有"东京大厨房"的美称，每年进出的渔获竟占到全世界的五分之一。

因有日本朋友的接引，我曾亲历该市从清点收货到拍卖派送的全过程。当牛铃声起，看着"祝初荷"的旗招下，一排排切掉尾巴等待检验的金枪鱼被穿着橡胶围裙和靴子的工人码放得整整齐齐，直感到非"壮观"两字不足以状其声势。而拍卖过程中，叫卖者左扭右摆的肢体语言，还有行内人才看得懂的示价手势，则让人感到既新鲜又滑稽。但另一方面，由其议价到落标，转瞬做成几十亿日元的庞大交易，且吆收唱付之间，产地、品类与捕获日期交代得一清二楚，这样的专业和专注，如灵启蛊惑般的默契与投入，又让人印象深刻。以前听说九州有河豚市，买卖双方将手塞进黑布袋，用手指交缠，无声交易。以此例彼，这份多出来的豁荡与热闹，自是游客眼中最好的风景。

但很快，市场就下逐客令了。因为这些从世界各地赶来的观光客，吃惊于眼前偌大的阵仗，止不住心底的兴奋，东西乱窜，有的动手去摸那些待拍的鱼，甚至去搂叫卖人的肩，被当做丑事在电视上曝光的，还有英国醉汉舔舐冰冻的鱼头，美国小姐光身坐上了鱼车等。那频频亮起的镁光灯更晃人眼睛，扰得一些性急的师傅无法凝神，当场发作。而那些世代从业的老人的感受，就不仅仅是失礼的问题。他们的心里，但凡你把这里想成"观光鱼市"，就已经得罪了神明。

为什么？只因为南至冲绳最南，北至鄂霍次克海，海和海幸之于岛国及他们，有着非同一般的特殊意义。在他们看来，大海能葬众生，亦生万物，是神赐予自己的天然的仓廪，而鱼就是海最忠实的使者，它让人和海缔结起最紧密的关系，从而既获取温饱与营养，又滋育无穷的想象。从来食息于内陆的人们，耽溺于尝各地土产、寻天旧迹的安乐，可能不易体认这种关系。但对资源匮乏、危机感强烈的日本人来说就不同。他们既投身寄命于海，就扎扎实实体悟这海的博大，并对鱼怀有特别亲近的感情，欣赏它的粼光闪烁、珠眼晶莹，惊叹它的双鳃鲜红与通体的坚直，乃至将它奉为"国民美食"，将自己称为"彻底的食鱼民族"。

岛国的风土就这样养成了日本人特殊的食性，造就其迥别于大陆民族特有的"食生活"。进而从食源到饮食过程，领略到其中所体现出的习俗、哲学与思想。外国人研究日本之初，多只说"稻作文化"；待了解加深，再论及"芋类文化"，殊不知一种"鱼的文化"已植入其身体，成为其存在的基因与背景。此所以，蒋百里所著《日本人》会将食鱼列为造成日本人民族性格的重要条件。倘再联系形成于室町时代的"七福神"信仰，其中唯一的本土神"惠比寿"（えぴす），左手持鲷鱼，右手执钓竿，就是一渔业神。它与掌稻米的"大黑神"，长久以来一直供奉在日本人的厨房；而日文的下酒菜写作"肴"，但假名的书写和读音却与"鱼"相同，均为"さかな"。凡此种种，都可见出鱼在其心中的分量。

这种分量在江户时尤其得到凸显。盖平安时，京城离海远，冰藏不易，日本人尚多食河鱼。至江户临海，东京湾有房总半岛与三浦半岛环抱，渔获便利而丰富，网鱼师们用漆树做浮漂，手工制鱼钩，按舷挂网、棒受网的方式捕捞，所获鱼鲜部分供奉幕府，其他留作交易与自用，已经造成民间无鱼不成席、有鱼百味淡的生活习尚。其时鱼市的热闹情景，在日本的《清明上河图》——《熙代胜览》中有非常生动的反映。基于吃鲜鱼

岂可食无鱼

可延命七十五天的传说，江户人尤垂青于初获的鲣鱼，为其沿太平洋黑潮北上，抵北海道南下，二三月到九州，肉尚贫薄，待绕过伊豆半岛，春末夏初到达相模湾时，肉变得最为肥满，是谓"初鲣"（はつがつお）。故每逢此时，人们都会带上银两，在码头伫候。松尾芭蕉第一门徒井其角所作的俳句，"紫藤花开了，扳着手指痴等待，坐食初鲣日"，即咏其事。当此际，一切的扬物、烤物、煮物和渍物，在他们看来，都赶不上用不沾水的切刀，作此鱼生料理的幸福。

如果再往上推，自7世纪以后，天武天皇及圣武天皇多次颁发肉食禁令，以至10世纪以降，千余年间，日本人只以稻米鱼虾为食。或有架不住贪嘴的，只得去伪称"山鲸"的肉铺解馋。如此悠久的传统延续到江户，有国学家小山田与清甚至认为吃肉易惹祝融。至于神道，更以食肉为不洁。直到明治时，此令才废。二战后，因得知牛肉营养价值高，天皇亲自试食。但鱼仍占日本人食桌的绝对主角，是没得说的事情。为什么如此？倘若离了文化，仅谈嗜味，显然不能到位。

据此，再看日本逆世界潮流，坚持投巨资捕鲸一事，也就能够理解。因为早在一万年前的"绳纹海进"时代，日本人就已经开始食鲸。8世纪以后，更有捕鲸的文字记录。鲸鱼让他们想到的是织田信长对朝廷的供奉，是丰臣秀吉纳的荣誉，还有葛饰北斋《捕鲸图》所代表的浮世绘艺术。人们通过捕鲸产生信仰，许多民谣、舞蹈与传统工艺更与捕鲸有关。正如山濑春政《鲸志》所说，它已然成为日本人生活的一部分。更不要说在战争年代，它所提供的蛋白质，解决了日本人的营养问题。所以他们觉得，日本人之捕鲸，与早先欧美人为获利而取其皮析其骨，熬油制成蜡烛出口，是全然不同的两回事。西方的反对不过是文化帝国主义的虚伪而已。由此，他们在国民中推广食鲸，在各地广建鲸鱼博物馆、资料馆与纪念碑，其意识的深处正有摆脱对美国的依赖，并以日本文化对抗欧美文化的悲壮的用心。同样的原因，当不久前，第82届奥斯卡最佳纪录片《海豚湾》上映，将日本捕杀海豚一事公开在世人面前，日本人的反应异常平静。其实他们中有许多人并不清楚，在和歌山和静冈、千叶一带，还有人在从事这样的工作，但无一例外地都认为这是日本的文化和传统，外人不应干涉。

不过，随全球化时代的到来，如今鱼和食鱼文化在日本日趋式微。外国人想到这里，固然仍是清一色的刺身好吃，但事实上，比起他们父辈的有菜两色，必一鱼也，现在的年轻人不要说不再食鲸食海豚——或是怕腥，或是厌刺，甚至已经越来越"脱鱼入肉"了。看看由北到南，不同城市中，满大街飘扬的店招，"刺身"都已改为"烧肉"，再想想上世纪六七十年代，因不能吃到足量的鱼鲜，居然能引出"鱼骚动事件"，真让人有不知今夕何夕之感。难道日本真的要像美国一样成为肉食国家，一日三餐，只以汉堡、三明治和牛肉饭主打？有鉴于此，包括鱼的自给率跌破五成的严峻情势，近年来，日本政府积极推动

《鱼食品教育基本法》，以期在改善国民膳食结构的同时重振食鱼文化。设计是一如往常的周洽，让孩子从触摸鱼类开始，到鱼色的分辨和食鱼好处的了解。但结果，应者寥寥。

最新的一例是，为给七年后可能到来的奥运传媒中心腾地方，连如此老牌的筑地市场也要搬迁了。尽管有不少上了年纪的日本人表示反对，经营者更大声抗议。但都厅的意思，它地狭拥挤，设施落后，搬至东京湾的人造岛应该更好。至于地气、氛围、历史记忆与文脉传承，等等的一切，不是不易说清吗？既然这样，就别固执了。

眼下，这两种意见正胶着在那里，但高技术传送带和电子标签系统的引进作业已开始。带着沮丧的心情，许多人已自有了悲观的预见。个人的判断则基于一部叫《筑地鱼河岸第三代》的电影。说的是一位公司白领主动辞职，到恋人家所在的筑地鱼肆帮工，最后在那里找到属于自己的人生意义，成为鱼肆的第三代老板。其中的鱼食文化和日本人特有的人情义理，自然是国人无法理解的。所以，当其参加2008年的上海国际电影节，一无斩获。网民的反映，还没看到一半就睡着了。这和实地观光者的感受倒也相映成趣，后者写成的博文是，"日本人杀鱼如麻"。

但电影最后的结局，他的恋人终因不能理解这种选择，与他分手了。有一个日本网虫的意见说得决绝，试着翻译出来是这样的："你既然非要料理她家的鱼，那就别再想着料理她的人"。我据此猜想，下次看鱼市，或不在筑地。

缪斯的驻足

很多人都不知道仓敷这个地方,更不知道那里有日本第一家私立的西洋美术馆——大原美术馆。确实,不用追溯文艺复兴时期美第奇家族的艺术品展,就是与欧美许多现代美术馆相比,这座落成于1930年的美术馆,开馆时间也不能算早。但个人的感受,当你真的站到它面前,看着这栋希腊神殿风格的高大建筑,门口分侍的罗丹雕塑《圣若翰洗者》和《加莱市民》,还有馆外日式庭院的立石整然与草木扶疏,即使还没进去拜会莫奈和雷诺阿,就已经禁不住要为它叫好了。

找来这些宝贝的人,如今都还与美术馆同在——他们是出资者、仓敷纺织第二、三代主人大原孙三郎和总一郎,其生前居住的木构建筑就在馆的正对面。走过一座小桥左拐,是藏品的搜集者、名画家儿岛虎次郎的纪念馆。当年,由大原父子出资,儿岛在欧洲各地四处访购。现在的镇馆之宝、中世纪西班牙最伟大的画家埃尔·格列柯(El Greco)的《受胎告知》,就是由他在巴黎拍卖会上得到的。马蒂斯《画家的女儿》完成后长期不肯出手，后经他努力，也归了大原。故现在馆藏六百五十幅洋画、三十件雕塑，几乎件件精工；另外一千两百多件埃及、波斯和中国艺术品，也大都年代久远，绝非凡品。

十年前，在久留米石桥美术馆，个人初识这种大手笔。那里保存的是轮胎大王、普利司通老板石桥正二郎收藏的日本近代第一批洋画作品。若要细说，每一件都是故事。此后每到一地，必先造访美术馆。切实的感受是，它已然成了城市最重要的标志。所以，尽管日本地窄人稠，殊少佳胜，它总能与博物馆、音乐厅和公共图书馆一起占尽好地，不是落在公园海边，就是林麓山巅。那种尽其恢阔的宏大布局，有时真近乎奢侈。

譬如冈山、石川两县的县立美术馆，分别临接后乐园与兼六园。日本三大名园，美术馆似有其二。两者的关系既是借景，也彼此增重。有的馆离名所远些，但像滋贺县的近代美术馆可以远眺琵琶湖，静冈县的MOA美术馆可以望到热海避暑，如此艺术与自然的出入互动，也含有深意。再往北，日本第一长河信浓川畔，千秋原故乡森林中，有新潟县立近代美术馆，它的馆藏丰富，馆外雕塑错落，与接天的芳草浑然一体。那份静谧与安适，让人顿生远意。不过饶是如此，比起依山势而建的美秀美术馆来，格局还是小些。后者建在滋贺县信乐县立自然公园的山谷中，依照贝聿铭大师的创意，是要让馆体尽显陶渊明笔下桃花源的意境。对这样的设计，日本人也能同意。有的人更大雄心，欲兼数者之长而总有之。如实业家足立全康所建足立美术馆，择好地不说，还出巨资费心收集奇松异石，制成苔庭、池庭等六座漂亮的庭园，面积竟达四万三千平方米。

至于馆体建筑的风格就更丰富了。如秋田县的近代美术馆建在小山丘上，为一通透的玻璃体，远远望去，像是浮在半空中，当清风徐来，云舒云卷，馆内的"秋田兰画"与云天相映衬，给人一种很特别的感会。金泽的21世纪美术馆出自名设计师妹岛和世之手，其意在突出人与艺术共生理念的圆形构造，适足构成了对美术馆传统样式的颠覆。群马县的近代美术馆是矶崎新设计的，这一位因刚替中央美院设计了美术馆，如今在中国大大有名，他把一些立方体堆叠在一起，使得所建成的美术馆本身就是一件艺术品。较特别的是位于长野县的碌山美术馆，因纪念三十岁早逝的"日本雕塑鼻祖"荻原守卫，整个建筑被形塑成教会风格。这与日本人建筑不尚洋风稍稍相悖，但对一个虔诚的基督徒来说，却是很好的安置。

硬体的建设不能说明全部。更可说的是，自明治维新以后，经常去美术馆，已然成了日本人生活中不可或缺的部分。日本人本来生性敏感，对美的审悟尤能深入。譬如，因年华老去，你感叹秋天木叶摇落。在他们，是更留意叶与枝脱离的过程，乃或其坠地前将触未触的那一瞬间，其情形就像电影的慢镜头，残酷而又凄美。他们的感觉，能与自己这种纤敏细腻相对应，类似拉奥孔那样有意味的瞬间片刻，只有在艺术中才找得到。

所以，当与大师巨作相对，通常会有不能自已的痴迷，会真的感到这鲜明的物象，连同这赤褐、鲜黄与锈红，能从画面中游离出来，并抖落一身铅华，向人分说自然界的尘轻花重，还有人世间的怨艾与落寞。相比于这些画，真实世界的种种实在太单调贫乏了，像三流画家笔下的"灰调"。而真正的生活应该是层次丰富而多变的，有细腻的中间过渡，更不乏辉煌的亮色与高光。

如此，想象它刚脱手的光景，或不时在心里回味看到它的第一眼，那画也就被他们涂上了自己的色彩。画的意义，许多时候也完全由他们自己定义。此所谓赏会精审，感知无穷。那种要怎样才能看懂，或怎样才算看懂的问题，他们是不屑问的。也所以，倘若你留意，不难看到在尺幅不同的画作前，年龄不同的日本人都表情凝重，有的更缄默地僵立在那里，虽旁人经过，也不知闪避。你正讶异，这大不同于街上照面时的谦恭与礼让嘛，殊不知此刻他正心跳如捣，为在画中看到的自己，和听到的仅属于自己的声音。

大部分中国人，自以为最了解的外国就是日本，最熟悉的外国人就是日本人。其实车省油、冰箱省电不足以概括日本，泡温泉、吃寿司也不足以定义日本人。如强为之说，一种对美的敏感与执著，让人成了艺术最热忱而彻底的崇拜者，才多少接近其天性与本真的某个方面。此所以，你看得到，大到一件电器的设计，小到一张素纸的折叠，他们都视同艺术。对一切非艺术都能艺术地处置,那真的艺术还用问吗?

明乎此,你就理解了,尽管比之瑞士,七百万人口六百座美术馆,日本还远远落后。但就仓敷所属的冈山县,公立、私立美术馆加起来就有十一家,另还有各类艺术馆、博物馆无数。神户是座洋气的城市,兵库县立及神户市立的美术馆有五家,私立的多达十八家。东京更不用说了,都把美术馆建到大楼里了,有点法国第戎美术馆,往来市民尽可以穿堂而过的意思。所以它能与巴黎、纽约并列,被称为世界最重要的艺术中心。

而这些美术馆的运作更能剥离商业考虑,从艺术落想。常设与特展的实务作业,必严格按照专业规程自不消说,就是墙面色泽、灯光明暗等细节问题也考虑周详,一丝不苟。以至与社区及中小学持久联系,推出免费体验计划,配合着《星期日美术馆》这样的王牌节目,将艺术引入生活,也被他们视为分内。如此日积月累,日久天长,这个世界不是给你一双水晶鞋你就是公主的道理,小孩都记住了;没了艺术教养,你是一幅再好的画也会配错框子的道理,成人真体会了。这类切要的提醒,书本中固然都有,但能不令而行,美术馆居功至伟。

所以,看看並木诚士《日本现代美术馆》一书,再想想明治维新后,东京汤岛圣堂于1872年就举办了美术工艺品展。五年后,在上野宽永寺本坊旧址举办的首届劝业博览会上,日本最早的美术馆已然成形。然后是1895年以后,奈良、京都两地国立博物馆的相继开馆,直接推动日本美术馆的兴建,你不佩服他们还真不行。

对这一点，20世纪初中国美术界甚至知识界的高才钜子都是知道佩服的，以至"美术馆"一词，也由他们从日语引入。但让人感叹，同样是经济起飞的结果，在50年代日本建馆热之后，90年代的中国终于迎来了私人美术馆的方兴未艾。不过除了今日美术馆等有数的几家，其他体同展览馆而已，所以揭幕的日子一过，鸟都不再飞来。只剩下一个个漂亮的硬体建筑，终归空箱。至于它的经营者，有的多冲利来，于艺术一途本就是外行，自然很快就换手走人了。

或许，缪斯所驻足属意的那个片刻，现在还不属于我们。

漫画脱亚

在日本，面对周刊、月刊和单行本加起来占书籍销量四成五的庞大数字，还有书店、超市内神情专注的"立读"，通勤车上黄页般厚重的人手一册，你就知道，要了解一个识字率最高的民族为何最爱漫画有多困难。而更不易了解的是，它用什么办法，让全世界都认同了这种表达。

说起来，日本人爱看漫画是有理由的，因为早在12世纪平安朝，鸟羽僧正觉犹的《鸟兽人物戏画》就已开了日本漫画的先河。以后绘卷戏画流行，由《信贵山缘起》而室町时代的《福富草纸》，对17世纪江户鸟羽绘及此后的浮世绘都产生过影响。直到18世纪葛饰北斋的《北斋漫画》出来，其悠长的历史一直没有中断。有人甚至认为，因7世纪斑鸠法隆寺和8世纪奈良唐招提寺已有戏谑画，这样的历史还可往上追溯。

当然，让这种传统漫画焕发生机的，还是舶来的英国杂志《笨拙》(*Punch*)。1862年《伦敦图画新闻》特派员查尔斯·华格曼（Charles Wirgrman）仿此创办《日本笨拙》，还有1885年乔鲁吉·毕戈（George Bigot）执笔《团团珍闻》，启发了北择乐天、冈本一平等人开始故事漫画的创作，为日本漫画的发展开出新局。至于现代意义上的日本漫画，则要到战后才告确立。其时，由美国大兵带入的迪斯尼卡通和好莱坞制作，给饱受战争创痛的日本人很大的安慰，其多格连续的形式更直接催生了手冢治虫一代"国民漫画家"的诞生。

所以日本的漫画始终未脱离欧美影响，画中人物的造型也介于东西方之间，并更接近于西方一些。譬如，都有一头刺猬似的金发，一个秀而挺的鼻梁，一双小鹿斑比似的眼睛，大得与洋人无异。说到个头，五六十年代，第一代画家如手冢，其划时代的巨制《新宝岛》，虽有意"脱日本"，是谓"洋风漫画"，笔下人物却仍是六头身，即头与身之比为一比六。但到七八十年代，第二、三代"萌え绘"，即美少女漫画的作者如池田理代子和吉京子，就只画八头身了。90年代以后的武内直子、矢泽爱、尾崎南等人，更夸张至十头身。看看武内的《Sailor Moon》，还有矢泽的《NANA》与《近所物语》，你需要先调整视觉习惯。特别是尾崎南，由同人志"大手"跃进为专业耽美画家，擅长表现BL，最懂读者心理。她笔下的《绝爱—1989》，那样的金发白脸长身，看似关乎个人的趣味（她本人身高才一米五八），但其底里，不能不说有着日本人久积在心的集体绮想。

因为自明治开化，福泽谕吉提出"脱亚论"，日本人心里就普遍有一种白人崇拜的倾向，津田真道在《想象论》中，甚至将此称作日本人的"天性使然"。当时，许多西方外交官、传教士和学者被准许到日本作"内地旅行"，其精英化的形貌与作风都让日本人折服。自惭形秽之下，有人提出应全面西化，甚至废除日语，态度之激进连美国人都不能想象。相对平和的则主张"日本人劣等说"和"人种改造论"，如福泽的门生高桥义雄就呼吁，日本可以通过与西方通婚来改良人种，因为前者身体各方面明显优于日本。一时间，造成国民纷纷从事体育、锻炼肌肉的风气。落实到漫画，就是西化造型的出现。但说实在话，这样介于黄种人与白种人之间的模糊中性，仅存在于他们自己的想象中。

不能忽视的倒是另一方面，即日本人的自贬从来都是为了自励，更不要说其种族意识之强烈，其素以世界最优秀民族自居的狂妄与傲慢了。对此，英人艾瑞克·霍布斯鲍姆（Eric Hobsbawm）在《极端的年代》一书中早有指出。这就是日本人矛盾的地方。既然不能与西方并驾齐驱，那么在表现亚洲人种时，把自己画得更西方一些，其他亚洲人更东方一些——其实是更平矮猥琐一些，就成为其通常的做法。直到今天，许多日本漫画依然如此。这种自以为更接近白人，或如罗素《中国问题》所说，总把自己视同于西方的想法，虽寄托着大而崇高的渴望，但心思之小，让人感叹。

当然，话说回来，如果日本漫画仅知道返回传统，或受种族意识局限一路平衍过去，不可能攻城掠地，占领全球六成、欧洲八成的市场。它有自己的创造。一方面，岛国广袤的森林、无边的海洋和悠长的农耕生活，养成了他们关注自然风物，热衷探索一切神秘未知的耽美性情，由此造成的自然有灵论的超验体验和瞬间感受的纤敏表现，都化成其漫画的精神和气韵。但同时，它又放眼世界甚至宇宙了，不仅主题选择上关注和平、环保等人类共同的话题，故事来源上引入《浮士德》这样的西方经典，情节的安排更触及了人类最深层的灵感与幻梦。如学院中自在浪游的怪物猎人，忽男忽女的神奇格斗者，将身体改造成机器的雇佣兵，蒸汽机和魔法并时共存的幻想时代。凡此种种的想落天外，让威尔斯、凡尔纳都自叹弗如。

这还是日本漫画吗？你几乎认不出来。但凝神细看，《圣斗士星矢》所营造的北欧和古罗马神话的外衣下，神道与武士的热血如静水深流；《七龙珠》中孙悟空的背后，日本人特有的经略冲动也声容宛在。如此"和洋合一"，东方乌托邦幻想与西方机械文明的结合，罗素所说的"把大多数欧洲人认为水火不相容的东西糅合在一起"的招式，使它一下子拥有了"杂种文化"的特性与优长。当其输出，面上看去，还真如四方田犬彦所说，只是"かわいい"而已，倘若用岩渕功一的理论裁量，可不就是"文化无臭论"的绝好范例。但那种基于"种族漂白"的人物造型，不刻意推展自己的"非日本化"（Nibojin-benare）的文化策略，使它最终获得了世界的认同和依赖。

至于形式上，它也发展出自己独特的"视觉系"风格。叙事结构上看去虽有很高的辨识度，具体手法却多各种样式的混搭。特别是，相比美式的硬派写实，主题单一幼稚、人物关系裸露之外，那种排列方式单调，分镜色彩不浓，包括超人、泰山和终结者之类的肌肉人造型，一袭紧身衣的蒙面粗汉，或花生漫画、加菲猫的人性化动物卡通，它颠覆性的人性纠葛与庞杂的时空穿梭，显得更复杂多元，风格也更阴柔幻诞。而由情节、画面和文字气球，对话、旁白和多种漫符构成的丰富性，如生气时头上起青筋冒白烟，害羞时脸上浮斜线出阴影，下决心时眼角闪光，来灵感时灯泡闪亮，包括大声叫喊出的震荡波纹和宽窄长短密度不一的速度线，都很好地传达了人物微妙而内敛的喜怒哀乐。至于电影手法的切当运用，变焦与蒙太奇的灵活配置，又使它无需费力，就极易被转换成电玩、卡通片甚至真人剧。这些，都是家道中落的西方和急于追赶的东方邻国所无法攀比的。

日本的漫画就这样从单纯的视觉艺术，变成了全球性消费主义意识形态的样板。如今在那里，是《平家物语》和《资本论》都入漫画。他们认定漫画不是一种出版物，而是独立的表现媒体。对此，地球人都无法驳难，都只好像美国人弗雷德里克·肖特（Frederick Schodt）那样承认，"日本是世界上第一个将漫画地位提高到等同于小说、电影的国家"。但日本人并没有自满，相反更着意于后来。现在，JAGAT公司已在全国范围推出了规范化的"漫检"（即漫画能力审定），各大学也纷纷开设与动漫相关的课程与专业。在颇具贵族气的学习院大学，它从属于"身体表象文化学"专业，学生对它的追捧，绝对超出你想象之外。在关西的日子，曾去过宝塚动漫美术馆，那是被日本皇室选为高端文化的交际场所。若去看了，包括京都的国际漫画博物馆，你还有的那些疑团，应该都可以解开了。

只有一些落伍的日本人还在感叹，为什么不能再有安达充那样的漫画家呢？那个通常只画鼻孔不突出鼻梁，且以六头身造型的"日本风"画家，被他们亲切地称为漫画界的小津安二郎。但形势比人强，今年《时代周刊》选出的全球百位最有影响力的人物榜，唯一以视觉艺术家入选的是村上隆，他创造的DOB形象，是日本漫画与西方米老鼠的综合。

或许，在进军世界的冲动中，欲求纯种的日本文化，已是比漫画更浪漫的童话。

川柳中的牢愁

日本第一生命保险公司发布了入选 2008 年"川柳大赛"的百首作品。与前几年一样,这些作品充斥着小人物的失落与无奈。其中职场压力和惨淡人际连续数年成为大赛主题,是昭和六十二年(1987)此项赛事发起以来从没有过的,更是这种诗体诞生二百五十年来无数秀句外特异的风景。

本来,川柳(せんりゅう)是日本传统杂俳的一种,源于江户元绿时期的"前句付",并因著名"点师"(评定优劣的宗匠)柄井川柳的评点而得名。它的体式类同俳句,由 5、7、5 共十七个音组成,不同的是无需调用季语(描写四季景物的文字)和切字(断句用的助词或助动词),又专以世态人情的刻画为主。那些关涉时局的称"高番句",记录日常的称为"中番句",描摹情色的则为"下番句"。至于整体风格,因贯穿"道破""滑稽""轻妙"三要素,自然以剔肉见骨的机巧为务,有时间杂幽淡的微哀,终不失浑爽的谐趣。

因为它是从杂俳脱胎而来的,与"洒落付""笠付""地口"等以机趣擅胜的杂俳短诗有亲缘联系,所以字里行间,天然就有不同于贵族歌咏的诙谐与洒脱,更泼翻着庶民阶层的狡黠与智慧。这一点,只要看麻生路郎等江户六大家的作品,还有田道贞之助的《古川柳风俗事典》就可知道。明治以后,阪本久良歧提倡更切入现实的"新川柳",但内容仍不脱人心机微的反映,并依然多俗世情色的调弄。如江户川柳对武士私藏"枕绘"(一种情色浮世绘)的讽刺,对平民猎艳吉原(在今东京台东区)的写真,都被直接间接地继承了下来。其时,吉原多面朝大街隔栅招客的妓院,所谓"张店",一些抄纸匠撂下手中的活,乘隙前往隔栅张望,只以问价取乐,不求成交,被称为"ひやかし",其偷窥的行为则被称为"张见世"。对此种种,川柳就有生动的反映。对照西原柳雨的《川柳吉原志》和英国人肯尼斯·韩歇尔(Kenneth G. Hanshall)《日本小史》中的相关描述,再来看此时歌者的咏叹,其热艳的传统,真是悠长。

所以,如果说俳句由俳谐的发句独立出来,其剪红刻翠全赖雅士的才情,那川柳从杂俳的付句脱出,其拈荤夹腥就全靠庶民的智慧了。它以自由的体式,口语化地传达平民的哀乐,有时奔迸谑笑与眼泪,格调却不失朗亮与简明。也正因为这样,当年留学日本的周作人称它是"实社会上流动着的语言",并将它与浮世绘并列,称一者为风俗画,一者为风俗诗。日本人大都认同这样内行的评价,直到今天,通过川柳与浮世绘感受江户风情，仍是东京人吸引观光客的一大卖点。他们给这种怀旧的诱引按了一个好听的名头，唤作"江户散步"。

但由上述大赛，并2007年"川柳250年式典"的隆重举办可知，川柳之于今天日本人的意义决不仅止于怀旧。因为浮世绘或已成为美术馆宝藏的清供，但它却还在人们的生活中茁长。倘再以小泉八云"诗歌在日本像空气一样普遍"作譬，则它就像宫殿与庭院外的自由空气，让压抑太久的日本人得以郁闷时吟上两句，在一种口角波俏的夸张中，释放出心底久积的牢愁，这就是所谓的"现代川柳"了。较之"古川柳"与"新川柳"，它的情色主题减退了不少，但浮世的苍凉大大增加了。要说中国人，也常通过诗歌观照自己，但多半由他人的失意与不幸推类及己，并长歌当哭，下笔千行；日本人似更注重个体生命的瞬间感受与纤微表现，喜欢独自从集体性的压力中离析出幽默，然后反身自嘲，在咀嚼浮世苍凉的同时，获得哀情的释放。川柳提供了这种释放的可能。它固然非常短小，但那种心底的愁的微澜与哀的脉动，不正在心口手笔间的刹那默会么！

所以，今天的日本，各地市民学习课程，常能见到"现代川柳初心者讲座"，各大报纸也多设"柳坛"，以为民意宣导的出口。如《朝日新闻》上的"朝日川柳"专栏就享有极高的人气，其所登载的作品，2005年由岩波书店结集为《川柳もの申す》，受到许多人的欢迎。此外，又有"全日本川柳协会"这样的机构。有的还以题材分出，如《读卖新闻》东京本社下，就设有"时事川柳研究会"。由此形成"三大川柳集",上述第一生命的"サラリーマ川柳"即"工薪族川柳"之外,还有《每日新闻》的"万能川柳"与小学馆的"平成家族川柳"。其中,"工薪族川柳"影响最大,与每年的"今年の汉字"、"创作四字熟语"和"新语·流行语大赏"活动并列,成为了解日本社会世相的重要指标。

至于内容,则无往不是前述那种小人物的反身自嘲和自我开解。虽因民主的推行,各种报刊上的时事川柳渐多,并出现了《时事川柳作句入门》这样的专书,但生活川柳更多,具体到《健康川柳》,一日一句,教人养身健体;《毛发川柳》,许诺一月一变,还人顶上春光。最打动人心并占据近年来各种大赏前十的,自然是这些对人生失意的咏叹,包括职场的压力与惨淡的人际。尤其家庭伦际,更是逃无所逃的主题。

这方面,因男性作者居多,也因其所受到的压力最大,所以对太太们的微言讥讽,就成了常咏常新的主题。譬如,早在江户时代,"古川柳"中就有反映夫妻勃谿,丈夫占上风后只得自己做饭的作品。日本人气性上内敛而多礼,又信从"结婚即忍耐"的古训,所以家庭内争吵还真不多。但自"女性上位"成为潮流后就再非罕事,并且输赢逆转,类似于"吵了一架/才知老婆记忆力/如此可怕"这样的川柳,让人想象得到男人铩羽而归的惨状。他心里的感受,"把老婆/让给当初的情敌/才对"。但此刻说这些,没意思啊!所以,只得隐忍,"家庭圆满诀/切勿多看多言语/更须顺来乐",并还得忍受太太"走时还睡着/回来/已睡下"的冷遇,以及"马上就回家/妻发回妹儿/时间还早呀"的漠然。至于尊严就更谈不上了,"垃圾收集日/倘不扔垃圾/被妻扔作垃圾",就是其家庭地位的实录;而"理发费/我只一千/狗一万",也不是什么稀罕事。这才有一年一度的"父亲节川柳赛","全家去改善/母亲节去饭店/父亲节去餐馆"这样的作品出现。此时,再想到职场的种种,连带感叹"少得冷清清/奖金养老金退休金/头发和爱情","笑脸/迎接我的/只有坐便器",真的很难让人记起过去川柳中,他们豪阔行乐的种种了。

年轻人没有家庭羁绊,但也有自己的烦恼。从"网上川柳赛"或"校园川柳赛"中可知,一样的沮丧失落,不过一般人不易明白罢了。2007年,在秋叶原电车上看到一幅获奖作品,"放眼望去/都是手机/展示厅"。当时一头雾水,问了日本学生,才知是说电车中不能用手机的苦恼,因为那样做,会被人看成失礼;若有老人在座,更是失德。你想,就算你已经将手机铃声调至振动挡了,仍有可能对那些配置心脏起搏器的人构成干扰,如果这样,那就不仅仅是失礼了。其间,年轻人与传统认知的代际紧张,出门就被管谁谓天地宽的局促难伸,不置身其中,真不易知晓。

如果这还谈不到沮丧和失落,下面一首就有这个味道了:"イナバウアー/一発芸で/腰痛め"。"イナバウアー"是浅田真

央在冬奥会夺冠时，身体后仰180度的招牌动作。日本人于本国选手夺冠，从来最为疯狂。出于热烈的追捧，此后一段时间，上自首相，下到艺人，纷纷拿这个动作戏仿与恶搞。不过，这个年轻人用此是为了自嘲。他想说的不仅是身材因体脂肪堆积走形太早，还有对自己未老先衰的悲伤，并且这衰老不仅限于身体，更关乎心理。此间报纸，隔着文化，又乖情实，仅将其直白地译作"做/身体后仰动作/感到腰疼"，不免失了沧桑。虽说诗意的精微通常会在翻译中流失，但至少那个"做"字，是可以译作"秀"的吧。不然，周作人所说的"令人看了破涕一笑，有时或者还有淡淡的哀愁"哪里能够实现？

比这更增人叹息的是"OTAKU川柳大赛"，顾名思义，以御宅族为表现对象。其中有年轻人对现下"理想夫妻"的讽刺，"妻子腐女子/丈夫御宅族/一对好夫妻"。更多的，是对不知道生命中另一半在哪里的感叹，甚至这另一半是否是同类，也不能确知。因为已经有太多的宅男宅女表示，愿得此身与猫狗（或电玩），长长且久久。

还是此间的年轻人眼尖识锐，他们不把这样的诗视同打油，而唤作"日本的囧诗"。这样的认知虽隔着文化差异，但真所谓"虽不中，亦不远矣"。

此翁白头真可怜

从 2007 年起,日本战后出生的一代(1947—1949)开始步入退休年龄。据预计,这批人的陆续退休可以给日本社会带来十五兆亿的经济效应,其中一半因购买不动产和改建住房等生活消费,一半因投资股票、兴趣学习和海外旅行。可绝大多数当事人并不这么看,这群如今被称为"婴儿潮世代"或"团块世代"的人,正体验着被社会投闲置散的痛苦,有的更陷入空前的迷茫中。

早先,他们是支撑日本经济的"企业战士",整个社会的中坚和脊梁。日本特有的年功制度鼓励以工作为生命,视企业如祖家,更促使他们基于对企业的认同而全力投入,从而创造了令世界侧目的经济奇迹。可是,他们承受的压力也是巨大的,那种为能留在原地也得拼命奔跑的残酷竞争,使许多人不免异化为机器。个人的情趣无从实现不说,时间一久,连表情也变得寡淡僵硬起来,外面看去,一副大丈夫不重不威的样子,其实内里早已是空空如也。能怪谁呢？都快累到麻木，闲愁既无份，又何况清欢。所以回到家中，再无力反应周遭的他们，通常只会对太太嘣老三句——"吃饭""洗澡""睡觉"，然后连孩子的头都不摸一下就躺倒睡死。一旦有机会放松，则发疯似的成群作会，团坐狂歌，其间演出的种种可以很离谱，以至直到今天，仍是这浮世急景中一道热艳的风景。

有段时间我住东京，夜来散步，常看到西装革履的他们夹杂在一群后辈中间，烂醉如泥地横陈街头。后来在神户的新开地，还硬生生地被其中一个死缠着聊过了午夜。他当时说要与我讨论哲学，其实谈的是太太嫌他老了，以及没有太太的便利。可别小瞧了"便利"这个词，在日本人看来，从新干线到碗泡面，许多伟大的发明都因它而起，但用以来论太太，终究有些不妥。见我不敢苟同，他很生气。我只好笑言，但凡酒后妄言不耐管束的，醒时多属太太的顺臣，并举英人萧伯纳"凡太太在时，没人敢直言婚姻"的名言以为佐证。记得当时为了让他明白萧伯纳是谁，费了老大劲，既是因自己日语的蹩脚，也因此公之醉已到境界。但他仍有结论，说"鬼嫁（即娶了一个对自己与母亲不好的女人）可怕"，古往今来大人物都"唯患有妻"。他显然是读过许多书的。

但此刻，他和他们都老了，头童齿豁，步履蹒跚。长年的过劳损耗了他们的健康，以至一旦清闲下来，什么都干不了。严重的是除了去看医生，家门之外皆成陌路。一如惯养的家鸟，教它在林中唱，反而不会了。是以救命稻草，只剩下太太。

可他们没留意太太的变化。本来，那个年代，男人是绝对的中心，连情人节都是女性给他们送巧克力。以后相亲结婚，感情基础本就谈不到，一起过日子，你还以自我为中心，就更使夫妻之间的胶漆之好十无一二。加以婚后只知道工作的他们，大多无暇培养各种兴趣，与热衷学习的太太不免渐行渐远。想到丈夫从来早出晚归甚至"单身赴任"，偶尔在家，也不过榻榻米上看电视，有时干笑两声，还不着边际，太太们能不心生怨望？要说在外边，食不语、寝不言尚能称作稳重，在家可不就是一段木头。现在孩子业已长成，再替一个为人应世都笨拙不堪的老头伺候三餐，兼做看护，岂不虚耗生命？所以，趁着新的年金制度出台，在拿到属于自己的那份后，一拍两散，就成了许多太太的打算。而厚生省公布，2008年起，七十五岁以上"后期高龄者"每月的窗口医疗负担要增加一倍，更促使她们决在未萌，铁了心要赶在高龄到来之前，就将丈夫当"粗大垃圾"打发掉。这就是时下正蔓延于列岛的"熟年离婚"。

如今，主动或被动地加入到这个队伍的人越来越多。已故小说家邦光史郎不会想到，自己20世纪70年代私创的"熟年"二字，竟会成为今天日本人窥破世情的关键词。许多"团块世代"中的老男人，看到街头受访的妇人，形貌气性，一如家内，居然利落地表示自己正处在婚内分居中，一俟丈夫退休就分道扬镳，大多感到错愕，甚至很长时间都反应不过来。眼前发生的一切，让他们无法把这些人与传统的日本女人联系在一起。其实他们是不明白，自己仍活在过去，而自己身畔人的认识水平，早已跃进到了后现代。

至于有幸接获太太"三行半"（みくだりはん，日本传统休书。江户时代，丈夫只要把离婚状交给女方，离婚就算成功了，离婚状的篇幅大都只是三行半。现在则专指只有妻子一方提告时所使用的文书说词）离缘状的，更如五雷轰顶。2005年，创下朝日电视台有史以来收视新高的连续剧《熟年离婚》，就对此作了很真实的反映。剧中主人公丰原幸太郎数十年来埋头工作，勤劳养家，可就在他办完退休手续的当晚，太太洋子突然提出离婚，由此引发出一系列的家庭变故。可能因本人也属"团块世代"，名演员渡哲也在演绎丰厚一角时，把这个老男人乍听之下如闻霹雳的神态表演得丝丝入扣，一时打动无数天涯沦落人，唏嘘之余，方始明白人生一同上车，不等于能一同到站。过去几十年光用来伺候课长实在太不值当了，其实伺候好太太，才是最重要的课业。至于忘年会上嚷嚷着孔孟出妻，耶稣不娶，释迦牟尼跨过熟睡的妻子做和尚，更是纯属瞎掰。

一些人更痛定思痛，发起成立"全国亭主关白协会"，中文的意思，就是全国大男人主义协会，其实是名副其实的"爱妻会"。他们择定每年的1月31日为"爱妻日"，又出版月刊《KIZUNA》（日语"绊"，即纽带的意思）。要务只有一个，对不善此道的丈夫分段培训，传授秘诀。这些秘诀中的"黄金法则"说起来也很简单,就是将"倾听""倾诉"与"笔谈"视为重拾美满婚姻的三大原则,又以"我不会""我没有""我连这样的念头都没有"作为防止不伦发生的三大要件。倘再说得简要些,就是要确认,面对过去一向忽视的太太,缠斗不行,冷战没门,相反,要在心里高喊:"我赢不了""我不会赢""我不想赢"。然后看着太太的眼睛,直呼其名,千万别再一声"おかあさん",唤出老少两个妈。当然,当此景气不好,外食减少,偶尔研究一下菜谱,当一次"煮男"也无不可。如今该协会已有会员八千七百人,且正在急募扩大中。至于刊物,则由丈夫们现身说法,采访纪实而成。其中一则出自会长之手,一看题目,要你绝倒:"当妻子连续几天都不予理睬时,如何施行小小的离家出走的攻略"。

当然,最最主要的攻略还是要正眼直面,对着太太把"谢谢你""对不起""我爱你"这新三句常挂在嘴边。说来确实过分,那些位列九段的高手,居然从未对太太说过"我爱你"。情感外露的西方人和性地洒落的中国人,听了都不免感到诧异,这没可能啊!可这些老派的日本男人就是这样的赋性严凝,他们认为许多事是不说与说一样真,一说反倒失了原意,没了默契,更有讨好或轻视对方之嫌,因为对方很可能已知己意了,倘若真是这样,那多失礼啊。由此事起不必说,事后何必说,能说的人和事越来越少,不能说的人和事越来越多,当猝遇变故,在隐忍不发中一夜白头也就不难理解了。此时,回想过去,他们的感官或仍期待生命的欢娱，心底全是对人生苍凉的洞悉了。当然，毕竟晚年光景，人生所有藏不过去的悲凉，不过是眼角一闪而过的昏暗罢了。可这又能怪谁呢！

或许在高度个人化的社会里，自由从来都不稀缺，反倒是记挂与牵绊太难。很自然地，想起新开地遇到的那个醉汉，看他的年纪也属世代中人，发光的酡面，依稀可见"伊昔红颜美少年"。但现在我只想告诉他，上回萧伯纳云云有些扯远了。关于岁月，能做到只记住对方生日而浑忘其年龄的毕竟很少。当此向晚的生涯，别太在意太太的嫌弃，更应好生珍惜有太太的便利。

最是那一低头的温柔

早先的中国人,说到日本,几乎有一共同的判断,就是千万别嫁日本男人,最好能娶日本女人。因前者是无趣的工作狂,后者是甜软的温柔乡。如会享福的林语堂,就设想过"花美国工资,住英国房子,用中国厨子,娶日本女子"这样的人间乐事;身体力行如辜鸿铭,更是拖着前清的小辫,娶日本天足女吉田贞子为妾。以后世情改变,美国人的收入不再高企,"美国工资"难免被"美国车子"换下,但其中"日本女子"一项始终稳如泰山。

今天,中国人与日本女性通婚依然不少。在欧美,凡对东方感兴趣,娶日本太太的就更多。他们的实际感受,外人无从知晓。但日本自己的调查,这些女性与过去相比,其实已大不相同。不但一味的温克柔顺不再常见,就连起码的相夫教子也不一定如人所愿。至于想让她们既做孩子他妈,又兼做你的妈,这种旧式的双重角色最为她们唾弃。倘硬加求迫,那终身不嫁就会成为其共同的选项。

日本结婚率下降,少子化现象严重,有部分原因就在这里。现在,那里的情形已然是这样了,许多城市,宠物多过婴儿,以至于共同社将女性结婚意愿的降低,归结为与宠物过于亲密。可明眼人看得清楚,将这么大的责任推给畜牲,怎么说都有失公道。这个社会难道不应承担主要的责任?倘再想到西哲巴斯葛"我认识的人越多就越喜欢狗"的名言,或黑格尔"女人是社会的讽刺"的定义,则这个社会的另一半,日本男人又该承担什么责任?对此,含蓄的日本女性没有多说什么,她们只是调整了一下自己。

譬如,有些女性的生活意趣开始变得寡淡,事事都嫌麻烦,懒得反应周遭。由于心理上既不处在待嫁状态,生理上对男性基本没有感觉。当你说爱情需要尝试,更须付出,她们就觉得无比麻烦。有的一想到要与那些相看不讨厌、去后不思念的男人互换体检书,承诺以结婚为前提开始交往,干脆选择放弃。至于以后的日子,就眼前随分好了。结果,活活地将一段大好的生命,意兴阑珊地拖到了莺老花残。其情形一如将鲜鱼挂在屋檐,慢慢地就被风吹干了。日语称这种鱼为"干物",所以人们也将这些女性称为"干物女"(ひものおんな)。自 2007 年夏天起,随这一人群的增多,特别是少女漫画《萤之光》与同名电视剧的播放,这个新词日见流行。

"干物女"大多经济独立,职场做事也利落不异常人。但一回家，情形就不同了。任日上帘钩，宝奁虚掩，首如飞蓬的她们顶多用一夹子，将三千烦恼丝往上一提就算了事，然后在厨房简单应付三餐；若不出门，则不带胸罩，也不化妆，至于美容院，更是基本绝迹。过去的日本，想要找一个不化妆的女人，比找诚实的政治家都难。现在，只要你敢敲门，能看到什么，没人敢跟你保证。其他相关特征还有：万事不关心；漫画不离手；回人短信慢而且字数少；最近的体验是，只有爬楼梯才感觉得到心跳，为异性如此，则已是很久远的事了。老辈人见此不免痛心疾首。可谁让她们听多了过来人的经验，说及丈夫，每每是健康而不在家的好，所以回避家庭与工作的两难，就成了其本能的选择。特别是当此"格差社会"，与其追求爱情，不如单过省心。你说家小累小，那无家无累，岂不更好。

此外，又有所谓"腐女"（ふじょし），特指那种被男同性恋深深吸引的女性。由于常幻想所倾心的男子有断袖之癖，这使得她们自己都觉得思想太过腐败，所以用此称谓，聊以自嘲。"腐"在日语中有无可救药的意思，由此可证其心目中，男性的形象何等的惨淡，而她们对虚拟偶像的沉溺，又到了何等深重的程度。这其中，有些人已经成家，是为"主腐"；有些年长，称为"贵腐人""既腐人"；极度沉溺的，则被称为"污超腐人"。

与"干物女"一样，"腐女"通常也有很好的工作，很完整的知识教养，但大多迷恋表现男同性恋的漫画，并好取用其中人物，间或还有历史人物和歌手、演员，改编成"同人志"，所以又称"同人女"。在东池袋一条叫"乙女ロード"的街上，有她们专门光顾的书店，网上也有她们专门的交友社区。当其定期举办"腐度测试"和"同人志展售会"，拖着内中放有BL漫画与"同人志"的小登机箱，静静地出入一些特别的场所，譬如"埃德尔斯坦主题咖啡馆"，没人能从外表识别她们。这类场所一例由气质阴柔的男性做服务生，拒绝他人进入。在这样的氛围里待久了，她们根本无意再看向外面，说那里还有真实的生活和真男人存在。

可是，都说相知的人能欣赏彼此，相爱的人能拥有彼此。又说人之一生，总有应接之人，必为之事。爱情尤其如此，即使相知相爱，仍须相忍相成。但是什么让日本女性放弃对这些东西的信守，甘愿将自己积久的感情投注于非实存的幻象？整个日本社会都感到迷惑，尤其是日本的男性。所谓"春花不红不如草，少年不美不如老"，眼看着女孩们的浅笑轻颦全然与自己无关，他们不理解，难道这个花月世界里的所有男人都不够看？生气、沮丧和失望是必然的。但又能怎么样呢！他们绝望！一些人更心生怨望，所谓"虽则如云，匪我思存"，这样的感受，许多时候是你有我也有，你既不再盲目，我也无须痴迷，就当大家都是一顺边的单翼天使好了。所以，现在的日本，男性"御宅族"也越来越多，有的还配备了Sega Toys公司新出的EMA机器人女友。这样的决绝，有些出于女性的意外。

这就可以理解，为什么同年坂东真理子的《女性的品格》一推出，会再版五十四次，连印二百五十万册。作者在书中就如何做一个坚强、温柔和美的女性，提出了六十六条行为准则，其中包括如何行礼如仪、姿态端正，如何不凑在别人耳边嚼舌头，并擅作料理。尽管著名女性书评人石川千湖以为它"没有崭新的建言，也没有能彻底改变生活的资讯"，但《月刊现代》仍据此趋势推出"女性品格度"测试，譬如与人应酬是否常及天气，起床以后是否涂抹口红，下厨能否有自己的拿手菜，外出能否熟练地报花名等。占三项者及格，七项以上，就是"吉永小百合级"的顶尖淑女。

这一年，还有一件事从另一个方向指向女性的品格，那就是森理世荣获环球小姐，这在日本轰动一时。但许多人觉得她嘴大眼小，眼影浓重，以满口的"英格里希"，在记者会上粗鲁地甩话筒，挑问题回答，哪里比得上20世纪50年代儿岛明子低调的明眸善睐。再说女人的美，二十岁以前老天赋予，四十岁后就得靠自己创造，以她现下的表现，能将美延续到二十年后吗？这样纠结着，议论着，这一年因此被日本人称为"女性品格元年"。要之，"格调女"的提倡，让日本人觉得，是到了找回传统价值观的时候了。

譬如明治初年，中村正直依照西方的理念兴办妇女教育，同时提倡身心健全又兼具现代知识的"良妻贤母主义"。1890年，近代学制建立，为应因产业革命带来的混乱时局，下田歌子等人又提出"东洋女德之美"与"西欧科学之智"并重,有意使这种教育向东方的忠孝贞顺回归,这些都在很大程度上保留了日本人的固有传统。当然,其间《女训》一类书籍的发达,及其对传统妇道的片面强调——譬如要女性学习西语,仅仅是为了将来替丈夫收拾房间,可以不用人教就插书入架——其实是有失教育的本意的,对女性也谈不到公平。再看看与谢野晶子的《贞操记》,以及其名作《乱发》中诸如"五尺秀发水中飘柔,有谁知,隐而不露少女心。那女子二十华年,君不见,青丝秀发美如盛春。春思之国恋情之邦,瞳矇发亮,幽香来自梅花发油?稚嫩皮肤含热血,只懂说教,岂非寂寞。留人欢悦春宵夜,覆琴乱发复乱发"的吟唱可知在尊重女性一途,日本要做的事情实在太多,这也是战后岸田国士提出"日本人畸形说",将"对女性的歧视近乎病态"列为一条的原因。

20世纪70年代,受美国妇女运动影响,日本女权兴起,情势才得以彻底改观。不仅三贞九烈没了市场,女性再不愿安处在一待人渡息的被动地位。待80年代"平等就业机会法"通过,更成为积极参与社会的重要力量。如此发展至90年代,一些粗心的观察者看来,似乎这个社会男尊女卑的总体格局仍无多少改变,其实在家里女性早已是乾纲独断,男人想人前显贵,摆阔充体面,全得靠太太派发零花钱。只是随着"女性上位"成为事实,传统的女人味也在一点一点地流失。对此,许多老派的日本人深感不安。如今再一路逶迤,发展到心有七窍而首如飞蓬的"宅女",或将浓妆艳抹的大大咧咧放大到世界的镁光灯下,就更让他们感到错愕和始料不及了。

虽然,今天社会给女性的压力是过去时代所无法想象的,但这就是那种兰仪玉度,温柔而不失含忍的香美气息渐行渐远的理由吗?那种缠绵歌哭在你身边的善解人意,临产都不叫唤一声的娇悍的生命力,是不是真的该同那个旧时代一起归为尘土?坂东在书中向人提出的,其实是这个问题。

幸福终点站

自 20 世纪 80 年代通过《劳动派遣法》，日本终身雇佣制度就此走入历史。企业纷纷以裁员方法平衡损益，所造成的"就业冰河期"，催生了一批靠日工记薪的"穷忙族"。他们无任何福利保障，当被解雇，搬离合同宿舍，就只能寄生"胶囊旅馆"，或沦为"网吧难民"。不过因为年轻，许多人并不在意，大不了再做回"尼特族"就是了。

可怜的是那些年长的倒产、失业者。因日本人好将年龄与能力挂钩，在人生的这个阶段输就是彻底输，要想翻身，谈何容易。故不同于年轻人，暂时的退场意味着更好的出发，在他们，是分明感到自己像一支用尽了墨汁的水笔，或一册经年怀揣但到头来什么都没记下的手账。这个世界已没有自己的位置，再麻烦别人，没意思啊。这样想着，不少人选择了退出，退得彻底的，就成了街头的流浪汉，日本人管这个叫"浮浪者"（ふろうしゃ）。

只是与通常的乞丐不同，这些流浪汉的衣着尽其可能地保持着整洁，仪态也不失自持与庄重。除接受慈善接济和过期食物外，从不乞讨。城市车水马龙，名来利往，干道两边的"就寝禁止"告示，还有洒水车有意识的冲洗，令这些人的活动空间大受限制。是以白天你很难认出他们，因在公厕洗漱后，他们通常都会去图书馆挓到闭馆。只有当暮色四合，再度支起的窝棚纸箱，才让人意识到他们的存在。

这当中不乏大公司的老板，经营失败后，既不愿觍颜向人，又担心拖累妻儿，所以选择离开。也有的人因不堪工作与人际压力，趁精神尚未崩溃，主动选择放弃。还有的是因为欠下高利贷，被迫外出躲债，哪知道后续不继，就此一去难返。日本民间借贷业发达，像武富士这样，投放在街头的无人契约机多过便利店，且条件优惠，一周无息，其创始人武井保雄也是流浪汉出身，可叹的是，在他咸鱼翻身前后，无颜回江东的倒霉蛋，没几个能有他的好运气。当然，还有的人是因妻子不忠，或自己过错，离婚时未分得家产，或主动放弃财产而走上街头的。

人生的际遇真是难料，有时天上人间只一夕间事。但当终于走出这一步，他们无不如释重负。这就是每次照面，你总能在他们脸上读出"平然"的原因。当然，背后深在的以自我放逐求羞耻洗刷的决绝之心，一般人不易察知。他们的感觉，罪经由他人的裁判可得解脱，耻基于内心的自责逃无所逃。自己既不能平衡各种义务，又不能预见偶然性而失败失误，这种耻辱就该由自己承担。所以雨夕露晨，流浪成了他们最好的自虐方式。

说到耻感，连同对身体和精神污秽的避忌，很早就根植于日本人心底。以后，在整个近代化过程中，不但成为其思考社会的价值原型，还结合着人生观和社会观察，一直存续至今。芳贺矢一和岸本能武太就将"清净洁白""忌讳不净"列为国民特质，并认为道德感的根源就是无垢的美感。日本人本来神经就细，感受性强，尤其在意别人的评价，流浪汉沦落至此，自会对人格与人生被污名化产生深切的耻感。再联系自幼受到的乡村文明的熏染，更为自己让家族、集团蒙羞而深感不安。因为这种文明早就培养了他们对村落所表征的利益共同体的高度认同，并使基于"村"（むら）—"群"（むれ）连带而形成的"村人意识"深入人心。譬如人若犯错，必遭驱逐甚至毁屋，是为"村八分"；孩子犯错，最大的惩罚是将其排斥在家庭生活之外，是为"村罚"。

所以，当本尼迪克特揭出"耻感"两字论日本文化，大多数日本人都能接受，不服气的不过是说她分疏得还不够细。如社会学家作田启一《耻的文化再考》就认为，她只强调日本人在公共场合受到嘲笑时的情感反应，未及其自感羞耻时所经历的心灵煎熬，似不够全面。因为有时用集团标准衡量，一种过失尚未达到应受谴责即所谓"公耻"的程度，但内心的自责即

"私耻"已足以让人无地自容。由于人皆有"私耻"之心,一旦有人因过受罚,同族决不会提供保护,相反,还会以同于别人的方式排斥他,并在别人提及他时,顿生难以启齿的耻感。

明白这一点,你就理解,为什么上述浮浪者要这样决绝地选择离开,离开后自己与家人都会有这样一种如释重负的平静与安然。对照法国人若兹·库贝洛(Jose Cubero)《流浪的历史》,他们的选择与西方建立在简约生活原则上的流浪文化太不相同。它不是反秩序,而恰恰是遵从秩序;不是求自由,而恰恰是根本不可能再有自由。他们不是波西米亚,也不是凯鲁亚克,甚至与他们动辄"プチ家出"、即短暂的负气出走的孩子也不相同,后者为演成欧美风的"街头文化",凌晨两点还在涩谷一带闲逛;他们则终夜开眼,以一颗涤罪的心,在自责中自我放废,以至当景气向好,别人重新上位,他们已再难回头。

此时,唯一救他们的,就是对无常的体认了。无常感与耻感一样,是构成日本人知觉与情感的最重要的基盘。那种"色香俱散"的感叹《万叶集》有,平安时代的"物哀"中也有,中世兴盛的净土宗和"草庵文学"里更有。受其指引,人们纷纷视人世为秽土,或隐居,或流浪,并渴望能在大自然中找到属于自己的精神救赎。由此孕育出的"舍弃"与"断念"的生活观,还有"侘"(わび)与"寂"(さび)的审美观,类似西行、芭蕉等充满苦涩生涯为基底的"流离美学",都对人产生深刻的影响。流离中的人先是失去人际联系,进而失去自己,直至再难确认自己到底是追求一种关系的连带,还是真实的自我。显然,这种流离反映了人渴望回归的心理,并且还是体面的回归。但这还能吗!对这些浮浪者来说,在四处为家中体验回家,已然成为宿命。

由村田良武2005年实地调查写成的《日本全国流浪族大图鉴》可知,越是上了年纪的浮浪者,越能接受这种宿命。进入新千年,全日本一年中离家出走的人数已突破一万。只是有些遗憾,如今这些人的衣着已不再那么整洁,神情也日趋黯然。当黄昏来临,许多灵魂告别肉体,他们会找一处旮旯坐下,喝几口劣质的烧酒破闷送日。想到当年高歌高宴的货殖家风,酒自然能够助喜,然后再回视夙昔,不知隔在几尘,酒又可以浇愁。如此世间风月遍历,人生的悲凉,不去说它也罢了。或说,政府有救助呀。但这吸引不了他们,再说庇护所又不能喝酒,怎么去得。让他们没想到的只是,社会对自己的厌弃会到这种酷刻的程度——十七年前,有三个年轻人把一个流浪汉扔进了道顿崛川,使所谓"流浪族狩猎"成为一时热词。六年前,又有五个高中生在东京的公园里烧死了一个流浪汉,他们对警察说,这种人对社会一无贡献,是垃圾。流浪者天天看报,瞻顾前路,茫茫不到的去处,他们苍凉的心,直感到醉乡广大人间小。

个人在东京遇到的流浪者最多,皇居外苑、原宿和表参道都有。特别是上野公园,每当夏季盛装游行散后,两千多株染井吉野的名品樱花外，流浪汉竟比鸽子还多。至于乌鸦，他们从来是比不过的。"乌鸦"一词在日语中常与旅途联系在一起，甚至就被隐指为流浪汉。在这个城市，它们与流浪汉一同最早醒来，但命要好过后者很多。

也有没下定决心的候补流浪者。前些年，一个叫野原宏的中年人，有合法签证与返程机票，居然在墨西哥城机场的航站楼一住三个月，任须发草长，好整以暇。生性烂漫的墨西哥人以为上演好莱坞《幸福终点站》的真人版，待知道他是因喜欢机场的自由空气，无不感到诧异。其实，如你了解日本文化，只要想想航站楼是这样一个地方——它既意味着到达又意味着离开，既可以被包容又可以被抛弃，既是旧生活的结束又是新人生的开启；最重要的是，这一切的发生无需任何关系人的确认，还都不出意志力的掌控，人既毋庸担心找不到回归的路，又可在一段时间内尽情体会脱序的自由，你就理解那个日本人心底的不自由有多沉重。待这种沉重涨破，必令他走上不归的天涯路。

时间汤中的平田老人

日本是温泉之国，不仅泉多、品质好，更难得的是历史悠久，文化独特。或以为，一部人类洗浴史，哪里的习俗文化不精彩？就说欧洲的温泉宫，不也引动人的历史悬想吗？这话自然没错。只是，较之泥浴、砂汤、气蒸、跌打，繁富多趣的名色，还有水边岩下邀风揽月的禅意和风雅，其终究稍逊一筹却是不争的事实。

因为很早以前，日本神道就已有水边净身的仪规。奈良时受佛教浴德说影响，其风愈加炽盛。故天皇参拜神社，得先去温泉净身，是为"汤垢离"。一般人祛病祈福，也常行汤浴的仪式。由此那里的温泉与佛寺有了密切的联系，许多温泉的"开汤缘起"也都与僧人有关。如有马温泉就是行基和尚发现的，修缮寺温泉则由弘法大师开掘。僧人由修治而行"施浴"的善举，遂使原本单纯的洗浴有了别一种宗教的深意。

现在去奈良东大寺，还看得到当年僧人为信众准备的浴缸。

法华寺中，光明皇后替千人施浴还愿的传说，列岛流传也广。以后，名汤不再由贵族、武家独享，转而向一般庶民开放，所催生出的室町"汤屋"与江户"钱汤"，让原本悠久的温泉文化平添了许多世俗的风情。不过饶是如此，清心必先洁体的训教还是被保留了下来。对此，外人多不理解。尤其是西方人，猝遇此男女杂凑的无遮大会，不免心生嫌恶。毕竟，佛教是东方的哲学，此刻又与日本的传统相结合，西人不解，并不奇怪。

直到今天，对照《万叶集》《古今和歌集》中歌者对温泉之旅的吟唱，还有《浮世风吕》中式亭三马对群聚洗浴的称扬，那种将人赤坦相对的自在天然与忘却贵贱、无欲无求的佛教境界相联系，以为此即天下受教育的"最佳门径"，包括名诗人田村隆一所说的，懂得此事方能"知晓人情"，许多西方人仍以为是无稽之谈。至于将温泉视作人与地狱的交境，生命再生之地与谢世之所的互体，更不易得到其"了解之同情"了。尽管在彼，其祖辈的游记中并不缺少这样的记载；而此间实际生活中，直到近代，将垂死者抬去温泉等待奇迹，也常见于列岛的乡野。文化间的隔阂真是比山海还大！

我因在日清闲，常去大分泡汤。那一带东临别府湾，西接鹤见山脉，地下岩浆流动造成的火山，给当地带来丰沛的泉源。有史迹可考，早在五万年前，这些泉源就已被人利用。故九州人称山是富士，海是濑户内，若论温泉，必是别府。乍听之下，你会觉得这样的说法太过自夸，但考虑到那里的涌泉多达1761

个,据全日本第一;每分钟涌出量十万升,仅次于美国黄石国家公园;且世界上泉类总十一种而它有其十,说这里是日本首屈一指的温泉天堂,确实不是托大。尤其是日月的迁积,有汤脉的地方出温泉,有温泉的地方起人家,人家集而宿坊兴,"别府八汤"的名头更是冠绝天下。

不过,给我留下深刻印象的不是"别府八汤",而是汤布院附近一处无名的温泉。此泉藏在半山的毚岩底下,周围除林木葳蕤,并无标识。稍远,有一条小溪从山间流出,水势愈近愈大,想是源头虽多浮荇潦泥,终不致淤塞。溪中有鱼,因流水的冲荡,形多条长,游动时脊背撞碎日影,泛开的粼光,像极了霜刃划过。与友人同去的那次,正值初夏,池水温度之适宜,简直让人以为是老天有意留客。不久,清风徐来,顶上生凉。看着周遭景物明澈如芭蕉的俳句,而远处万籁息响,更无人迹,再想到山间林溪,将要到来的初夏萤火,掬水月在手的闲逸与安雅,当时的我,真有一种坐待黄昏的清想。

过午,空气中蒸腾出草香,我似在绸缎轻裹的温泉中睡去。此时来一老者,头童齿豁,泡汤之物一应俱全,却只是褪尽衣衫冲洗,并不下来。怕他着凉,友人出声招呼,他只应了一声,人却不动。好一会儿,才起身往溪边钓鱼。此地僻冷,鱼也痴,不仅不知躲避,还直撞钩。很快,老人的浴桶就装满了。但见他麻利地将桶倒扣,将鱼悉数掷回水里。我为此举豪荡中透着菩萨心,于是凑前搭话。

老人姓平田，不但知道砂汤早见于中国的《千金要方》，还说得出《水经注》中就已有以汤治病的记载。我惊讶其积古，正想用《楚辞》的浴兰沐芳和《荆楚岁时记》中的"浴兰节"应付，他已用老派的敬体发问了："此地的温泉治好过与蒙古交战的兵士，您可知道？"我只知战国时代，武士受鹤鹿等动物用温泉疗伤的启发，常用此清洗伤口，故信州有真田幸村的"秘汤"，甲州有武田信玄的"隐汤"，但本地温泉的故事确实不知道。老人来了兴致，以一口纯正的关西腔，如数家珍起来。接着两个小时，友人的帮助，我收获了一大掇九州的历史故实。

"可惜，早先温泉都是自然涌出，现人工掘井抽水，深至千米，汤道、温度和水质都差了"，老人感叹道。其实，日本在昭和年间就颁布了《温泉法》，民间又有"秘汤保护会"等自发组织，除个别不法商家往清水里添加硫磺外，这里的温泉行还算是经营有序的。但老人不这么看。他的意思，好汤须在山中，须纯正的和风"民芸调"，须节制规模至于一泉一店的"一轩宿"。"早先农闲，人们带上大米、酱油和被子，去的就是一轩宿。现在倒好，都改成洋式的温泉酒店。简直胡闹。要道歉！"我因平日受人招待或自己休闲，都去酒店，尴尬得只有噤声。

渐渐天色向晚，我们终究要走。但老人全无去意，还有下文。原来因喜欢泡汤，他年轻时就独自离家来此。常去的内汤宿坊是一对母女开的，母亲干练，不能近人，但女儿只是温婉。他爱吃女孩做的河豚料理和竹荚鱼，不免常去，去多了不免短钱,母亲不肯赊账,更不用说施浴,少不得女孩常塞他"汤游帐"抵用。"她木屐拖出的声音也与别人不同",老人轻声道:"后来我们还一同去过九重町的筋汤温泉!""好像是本地有名的高山跌打温泉,能治筋骨酸痛",我漫应着。"她告诉我想看熊本的垂玉温泉,因为是瀑布温泉,有许多年轻人在那里嬉戏混浴。还有鹿儿岛的盐浸温泉,那是坂本龙马新婚旅行到过的地方。我听着有趣,想到她母亲的看管终究无效,不禁笑了起来。她发现我抬头看她了,脸一下就红了,像极了赤汤泉。"友人一旁解释,那也是本地名汤,因色红如血得名。"我忙支开话,说以后还可陪她去更远些的地方,看道后、白滨和有马三大古汤,寻行基和尚、仁西上人和太阁秀吉的遗迹,但她更愿意去新潟的月冈温泉。月冈可是比此间菊地温泉更有名的美女汤,原汤一色翡翠绿,汤中的硫可弱化皮肤角质。信不信,老太太下去,大姑娘上来。她听了,只是微笑……"起先,我只是出于礼貌才假充听客的,见有如此下文,好奇心顿起。但偏偏此时,老人的言语渐渐稀落,神情也跟着落寞起来,只眼睛盯着钴蓝的汤池,直至无话。

过了好一阵,才又冒出一句:"您应该走一趟汤治旅的。"见我望文生义,猜出"汤治旅"的意思,他断断续续地说起群马县的草津温泉来。那是日本有名的"药出汤",属强酸性温泉,能杀菌排毒,只是温度太高,须降温后才可放人入浴。行汤的过程很有趣,先由汤长喊节拍,侍人用特制的汤板拍打汤水,然后汤客才能依次入浴。尽管如此,每人至多只能沐浴三分钟。当地人管这个叫"时间汤"。我正啧啧称奇,没防备他直直地问:"您不觉得人生就像时间汤吗?"我一愣,待回过神,心下不禁收紧。串联起前景后迹,该不会那一次筋汤之行再无下文,又或许后来突生的变故,种种机缘不假,或病或嫁,竟至于彼此错过,永隔天壤……但一切都不是我能深问的,只回程中,一路感叹天不从人愿,正如这温泉,能治百病,独不管情伤。

以后不经意中,看到过美国人马克·哈里斯(Mark Harris)的摄影集《温泉》,集中有大正、昭和年代泡汤女子眉目秀净的黑白影像,身后的桧木汤屋,镂花格窗与穿斗梁柱整然;还买过一张老CD,其中有山田耕筰唱的民谣《山中节》,内容恰好是一个女子在温泉之旅中的感情错失。或许,没有这段余兴似的无头谈话,我对温泉的感觉终究不过与常人一样,对类似温泉是人与地狱交纵的判断,也不会有如此强烈的认识。

再想到今天的日本,丈夫去世,太太或能有第二春;若太太先去,丈夫就很难独活,因为生活中一切,他们不会的。但这个老人还活着,这个有过或从没有过太太的孤独的老人,他是怎样生活的?他常来的温泉究竟带给他什么?他真的就此不再入汤并守此不渝么?这样胡乱想着,那犹湿着夏晚露痕的老人的苍面,又一次来到我的眼前。

遍路上的情侣

四国是除海上诸离岛外,日本最小的岛之一,它东南临接太平洋,北隔濑户内海与本州相望,整个岛由山脉从中间切开,其中大多为山地,平原狭小,只零星分布于河流的下游与沿海。一般人去日本旅游,很少会到那里。濑户大桥建成以前,就是日本人看它,也多少有点神秘。

但此地人杰地灵,不但孕育了像大江健三郎这样的名作家,历史上更有弘法大师空海及"东密"佛教这样绝对了不起的精神产出。因专业的关系,个人只对空海的《文镜秘府论》比较熟悉,对其佛学造诣与修行就知道得很少。改变是从一趟"四国遍路"的游历开始的。所谓"四国遍路"(しこくへんろ),是日本人对巡礼四国岛上八十八座佛教寺院的特定称谓。这八十八座寺院都与空海有关,因为年轻时,出身在这里的空海就在岛上的山中流浪修行。从阿波的大泷岳到土佐的室户岬,到处都有他的足迹。弘仁六年(815),他再次回到岛上行脚布教,传人解脱大法,又应嵯峨天皇之请为瘟疫死难者诵经。所到之处留下种种法迹,以后都成了人追踪修行的圣地。

为走好这趟遍路,我行前做足了功课,还请一位在日就职的女同胞充作向导。我们约在目黑的一家咖啡馆商量行程。不过只半小时,我就知道她对空海和遍路的了解比我还少,也不甚关心,所以,当听说12世纪平安朝的僧人已开始循空海的足迹,沿岛缘顺时针一周按序参拜,15世纪此风波及民间,并在江户中到文化、文政年间(1804—1829)达到鼎盛,其间有卫门三郎由阿波出发,经土佐、伊豫而至赞岐,徒步完成巡礼,成为"遍路行者"第一人,她只是心不在焉地嗯了一声。但后来,得知江户初,宥井真念法师在此道上来回行走二十年,并周知路径,设置标石,撰成《四国遍礼灵场记》,直接推动遍路的普及,以后明治政府推行神佛分离政策,其事稍歇,但低迷中,仍有中务茂兵卫花六十年时间,顺行逆行二百八十次,重修标石一百五十处,她的表情开始庄肃起来。

其实,遍路在日本不止一处,较著名的还有"西国三十三所巡礼"和"秩父三十四所巡礼"等。尤其前者,地处关西,二府四县,到处都是观音的灵场。但为何一千二百年来,偏这条一千四百五十公里长的山道能引来朝圣者络绎不绝,以脚力更以念力,徒步五六十天,然后到巡礼所奉上经卷与米钱,是为"纳经";再认真地投入巡礼札,是为"纳札"。又为何直到今天,每年仍有十多万人,包括西方人,甘愿花四十万日元,一路流汗,以在"纳经账"(のうきょうちょう)上留下墨书朱印为幸,然后再远赴和歌山县空海所创真言宗的总寺金刚峰寺画下句点,以至于深陷世缘的我们,也会厕身其间——我拿这样的问题问她,也问自己。女孩说:"我只知道日本民间信仰,人生有八十八种烦恼,只有来此巡礼,才能拜一处,除一种。""那么说,你是有烦恼?"我笑问。她避而不答,只说正好休假。

一周后,我在车站等来了两个人,女孩与她的日本男友。女孩是利落的休闲装,男孩则全然的"本格派",一身白衣,头戴菅笠,颈挂头陀袋,规整得就差脚绊与足袋了。两人站一起,怎么看都不协调。我随口问了声"有问题吗",女孩的回答简短:"我没有,他有。"男孩稍露窘态,忙岔开话,指着头陀袋上"同行二人"的字样,朝我生涩地笑笑,称这四个字正应了他与女友的这趟行程。原来,他不知道这四个字是寓意空海与每位遍路者同在。但此行不止他们两人,他显然是意识到了,所以有些尴尬,不再说话。我素知在没有酒的情况下,日本男人都不爱说话,就是说了也多无趣。但底下的行程,他能将此不说话贯彻到底,还是出我望外。

因时间不够,我们这趟遍路只能选择部分坐车。就是这样也得十天。可才两天,男孩就有些不耐了。晚上投宿寺院通夜堂,对着专供遍路者休息的简易寝所,连布团都没有的大通铺,很是犹豫。后来我才知道,他行前得知要与许多人同走山路,头就有些大,后再看了网上的《遍路道具和用语解说》,更感麻烦。依他的认知，寺院就是行葬礼的地方，象征性地拜一下就行了，无须逐一巡礼。至于纳经所的戳记，托人代办亦可。更何况，四国另有别格灵场二十番，加上金刚峰寺奥之院和京都东寺，总一百十番，是真言宗弟子一生必到之地。我们这趟不过小意思，用不着这么认真。若非终究是期待与女友独处的，加以崇拜推理小说家斋藤荣的《四国杀人遍路》，这些八百年历史的山中寺院，是很难让他召之能来并本色出演的。我笑女孩有点强人所难，原本休假是可以有许多选择的。这次女孩没有回答，男孩本不说话，并一路都是如此。好在山中朝暾夕曛，各为姿容，风过古木，亦足动听，倘再有几分道心，则不仅聆之耳清，还能静心，寂寞也就没有了。

第九天，走完一段比较崎岖的弯道，所谓的"遍路ころがし"，在往香川遍路朝圣资料馆去的路上，我们遇到一位老者，手持金刚杖，本格的白衣印满了八十八寺的朝庙歌，歌上满是戳记。与他交换巡礼札，竟是一色纯金。我顿时肃然，忙称"先达"（在灵场会本部获得指导初心者资格的遍路前辈）。女孩不解，向老人打听。原来，这巡礼札不仅让人书写氏名地址，每到一处，投入纳札箱，或充作名片，与同行交换，"依遍路的次数，札纸的颜色也不相同，头一回用白色，然后依次绿、红、银色，从第五十回到第九十九回，才用金色。""那超过一百回呢？"女孩问，"用锦缎。"我思忖这有点像"先达"，也依巡礼回数分出七等，直至"元老大先达"，于是向他请教遍路的心得。"就在行走本身呀。若行走中能有所悟,就不枉遍路吃苦",老人笑道。"那为何要重复走呢?"女孩抢着问。"因这烦恼密接的人生啊。你每走完一趟遍路,就会以为自己的身心已经平复,可不久新的烦恼来了,你的修行不足以挣脱它的缠缚,可不就得再来遍路,再重头体会大师的慈悲。"老人稍稍提起声调,"就这样,直到你真正找到压力释放的道路为止。"老人的意思显然是,他不是在重复遍路,他的每一次出发,都是新上路。

女孩唯唯而退。晚上,我们对坐而谈。说起日本佛教徒虽宗信不同,对最澄和空海都很崇拜。因为与奈良僧侣每借政治扩大教团势力不同,继之而起的最澄和空海能不与其事,山中建寺,是为"山岳佛教"。尤其空海,自二十三岁就确立以救济众生为一生志业,所以创立的"东密"佛教,比之最澄的"台密"尤见包容广大,在民间的影响也更大一些。一旁好久没吭声的男孩此时似有所感,幽幽地叹道:"大师圆寂前说的最后一句话是'我就要去旅行了',或许这是他的遍路吧。"这样的感叹,让人一时无话……

回到东京,很长一段时间,我都感到精神被洗练的舒快,耳边似总有梵音密咒伴随。说实话,自己去四国,原本冲着金刀比罗宫和金丸座,现在心中竟能生出一种通天彻地的静来,这全要感谢遍路。尤其是,当人渐失内心的平静,想要寻一种仪式,行苦笨的功夫,遍路真是一种太好的修行。看看今天的世界,到处是不知何求的迷失者,有人为失败烦恼,有人为成功烦恼,如此得也忧未得也忧,何尝不是空海大师所要破斥的妄想、执著与贪嗔痴?我辈俗人自难像大师那样洞穿一切,然后芒鞋破钵,行脚十方,有时反不免受制于五欲六尘、名闻利养,但饶是如此,在身体力行中体悟大师发菩提心、脱众生苦的情怀,终究是可以获得些许走出小我的力量的。

那一年交秋早凉,等我休假后回来日本,女孩的信早到了。她引男友的话,称这趟遍路是"疗愈之旅",我因此得知这个早大高材生深在的精神苦闷。原来,他这样名校毕业,入一流会社,应该一生无忧,但泡沫经济改变了一切,而日本企业由传统的重安全第一、轻风险管理,不得不改宗欧美新自由主义,更让许多人不能适应,"受挫一族"就此产生。他程度深些,属"惊呆一族",一度严重到与人沟通都有困难。"其实他的业绩很好,但也许是太好了,反而带来问题",女孩写道。几年前,精神病医生田泽静夫揭出日本人新患一种"午餐同伴合并症",是说因焦虑找不到共用午餐者,只得找理由一人独处,甚至躲入厕所,是所谓"厕所饭"。"这样的焦虑后来也降临到他身上。他觉得一个人用餐固然很没面子,但与人一起吃,又实在不知道聊什么,所以很痛苦。一段时间,只能整天宅在家里,看十点后的深夜剧。"

我明白了女孩的良苦用心。所幸经此遍路,在同行者为死去亲人的祈福中,乃或在那位老人不经意的开示中,他体悟到了生命的意义,找回了"初心"的平和,这真应了"大道得自心死后"的古话,好不让人欣喜。我给女孩回信:"愿我们从此能体会束身修行洗涤心源的重要",心里则提醒自己,其实走没走过遍路并不重要,只要明彻其意,则朝山、受戒、讲习是修行,礼佛、诵经、拜忏是修行,线香一寸,净水一杯,早晚间收摄身心,只五分钟的处静自检,也是修行。而倘无这份明彻,虽早诵晚课,远赴伽耶城、蓝毗尼园,也不能让人妄念不起,顿生法喜。因为大师的教导,贪世间法是贪,贪佛法也是贪。

我的体悟,真正的遍路可能更在心里。因为人走向内心的路,远比走向外部世界的路要悠长艰难得多。可能格于体例,这层道理,近藤喜博的《四国遍路研究》和佐藤久光的《遍路巡礼社会学》都没有说。反倒是时下的日本,到处可见"遍路与女性""遍路与美容"这类浅俗的邀买噱头。我问他们是否看过这些书,又是否关心这些事,这次回信的是男孩,只简短的一句话:"就不看不问吧,因为我每天都在遍路。"

女性的大河剧

土居是我在神户结识的学生,这些年就他的专攻,常与我有邮件往来。但自去年起,他时不时邀我上网聊日剧。我只知日剧分校园、家庭等主题,偶像、悬疑等类型。以前为学语言,常看富士台的"月九剧"(周一晚九点档的连续剧),为其主题无关说教,故事也少悖情,即使敷演 boy meets girl,也能曲抵微达,细腻入骨。

对我的评价,土居一向认同。后来他开始更多关注大河剧,即由 NHK 推出的一种大型历史剧,内容多以战国和幕末故事为主,通常每个周日播放,五十集左右篇幅,正好贯穿一年。我第一次看大河剧是在十多年前,当时觉得结构宏大,制作精良。后来才知道它有政府投入和财团支持,在日本的地位远高过一般时代剧。每年,当应季的剧集正在热播,来年的新剧还在拍摄,后年的脚本就已经拟定了,并一月选角,九月开机,但等再来年隆重推出。至于播出前有电视宣传和文库本出版,播出后有剧情发生地观光计划和衍生纪念品推出,所带动的产业获利更是巨大。"它还很重视史实还原,有负责'时代考证''建筑考证''服饰考证'和'资料提供'等专家参与,完全可当教科书看。"对这一点,土居尤其推崇。

以后经他推荐,看了《笃姬》《天地人》和《龙马传》,那是 2008 年以来收视率极高的三部大剧。不明白的是,原先目标受众在"婴儿潮一代"的大河剧,为何突然有了那么多年轻的粉丝,以至像木村拓哉这样的天王级偶像,也会为没抓住机会参演后悔。"我正要跟先生说这件事。您知道吗,洋子现在就迷这个,陷在里边快出不来了。"不待正面解释,土居先自抱怨起来。洋子是土居的妹妹,短大毕业后在东京的一家商社上班。"这几年她不结婚,不交友,只看大河剧,甚至想退职回家研究战国史,您说她是不是疯了!"我记起那个对哥哥有点崇拜,对陌生人则语软声低的女孩。"或许她已长大,想有自己的人生吧。"我拿话搪塞,心里暗忖,今天的日本是"女性上位",你一个书呆子管束不了,太正常了。不明白的只是,让她忽略当下的为何独独是大河剧?想到自己教过的日本学生不少,就是大学院女生有意研究历史的也不多。这样的原因,让我好奇。

不久,洋子也被拉进了讨论。"先生可知道,现在日本女孩与我有同好的太多了。""她们有一个共同的名字叫'历女',假名写作'れきじょ',英语可译为'history girls'。"土居没好声气地乘隙插话,怕我不明白,又作了一番解释。原来,自 2009

年吴宇森的《赤壁》在日公映，女性中历史热就已经开始升温。一年后《天地人》播出，更带动一大批历女乐此不疲，四处收集与中国三国、日本战国史相关的一切东西。洋子自然一样，从东京神田专营历史小说的"时代屋"寻访到滋贺县的战国物品专卖店"胜负屋"。当然，比之那些十四五岁、迷恋《战国婆娑罗》等动漫游戏并依此打扮的小历女，她显得要理性一些，但由收集武士家纹，到跟人学制甲胄，进而实地参拜史迹，闭户考证细节，也渐渐成了"历史控"。"这就救了旅行社，纷纷推出'历女巡游套餐'，有的索性请历女做导游，"土居在妹妹说话间隙又上线插话，"但实际上，她们不过是御宅族的又一种罢了。"

洋子没有顶撞哥哥，她的不以为然从随后发来的鬼脸图标上可以看出。说起来，自1983年中森明夫发表《御宅的研究》起，关于"御宅族"的种种，东西方学者多有讨论，但落实到"宅女"，其生存方式和属意对象为何有此变化，尚少人问。日本是男权社会，对来自女性的诉求从来沉默以对。但这回的变化是如此的深彻，再装聋作哑有些难了。所以，在日剧中，人们看得到，从《相亲结婚》到《单身女王》，情感世界中最具个性和决断力的几乎都是女性；从《派遣的品格》到《大姐大》，职场打拼中最有韧劲和想象力的也是女性，即使像《呼叫中心的恋人》，男一号的全部生活热情，都来自对女二号的暗恋，并整个剧情也都围绕女二号展开。

这样的女性，能不失礼貌地禁断上司的非分之想，能留足面子地婉拒"年下男"的浪漫绮思，更能视男人如无物，尤其是那些但知"舍身"而不知取义的男人。这些过时的男人见了她们，算是低到尘埃里。所谓"虽则如云，非我思存"，我本无意俯就，你又何须仰攀。如此一副"美人不嫁莫相思"的决绝样，让你纵有心思慕，也无计可留。若再不知轻重地出手招惹，只会自讨无趣。"这些，看过新出 OL 剧与刑事剧的先生想必印象深刻吧。"我能想象洋子在敲这几个字时的得意样。"有意思的是，它们的作者往往也多女性。就是男性作者，好像也很不看好自己的同类喔！"

土居无力反驳妹妹，悻悻然有些失落："也真是，近些年，就连大河剧的主角都让女性给占了。今年是大河剧五十年祭，推出《阿江——女人的战国》，干脆以阿市母女为核心。而女性任主角，到《阿江》竟已是第十次了。"阿市是著名的战国大名织田信长的妹妹，有"战国第一美人"之称，她与浅井长政生下三个女儿，人称"浅井三花"，分别做了丰臣秀吉侧室、京极高知正室和德川秀忠夫人。敷演她们的故事，自然是为表现那段波乱动荡的历史，但其人如水的柔情，花一般零落的人生，兼着无比坚强的内心，常能当机立断，辅佐男人纵横天下，这正是编导在回应历女趣尚时所无法漠视的。

现在，该剧正以超过 20％的收视率高居当季排行榜之首。与剧中人相关，琵琶湖边的小松城和伊势湾左近的上野城，也已成为历女新的朝圣地。我对土居感叹："女性终究是向往热血气概与英迈男儿的，早前的日剧，最独立爽利、敢爱敢恨的都是女性，生活中应该不会相差太多吧。"心里明白，洋子们何以尊崇《天地人》中那个戴着"爱"字头盔的"战国第一陪臣"、人称"智将"的直江兼续，并视他为"最想嫁的日本男人"，只不过通过笃姬与阿江，现在她们还想以更独立的姿态介入历史。那种对乱世英雄的追怀，其实是对当下固化的日本社会与俗世风气的一种逃避，对"失去的二十年"中日渐麻木并耽溺庸福的卑俗人格的一种厌弃。尽管种种原因，导致女性在历史中的承担从来不及男性，但正因其自感缺憾，才特别想从别处获得完满。所以，我的感觉，从英雄给她们的鼓励有多大，是可以窥见她们对周遭的失望有多深的。

若非出于对不同的交流方式的顾忌，我还想对土居说：当日本人不再尊崇英雄，只追求在收入与地位上高人一等，洋子们回视过去，有不知隔在几尘的感叹，太自然了。她们其实是在拷问所置身的这个社会，那种让人血气奔涌的力量是否还在那里。当然，我也知道他作为哥哥的想法，在失落与尴尬的同时，他想对妹妹说的其实是——"最是人生留不住"。只是与所有的日本男人一样，他永远都碰触不到女性所期待的那个点。

按惯例，明年的大河剧已经确定，是拍平安末年在"保元之乱"和"平治之乱"中获胜，以后实掌日本政权的正一位太政大臣平清盛。从三十九年前的《新平家物语》，到六年前的《义经》，平氏已四次出现在大河剧中。此次制作方之所以还要拍这个主题是想颠覆小说《平家物语》中那个残暴无情的反对派形象，通过对挑战这个主题的强调，着重表现平氏由年轻时的反叛成长为志向高远的英雄的过程。其中，对其善慑人心的手腕和面向世界的胸怀尤多着墨。

平氏早先因剿灭海贼成名，此次被定位为难得的怀有走向世界理想的大英雄，是与眼下日本人的心理需要有关的。盖从任太宰府大宰太贰，到退居福原别庄，平氏一直积极推动对宋贸易。其时，为使航路通畅，大船能抵濑户内海并直达摄津，他开音户海峡，修大轮田泊和人工经岛。承安二年（1172），当贵族们不满南宋"赐日本国"的牒状，想中断贸易，又是他力排众议，坚持以务实推动来拓展财源，即使被咒为"天魔"也不退却。以后再废除日商出国的禁令，惩办在宋杀人的不法，为日宋往来的顺畅开展奠定了坚实的基础。看看马端临《文献通考·四裔考》，再对照藤田元春《上代日中交通史研究》，就可知道他胸怀器识之高远，确实超出先前小富即安、保守无为的藤原氏许多。我认为，这或许是日本人开始重新评价他的原因。"他虽是打破贵族体制，初造武士政治，使血缘社会向能力社会过渡的'武士之王'，但制片方的意思可能更想说，如果没有走向世界的胸怀引领，没有因此获致的财政经济作保障，恐怕上述一切都无从谈起。"土居对我的看法有些存疑："莫非你要了解的对象,真的会因你的了解而改变?"

"可以这么说。事实是,任何一个时代都能造就英雄。即使没有,人们也会心造一个。你是本地人,大轮田泊与福原别庄不都在神户附近?镰仓时经俊乘坊重源的修复,成为全日本第一大港,是为兵库津。室町时又成为日明贸易的据点,即使锁国时代也保持对明朝开放。以后设了海关,才改称神户港。在此过程中,出过多少了不起的人物,哪里少了英雄。""是啊,今天神户港岸线长,泊位多,水深便于留系,航路更是遍布世界各地。不过相较于欧美的十四条,到中国去的竟有二十三条!!!"土居一连用了三个感叹号。但我想说的是,眼下许多日本人都在谈论"第三次开国",特别是在此次东日本地震和福岛核难之后,置身于转变时代的日本人看着国势的萎弱与官僚的无能,一定不甘寂寞。"或许,现在就是一个产生英雄的时代",我这样安慰土居。

而私心想告诉洋子的则是,其情虽可哀可原,但还是不要再躲在历史背后逃避现实了,或悲观地以为这个世界革囊众秽,再无英雄。至于沉迷于那种专为吸引女性而刻意营造的架空故事,为有意减少血性场面并增添完美型男的伪历史所吸引,更是不智。因为人们追怀历史与英雄,不是为了到另一个时空歇脚,更不是为了闭上双眼,让汹涌的岁月把自己淹没。当然,历史的作用远比人想象的要大,因此它的结论也更让人信服。但眼下,关于这件事的历史教训显然是这样的:沉迷于历史的人将永远无法真正走进历史,而能正确对待历史的人才有可能影响历史,进而改写人生。

我以为这样的道理可以砥砺哥哥的血性,也兼可以唤回妹妹的温情。

草食男的恋爱经典

渡边淳一每出一书，总能轰动。这回，由幻冬舍于2009年3月推出的《欲情の作法》也是（中文本译作《欲情课》，陆求实译，作家出版社2009年），在日本乃至中国同时推出，赚足了眼球。网上日本人的反应尤其热烈，名作家、直木奖获得者重松清甚至称它是一针让倦怠欲情者恢复元气的强心剂。

但个人读后的感觉，就一个七十五岁有医学背景的积古老人，阅人无数的情爱圣手而言，他书中教给人的东西有些简单了。什么"坐而思不如起而行"，"性爱是两个人的共同作业"，不唯难称密码，有些简直浅劣。若有人想借此修炼成"恋爱达人"，必定误尽终身。自然，他说了，"恋爱不是逻辑学"，"感觉决定恋爱的成败"，可事实上，书中从头至尾讲的都是逻辑。那种先竭情赞美再抚背弄发的经验提点，能在多大程度上丰富人的情爱认知，真是天晓得。他特别强调的预先在房内准备下沙发这样的雕虫小技，是否真能推进恋情的进展，也让人怀疑。

至于提倡"只追两兔者不得一兔",认为同时追逐三四个女性,是避免患得患失心劳力绌的"唯一的良方",不仅无视可能留给人隐在的创痛与失德的内疚,还明显有违常理常情,更是不值得推荐的恋爱中的左道旁门。

又,日本人大多内向,故鼓励男性用"巧言"对对方作"率直的赞美"很有必要,但这与"言不必由衷"不是一回事,与"恋爱就是欺骗"更有区别,笼统对待两者只能弄巧成拙,并不足以取信对方。最可议者,是作者声称男人恋爱的目的只是对方身体,不过不能"直白说出口"而已,"非但不能说,还要尽力隐藏这种卑琐的用心",这样的判断实在大有问题。且不说教人用欺骗手段来隐藏占有的目的是低估了女性的智商,就是对男性欲情的正当性也是一种误解。我们的认知,正如过于强调两性生理的差别(其实作者这方面的论述也极浅显),称男性的爱与女性相比"显得很肤浅、刹那性"是一种武断,那种以恋爱中男性渴望女性的身体为用心卑琐的看法,也不能不说有些过当。如果这种用心可称"卑琐",那作者全书试图让人明白欲情是人最正常不过的需要,因此最可坦承无妨不就站不住脚了?

可是以作者的情智,他的论说不应浅劣如此。推原其初心,或许收拢一下"致我的中国读者"中表露的"跨出国界、超越民族、超脱社会结构和生活制度"的野心,他的有些经验还是能给日本人一些帮助的。前述网民的热议提示了这一点。他们都说，如今的日本男性，从生理到心理，越来越失去了爱的能力。这是不是构成本书写作的现实背景？生理上的事情不好说，反正从作者喜欢讲的男性精子数量，到夫妻性生活的质量和频次，日本人都是全球倒数第一。这里单说心理。想来有一类"草食系男子"的处世方式，应该是作者此书最想廓清的心理阴翳。

所谓"草食系男子"（そうしょくけいだんし），简称"草食男"，是六年前专栏作家深泽真纪在《日经 Business》杂志网站的连载文章中首先提出的，一年后集为《平成男子图鉴》出版，轰动全日本。她将那种少激情，不自信，不愿意承担责任，也不热衷与人竞争的男性比作羊一样的食草动物。在感情上，这类男性通常不拒绝与异性交往，但从不强求结果与婚姻。至于生活习惯较过往也有显见的变化，譬如为了撑起西装，他们很注意身材；为了保持形象，又极重视养颜。平时喜欢零食，不惮以甜品专家自居；应酬时却只用饮料干杯，绝不因酒乱性。当然，以这样的教养，留意一切乐活新潮，尤重绿色环保，也被这类人视为题中应有之义。

日本人从来推崇"優しい"，即一种优雅温柔的品质。现在这些好男人要退出情场，对女性的震动自然很大。怎么办？压力之下，有一部分女性只好赶着上，以美国《欲望都市》中的火辣女为心中缪斯，拼将全部的气力，让自己做成"肉食系"。就在 2009 年 4 月，德间书店推出樱木ビロコ的《肉食系女子の恋爱学》，对这种女性多有鼓励。但恪于传统，女性中能照以行事的终究是少数，大多数就只有更关爱自己，将心思花在旅行、购物与美食上，特别是那些年过三十的高收入、高学历女性，比较有条件如此，渐渐地也就从中找到了乐趣。可是很快，作家酒井顺子的《負け犬の遠吠え》（讲谈社 2003 年；中文版《败犬的远吠》，陈美瑛译，台湾麦田出版社 2006 年），将她们一下打回原形。她称女性若在感情上没有归宿，即使百样成就，不过是一条失败的狗。是谓"败犬女"一词的来历。现在这个特定的称谓正风行日本。更有一些资深"败犬女"，年过四十，一切的一切不缺，独缺婚姻与感情，结果全副的精力，只能在法式烹饪课上消磨，在 1.5 万日元一瓶的资生堂美容液上勾留，名优石田ゆり子是其中的佼佼者。自 2008 年起，这些人也有了自己专属的称谓——"アラフォー"，即"Around40"的简称。其"急增中"的凌厉态势，在在照见了这个社会的问题。

所以，自深泽真纪以后，各大流行杂志相继推出"彻底解析草食男"或"草食男之全攻略手册"这样的专栏。2008 年四五两月，女性杂志《nonno》推出专集分析原因，讨论对策。七月，讲谈社也出版了大阪府立大学哲学教授森冈正博的《草食系男子の恋爱学》。十一月，又有自由作家牛窪惠《草食系男子"お嬢マン"が日本を変える》一书出版。所谓"お嬢マン"，就是小男人的意思。带着深刻的遗憾和不安，他们将这类改变日本的男人归结为"こきれい"（爱干净）、"こだわい"（为人

拘束）和"枯れ気味"（单调乏味）。由本书"近些年，男人变得越来越温文尔雅，而自信心越来越缺失，以至不敢积极主动地追求女性"这样的论说可知，作者之所以写这本书，也有针对这种现实的意思。所以，才有NHK"早安日本"节目在"草食系男子特集"中讨论他的建议；富士电视台"とくダネ"节目更以"对草食系男子的忠告"为题，邀请他做访谈。前及看好此书的网民中有一位母亲，就明言自己想拿此书作草食系儿子的疗救教材。

不过，即便是这样，个人仍然觉得这样的指导并无太多的针对性，不是因为实际效果不彰，主要因为这类男性的问题不像作者所说，是自信心缺失，"不敢积极主动地追求女性"引起的，更非"比女人还要柔弱，即使心里想说也无法说出口"所致。如前所说，他们为人细心随和，协调性强。虽为了准时回家，有可能拒绝上司的饭局邀请，又喜欢跟谁都AA制，甚至坐着尿尿，但性格上决不封闭，也不缺乏"流行情报"，与对人际交往心怀恐惧，对环境适应不良的"宅男"更不相干。当然，不排斥他们中有的人性格内向，害怕失败，但更多的人也谈恋爱，交女朋友，有的还有很多女朋友。他们对女性不抱幻想，不会头脑发热到一头撞进围城，有时正基于这种广泛接触积下的经验。也就是说，在恋爱结婚一事上他们是"不愿为"而非"不能为"。对照这个事实，我们不能不说，作者的欲情开讲，从一开始就弄错了方向。

也因此，在书中他不惜爆料自己往昔的情事，提出坚其心志，厚其面皮，多方试探，温柔等待，最后抱得美人归的种种方法，从根本上说都是没有着落的空言。因为这些男性没有怯弱，也不是怕被甩，是压根儿不想往下发展，并认定哪怕为维护一己的兴趣爱好，也不应将时间浪费在女性身上。即使有些人怕被甩，也非出于自尊心的维护，而是觉得麻烦。为了减少麻烦，不投入自然是最好的措置了。所以，当旁人看了心焦，说你怎么迟迟不见进展，他们却很享受这种比友情多一点比爱情少一点的疏离状态，并由此心理的疏离，即使同处一室，也可以闲聊到天明。如果有了需要，找 A 片解决就是了。不然，去"熟女宅"和"秋叶"这类地方，与那些阅历丰富善解人意的成年妓女聊聊，也比恋爱要好。至于结婚，免谈最好。因为就是结了又如何，无性婚姻还不是多了去。日本社会太周洽了，它为这种婚姻创造了许多体贴的便利。譬如，近年来，有一种"可动壁卧室"在年轻夫妇中很流行，它可以对卧室作自由的分隔。所以即使进得一家门，也未必真就过到一起去。凡此种种复杂世相，幽微难测的人心，原本都应该是作者欲情课的言说内容。但很遗憾，这一切的一切，日本人在书中都没有找到。所以，有人在网上挖苦他好为人师。他们的意思，与其这样鸡同鸭讲，不如把小说写好，摆弄这类浅薄的心得，有点可惜了才华。

个人的感觉也是，并以为本书至多对那些正如火如荼想恋爱的青涩少年有些帮助，对不想这档子事儿的"草食男"（更不要说"宅男"），就有些可笑了。进而言之，但凡想恋爱结婚的，虽磕磕碰碰，终究会找到适合彼此的进路与办法。从这个意义上说，即使对那些正走在欲情路上的年轻人而言，这种指导的作用也很有限，最多只是参考，未必能有实效。而一种悠长的文化与传统，自是日本人最好的老师。

日本民族从来不回避欲情，相反，视它为人性之自然。如作者书中所讲，大和国久米仙人因看到吉野川浣纱女子的腿就失去了神力，从高空中跌落。这样的故事，在这个民族真的是太多太多。如有一个传说，说某次天照大神关闭了天窗，致世界顿时陷入黑暗，后因见一女神在窗前大跳裸体艳舞，大神忍不住伸头探看，天窗这才重新开启。这样的故事，都是日本人耳熟能详的。再上溯到公元8世纪，《古事记》就已记载伊邪那岐与伊邪那美奉天神之命，从高天原降落，结合后生下八大州国，创日本列岛的故事。这种"神婚"传统，奠定了日本人对男女欲情的宽容态度。故无须说到基督教的原罪，这个世界，没有哪一个民族的创世神话像日本这样充满性爱的色彩，同时又能不涉猥亵与污秽。到近代，"町人根性"的作用，"心中物语"的流行，好色更被定义为人的自然天性，不算有疾，更非恶谥。故流风所及，1823年，西伯特由荷兰来长崎任商馆医师，他的《江户参府纪行》就记载了拜会幕府将军路上所见到的江户庶民热艳的欲情生活，其无所避忌的天性自在，着实让他吃惊。再早到1563年,耶稣会士路易斯·弗洛伊斯被派驻日本,他在《耶稣会士日本通信》一书中,也频频啧叹于日本人的性事开放,并最不重贞操。

这种流风余韵,其实是一直流传到今天的。作者本人,就是好例。他在书中说:"日本人对于性或者性爱可说是兴趣最浓的",只是羞于启口,这自然可称"观念陈腐",应该弃置。但现在摆在你面前的,不是羞于启口的问题,是连做的想法都没有的问题。为什么会这样?他没有解释。他还奉劝女性不要追奉"山姥时尚",过度美甲美发,用过浓的彩妆,变态的脐饰或艳丽服装装点自己。这样说可能是为顾及男性的审美期待,因为山姥(やまうば)是山中女妖,传说拍打她的姥皮,可以让人变美,或得到想要的东西。作者的意思,尽管如此,此姥终究是一可怕的怪物,不值得追仿。但女性为什么会挺而求怪如此,作者并无交代,相反,在一种轻描淡写的老套说辞中,男女两性互动紧张的实态被他尽数回避了。可必须指出的是,这种光兜售"如何为"的技巧而回避"不愿为"的根由,结果只能是技巧愈真,离题愈远。

但就是这样不中肯綮的欲情启蒙,居然热销了。此前作者的小说,虽说是谷崎润一郎和佐藤春夫的通俗版,或三岛由纪夫的降级版,总还呈现出某种真实,让人看得到一种传统。但他的随笔,从早先的《男人这东西》《钝感力》,到今天的《欲情课》,实在浅劣贫薄得可以。放到今天的日本社会,尤其显得浮泛，给人一种华而不实的卖弄的感觉，怎么仍能畅销？

按照作家岛田雅彦的说法，日本社会是每隔十二年，就会掀起一次纯爱热潮。以往的规律，一旦景气不好，纯爱就会流行；景气一好，不伦就多。渡边的创作受惠于这条定律多多。甚至它在中国的风行，也是此一规律的异地注脚。但现在，景气不好到超出想象，这个规律也就被打破了。不是景气越不好人们就越纯爱，相反，是不再爱甚至厌弃爱了。典型的例子，是去年《AERA》杂志竟然呼吁年轻人不要恨性。注意，它说的不是不要怕，是不要恨。再联系前一阵那个因性格温和、长相中性，被日本人公推为"草食男"典型的人气艺人草彅刚，居然在赤坂桧町公园裸奔嚣叫，他外相柔和，但内心狂野，其实很 Man。他的裸奔嚣叫，连同年轻人对爱的厌弃与恨意，种种让人费解的言行与情状，透露的正是一个时代剧变的消息，是职场压力、社会的挤迫与人生方向上的不确定。但遗憾的是，这些都腾逸在作者的知见之外，所以相关的分析自然也就不可能到得他的笔端。或许，我们不得不说，尽管做过医生，但光从肾上腺素和内分泌来寻求欲情的解决之道，已说明他之于此道已落伍得长长久久。如果与同年出版的酒井的另一部著作《儒教と負け犬》（讲谈社 2009 年）相比，后者结合日本"败犬女"、韩国"老处女"和中国"剩女"（他们称"余女"），讨论儒教社会与女性晚婚难婚的关系，他的这通开讲就更显得空洞乏味。

然而，就是这样浅劣的爱情说教，居然成了两性相处的教科书。真是谜一样的日本人！至于隔着文化，此间的出版人也跟着将它奉为恋爱达人的修炼密码，竭情推介书中那些可笑的进阶规则，就更让人看不懂了。

第三辑

人物浮绘

大梦谁先觉

田原市位于爱知县南,太平洋、伊势湾和三河湾环绕的渥美半岛上。作为"平成第一大合并"的产物,2003年由田原、赤羽根两町合并而成,两年后再与渥美町合并形成今天的规模。但纵使如此,地不到两万平方,人不足七万,虽自称新兴产业都市,三分之一人口依旧赖农业为生。

当然,如果你去那里,一定会被告知,此间海洋与山岳资源丰富,伊良湖岬和海上石门可让人饱览太平洋壮美的日出,藏王山可供你远眺半岛璀璨的灯火。如果天候好,甚至能望到富士山。而这块旧"穗之国"二十公顷的土地上,年年举办的"油菜花节",一千万株观赏用"伏见京都寒"菜花一起开放,其摇曳出的风致,更能让你流连忘返。

但其实,那里的人文历史更值得关顾。早在绳文时代就有住民在此生息,吉胡贝塚和伊川津贝塚的考古发现证实了这一点。11至13世纪,有陶窑业兴起,所制作的"渥美烧"备极精美,"大アラコ古窑址"更被指定为国家保护史迹。市中心,有战国时代户田氏留下的城下町,江户时代延为三宅氏所有。三宅氏的田原藩本来只是一个一万两千石的小藩,但自宽文三年(1664)起,居然统治达两百多年,又兀自能出大人物,如炮术家村上范致,名渔师兼歌人糟谷矶丸,名画家铃木翠轩等。其中最有名的,就是江户后期武士、田原藩家老、被铃木清节称为日本"开国史上第一人"的渡边华山了。今天,不唯外来的观光客,就是非本地的日本人,能知道华山的已不太多。所以,当从丰桥铁道涩美线的三河田原站下来,一路寻到设在田原市博物馆的华山资料馆,是只闻鸟语,人迹杳然。

博物馆是就着田原城的故址改建的,本来是一座梯郭式平城,文明十二年(1480)由户田宗光所建。因借势海湾边一块呈"巴"字形的台地,故又称"巴江城"。原来的城构自废藩置县后即告废弃,此后一直寂寞和荒芜。现在所见本丸处建起巴江神社,郭内樱门和二丸橹辟为市博物馆,二三丸之间另有护国神社,出曲轮处并设华山神社和华山会馆,都是 20 世纪 90 年代的事情。

资料馆的收藏可称丰富,字画保存尤好。有一幅《福禄寿图》,意匠经营全部取法中国,让人想见其人的汉学修养。画中的鹿出自他手,由其疼爱的儿子小华在左右两边添上蝙蝠与灵芝。有两件事情,很可以用来说明其绘画的成就,一是买下《寒食帖》和《潇湘卧游图卷》的日本著名银行家菊池晋三,在

1923年东京大地震中,冒险从火中抢出三幅最喜爱的名画,除上述两幅外,就是华山的《于公高门图》;另一个是1935年日本发售的第一枚邮票,采用的也是他画的富士山图。自九岁跟平山文镜、白川芝山学习日本画,到十六岁师从金子金陵,在谷文晁画塾学明清文人画和洋画,二十六岁以反映江户风俗的册页《一扫百态》崭露头角,然后依四国旅游印象作《四州真景》,开洋画法描绘世情风景之先河,华山成为日本绘画史上有数的自成一派的代表人物。他的《目黑诣图》《品川游兴图》等均被奉为名作,结合中国水墨皴法与西洋明暗手法创作的《佐藤一斋像》等师友肖像,也备受称赞。《鹰见泉石像》现藏于东京国立博物馆,为国宝级重要文化财,更被誉为日本人认识洋画原理的里程碑。

但说实话,吸引我注意的主要不是这些画,而是他的著作,他生前留下的遗书和自刃用的刀。华山的著作,1999年由芳贺彻汇编成七卷,另外《日本思想大系》第五十五册,有其与高野长英、佐久间象山著作的合载。大抵说来,明治前期,日本人的研究尚能注意对其西洋观的检讨,但此后很长时间,一直到战前,因皇国思想泛滥,就多忠君宣传的包装。他本人也因此被奉为忠孝与道德的楷模,不仅以"勤皇护国烈士""大东亚护国之神"的身份入祭华山神社,更以艰难备尝的早年生涯,包括勤学不休的事迹,被写入修身教科书,家喻户晓。具体详情可见渡边知三郎的《渡边华山忠孝血泪谭》(东阳堂1892

年)。直到二战以后,比较深入的研究才开始出现,无奈偏重艺术的多,关注思想的少,尤缺乏对其西洋观和文明史观的讨论,其重商主义思想更是少人论及。倘细述之,则继石川淳的《渡边华山》(三笠书房1941年)、森铣三的《渡边华山》(创元社1941年)后,主要有吉泽忠的《渡边华山》(东京大学出版会1956年),芳贺彻的《渡边华山,优しい旅びと》(淡交社1974年),佐藤昌介的《渡边华山》(吉川弘文馆1986年)等。

个人的感觉,有两个人的著作值得注意,一是华山同乡后进,同样出生在田原市渥美郡的杉浦明平(1913—2001)。受伊良湖岬的风雨栉沐,"伊吹山风"凛冽的鼓荡,酷爱渥美冬季的杉浦置身这个大风卷大浪的海角先端,极目大洋尽头,心中常有一种悲壮的孤独感涌动。怀着对乡贤的景仰,他不仅写了《おたしの华山》(未来社1967年)、《华山探索》(河出书房1972年)和《华山与长英》(第三文明社1977年)等一系列研究性著作和随笔,还推出了《小说渡边华山》上下卷(朝日新闻社1971年,后收入《朝日文库》第八卷)。这部被评论家称为"开森鸥外以来历史小说的新局"的小说,不仅人物塑造真实,尤其能遣深情上笔端,那样体会华山的幽情与孤衷,最宜于烈士情怀的传达。1982年,实至名归,被授予每日出版文化奖。

另一位是美国哥伦比亚大学名誉教授唐纳德·基恩(Donald Keene),其所著《渡边华山》由角地幸男翻译,2007

年新潮社推出后，广受各界好评。作者专攻比较文学，太平洋战争期间曾参与军务的他，早年毕业于美国海军日语学校，战后复员并留学京都大学。他不但对日本文学相当了解，与当时重要作家交往也密，像三岛由纪夫，自杀前就曾向他袒露心迹。因为研究芭蕉俳句出色，又独自撰成《日本文学史》，所编《日本文学选集》由格洛夫出版社出版后，在西方凡响不俗，所以1991年被授予福冈亚洲文化奖，2008年又荣获日本文化勋章。他同时研究日本文化与日外文化交感，个人最感兴趣的是他所著的《日本见闻》《日本人的生活》和《初闯日本的荷兰人》《日本人的西洋发现》等书。基于这样的兴趣与关注，他的这本书，从华山不遇的少年写到其悲壮的自刃，对一个"既坚守田原武士本分，又努力理解西洋的先觉者"的理解就特别深刻。他称赞华山其人及其不平凡的生涯，是明治维新这个大变革前夜，日本文化危急的象征。

我的体会，尽管华山的事功不能与同为爱知出身的织田信长、丰臣秀吉和德川家康等"战国三豪杰"相比，有些思想与议论更稍涉空泛，难以实行。但他身居下位而能心有万里，据蕞尔小岛而依然眼空四海，并常以思虑"规模宏大的永世之策"自励，如此孤冒风寒，独领攻讦，超前的思想和对这种思想的绝对坚持，在在映衬出同辈的冥顽与懵懂。西谚说，任何的先知，在其故乡总难免寂寞，华山自难逃此宿命。但赖基恩的论定，他终究有自己异国隔代的知音。

渡边华山（1793—1841），原名定静，字伯登，通称登，号华山，出生于三河国田原町一个武士之家，是田原藩家臣华山定通的长子。其时武士生活普遍贫苦，田原藩又财政困难，常欠俸禄，所以生有八子，兼有附从，自身又多病的定通，常常穷得连药都买不起，全家冬天只得合盖一床破被。幼年的华山在这种极端贫穷中度过，每天不能吃饱，八岁时就不得不替藩主世子做杂勤，弟妹们也先后奉公出觅活。这些，在他壮年所作的《退役愿书之稿》中有详细的描述。他之很早习画，二十岁开始更替人画正月用灯笼，都是为补贴家用。

三河与尾张是今天爱知县旧称，历史上淡水不足，强风时袭，生存条件的艰苦，养成其町人文化不尚浮华，不喜空谈，有刚健持忍、敦朴节俭的特性。而相比于尾张人的持忍与克己，三河尤多农人，世代耕作，生性更勤勉保守一些。田原藩地处东三河，如蟹钳般伸入湾海的条形窄地，农人的勤勉与保守更胜一筹。在这样的环境中长大，真无法想象，他日后恢廓的气度与热切的襟怀究竟从何而来。

文政十年（1827），田原藩十三代藩主三宅康明去世，为获取财政支持，三宅家养子、富裕的姬路藩主的第六个儿子被迎为藩主，是为三宅康直。因自小共处，华山与康明的异母弟友信交好，见其实际上被废，自己的拥立活动又告失败，一度整日借酒浇愁。以后他再精心谋划，将其长子立为康直世子，终使三宅家血统得以延续，由此不背故主的忠节，他个人的声望得以初步确立。天保三年（1832），被招升为年寄役末席，相当于家老，俸禄一百二十石，从此走进藩政中枢。任职期间，他改革藩政，登用人才，为使士气向上，积极导入有利于优秀藩士的评价制度，改革役职俸禄，编订开支计划。两年后，又招聘丰后日田出身的农学者大藏永常来藩殖产兴业，建实验农场，栽培适合渥美气候的经济作物以扩充财源，又改良稻作技术，发明用鲸油驱除稻虫害的方法。此外，作为藩士内职的土烧人形制作法也得以传承下来。四年后，因"天保大饥馑"操劳病倒。病中所写《凶荒心得书》，犹念念不忘当政为民。由于他的努力，藩内无一人饿死。

当然，华山远不仅是一流的画家和藩臣，这样的身份，当时并不鲜见。让他留名青史的是在幕府锁国情势下，他对世务的关心，还有对世界形势的通晓。尤其是，他利用自己所获得的洋学知识，积极推动社会变革的先觉与实践。说起来，就具体的新学而言，比他更了解的大有人在。其时，那些医师、通事与书记均站在接触与传播第一线，直接面对从荷兰传入的西方新知识。只是别人守先待后，独他但开风气。在福泽谕吉之前，几乎还没有谁能像他那样，被这个波诡云谲的大时代选中，成为叱咤一时的风云儿，日本人敬称这样的大人物为"みなもと太郎"。

彼时，16世纪晚期刚获独立的荷兰人绕过好望角，进入马六甲海峡，在击败葡萄牙后开始插足印度与南亚。1600年，以

"Liefde"号商船漂流到九州丰后国臼杵为始,开启了与日交涉的历史。过两年又成立东印度公司,名为通商,实为殖民地代理机构。此后很长一段时间,为获取更多利益,它一面挑拨幕府与西葡的关系,一面声称自己无意利用教民,相反穿和服,行屈膝礼,甚至出动武力助幕府平定"岛原起义",直到终于获得在长崎出岛从事商贸的特许。

货物流通带来的必然是思想的流播。很快,"兰学"在列岛流传开来,特别是经杉田玄白和大槻重泽等人的译介与开班授学,大量西方科学技术得以传入日本。早前的日本人尚称葡西人为"南蛮",其学术为"南蛮流";兰学初来,也被称为"阿兰陀流"或"红毛流"。但后来,其说被一一验证为事实,这让日本人的看法立时改观。但变革的力量终究微弱。

往前说,早在1692年,幕府就在长崎奉行之下,特设书物改役一职,专司洋书的审查。德川吉宗开禁后不久,主持"宽政改革"的保守派老中松平定信,对内任用儒官,定朱子学为正宗,阳明学和古学为"异学"、"扰乱风俗之学",又限制言论与出版,不但"黄表纸"和"洒落本"不再被允许,其他凡有出版,也均需得到"奉行所"批准。辖制思想文化的极端措施,就是所谓的"宽政异学之禁"了。天明八年(1788),因讽刺改革,创作有《文武两道万石通》的小说家朋诚堂喜三二已经受到"谨慎"处分。至此,恋川春町因小说《鹦鹉学舌文武两道》而受罚病死(一说自杀)。宽政三年(1791),也就是华山出生前两年,又有小说家山东京传被诬违令,受到五十天"手锁"处分。再就对外而言,他又厉行锁国,认为"国家长久之基,在无外船出入",靠长崎贸易得到的不过是"无用之玩具",而兰学"为好奇之谋",更易"生恶果"。故到华山出生前一年,洋学者林子平(1738—1793)著《三国通览图说》和《海国兵谈》,提出日本应勿忘"海国",加强海防,为使人知晓其意,这个出身寒门武士的热血志士自费出版所作,在书被禁版被没收的情况下,又手抄使行,结果惹恼了幕府,被指为"谈论外夷无稽之谈,动摇人心",以"处士横议"罪被处在兄家终身"蛰居"(即禁锢),一年后忧愤去世。

就在林子平处刑后四个月,1732年,俄帝遣使拉克斯曼(Adam Laxman)借送还漂流民大黑屋幸太夫为名,到北海道根室要求开港通商,被定信斥回。次年,他又下令诸侯加强沿海警备。但从幕府将军到各地大名,谁也不知道将来究竟会怎样。这就是华山出生前一刻,日本国山雨欲来的背景。

有一个与自己性情行迹几乎相同的人蒙冤郁郁而终在先,似乎昭示了华山将要到来的命运,但他全不以为意,二十六岁就想脱落到洋学发祥地长崎,只是因父病没有实现。此后与宇和田藩的兰医小关三英结识,开始认真研究兰学。任职年寄时,再与高野长英、幡崎鼎等人交往。时列强环视,形势危殆,格于幕藩的体制,他只能从本藩着手,在赤羽根建"远见番所",设炮台以为提防。又提拔与鼓励铃木春山等年轻人努力研究洋学，以求知己知彼。他自己并不通荷兰文，但利用三英、长英等人的外语能力，辅之以自己的理解，居然周知世界形势。

他读过的洋书尤其不计其数。他死后很久，三宅友信在明治十四年（1881）所作《华山先生略传补》中，还对其当年如何鼓动自己大量购入洋书一事记忆犹新。其时的日本，多"兰癖大名"和"兰癖老中"，三宅的支持让他得以比一般人更多接触到西方的新知，并将一大群洋学家团结在自己周围。三英、长英以外，还有江川坦庵、椿桔山和铃本春山等人；幕府开明官吏、有"能吏"之称的川路圣摸、羽仓简堂也被吸引了进来。尽管他本人不是兰学者，但一时被视为兰学领袖，藤田东湖甚至径称他为"兰学的大施主"。以他为核心组成的洋学研究团体，被国学家讥为"兰学之野蛮结社"，故又称"蛮社"。其时，还有一个以纪州藩远藤胜助为核心的时事研究会，叫"尚齿会"，"蛮社"中人也常与其事，借以广泛讨论西洋与日本诸问题。

让人感佩的是，此前的兰学多以医学、天文、地理、历法和兵学为主，从学者也大多是诸藩医师、天文学者和幕府人士，人文与形上学不说遭人排斥，至少不为所重。只有华山注重后者，更注意对西洋社会思想和社会批判意识的汲取。为此，他收集了1616年至1826年所有的《和兰风说书》，又亲往拜访曾到江户参见过将军的荷兰商馆馆长纽曼，回来后写成《雀舌或问》，对"世运风移之际，沧海变做桑田，中华扰乱，已成戎狄"很是感叹。期间，受幕臣江川坦庵之托，他还写了《外国事情书》《诸国建地草图》等著作，感激于西洋"物理之精确"与"学校之盛行"，尤钦佩其人"不以一国为天下，而以天下为天下"的胸襟，从而让自己的视野，真正由"地理世界观"突入到"文化世界观"的境域。

他要人警惕西洋人侵略别国、见肉必争的"犬戎之性"。在《初稿西洋事情书》中，感慨一边是"剽悍诡黠之俗变为强勇深智之国"，另一边是"高明文华之地成疏大浮弱之风"，大声疾呼日本须实行开国，而"因时变法"，"审敌情而立策谋"，是当下第一急务，并断言传统的对外交涉原则已无用武之地，"因时变而立政法乃古今通义"。由此一心求变，认为那种专注内患不重海防，不关心外务的老例与成法必须改变，日本社会要恢复生机更必须改变。所提出的攻势海防论与注重教育论，均极有见地，让人观之，耳目为之一新。如其《舆情志略》认为，办学能选士开物，尤应作为政事之本，但在重视学校方面，唐国远不如西方，故舍近求远，向西洋学习是势所必然。一时间经他引用的资料，成为江户末期日本人研究西洋的主要知识源。一如他不是兰学家而成为兰学领袖，尽管他不是幕臣，但因政治议论和社会观能给幕府中枢以很大影响，所以一言一行，动见观瞻。

天保八年（1837）七月，美国商船来浦贺遭炮击，酿成"莫里森号事件"，华山以为再延续不问情由一律炮击的政策，必为世界所笑,所以作《慎机论》以示反对。同时,高野长英也写了《戊戌梦物语》,批评其有失粗暴。但不久,因卷入保守派鸟居耀藏与革新派江川坦庵的矛盾,情势急转直下。与松平定信一样,鸟居素来以为"西洋不知理法,专行勇力",远不如日中有谋略,"兰学者之流好奇之病尤深","为害不浅",对这批热衷传播西学的人本来就无好感,此时又心存借机剪除江川及川路等革新派幕臣的想法,故不顾事实,横牵他事,把常陆国鹿岛郡无量寿寺住持顺宣父子想要到无人岛采集珍奇石木之事与华山联系起来,甚至指他企图私逃出海,或与大盐平八郎相勾结;又指其是因崇拜西洋而批评幕府,并把在他家搜出的未公开发表的书稿作为证据,以至两年后,终于在江户,以"妄评政治,动摇民心"的罪名将之抓捕入狱。随后长英终身监禁,三英忧惧自杀。是为"蛮社之狱"。

若非老师、学生和田原藩亲友的呼吁营救,特别是恩师松崎慊堂给当时幕府老中水野忠邦写长信恳求,本来是要判死罪的。松崎慊堂(1771—1844)信奉朱子学,五十岁后转治考证。但因其所治日本近世朱子学是一种本土化的儒学,与来自中国的以"格物致知"为要务的传统朱子学不同,所以本"穷尽事理"的考据反省意识和经验主义的务实求真态度,他对建立在观察实验基础上的西方近代实证科学多有认同,对自己学生所传播的兰学也能够欣赏。信中他竭力称颂华山为人廉、事母孝与奉君忠,反对以个人笔记入罪。由其所持的态度与评价,可见自向田原藩士鹰见星皋学朱子学，后入昌平坂学问所，从阳朱阴王的儒学家佐藤一斋问学，一直到投入松崎门下，华山的儒学背景及修养。也是因为这样的背景与修养，他以后悲壮地自杀就很可以理解。

在狱中关了七个月后，华山出狱了。虽然免了死罪，仍被引渡给田原藩就地"蛰居"。依幕府法律，对武士的惩罚，"蛰居"是最轻的，更重的是所谓"改易"，即免去武士称号，降为平民，并没收领地、房产与家禄。如"宽政异学之禁"后，牵涉"西博尔德事件"的土生玄硕就被处以"改易"，另一位与事者高桥景保则死于狱中。当然，更重者就是"切腹"了。

在江户出生并长大的华山，以这样的身份回到故乡，寄身在担任押送任务的田原藩士松冈次郎家里，遭昼夜看守，心情之坏，可想而知。好在准许亲友探望。不久家眷抵达田原，奉母至孝的华山对老母的探望感慨系之。此前，因没了华山支持，大藏永常失去在田原的身份，已被迫从池原的居所中迁出。以罪人之身回到田原的华山一家，就此住进了这座空房子。靠自己耕作妻子纺织，外加江户弟子不时地接济生活，余下时间就是以绘画打发光阴了。而眼见"蛮狱"后两个月，幕府就禁止除《风说书》、天文方和兰方医学以外一切兰学著作，所有出版均须送审，兰学实际被幕府垄断，这对深悉其重要的他来说无疑是不能接受的，无聊和失意反倒在其次。他以作画排遣烦闷，以至华山研究权威菅沼贞三和芳贺彻都认为，他自杀前数月画的《千山万水图》，以列岛东岸滔滔太平洋为对象，是含示着对列强环伺的忧思。此画后来被人以一亿日元收购，那是题外话。当然，出于对绘画的爱好，夏目漱石的小说也有反映，他曾为创作新画，以留待之身让自己多活了一阵。但再一年，中英鸦片战争的消息传来，对他震撼巨大。他眼中流血，心内成灰，但那种英雄失路之感与托足无门之悲，又有几人会！

其时，学生福田牛香想在江户替他办个画展，以卖画所得，改善其生活，不意引来议论，包括原来田原藩的反对派在内，一些人乘机攻击他居然管制期间还想以画牟利。此事传到华山耳朵里，本就了无生趣的他感到自己不仅有辱藩主的识重与照顾，又给亲友添了麻烦，实在非自己所愿见。本来，基于对忠孝道德和自身身份的认同，他对武士不能以供给衣食来确立生活，更不能做无为徒食的游民是有执拗的坚持的，现在，自己既不能敦厉道德，践行仁义以仕奉主君，就只有坚守本分，以一死了断。天保十二年（1841）十月十一日那天，正值母亲来探望。华山乘间进入北侧里屋，拔出腰刀切腹，然后回刀刺破咽喉，自尽而死。死前给长子留下遗书，命其即使饿死，也要好生孝敬、颐养祖母和母亲，书后署名"不忠不孝之父登"。讣告送到江户，幕府派奉行所两名与力——中岛嘉右卫门和矶见七五郎来，从石灰缸里检出遗体，确认是武士的漂亮自杀。但由幕府恢复其名誉，并允许建墓和下葬城下城宝寺，则一直要等到其灭亡之前的明治元年（1868）。

以后的事情更让幕府不堪其扰,"天保改革"提出复古纯朴民风,重开重农主义,拒绝商业化以复兴幕府的政策并没有取得成功。再后来,英舰入长崎袭荷兰商馆,俄国又来扰北方。但幕府抱定"祖宗之法不可改"的主意,一直到文政八年(1852),即华山死后十一年,仍颁下"异国船打捕令",只要有船靠近,不问目的,一律炮击。七年后,再发"无二念"驱逐令。如此持续延宕,直至他死后一甲子,美国人佩里,这个传说中的"修罗魔鬼"驾着黑船来了。随着《神奈川条约》签订,华山所说的东亚唯一一块净土失守,这对日本传统的华夷观和锁国制度无疑是巨大的冲击。再过五年,幕府被迫与美、荷、俄、英、法等国分签通商条约,总称"安政条约",从此日本的法权与自主权不复完整,华山生前所预料的空前变局竟成现实!

如果再回看华山的著作,他主张"搜索西洋诸番之事情,实今时之急务",认定"古来唐土御戎之论,我邦之神风不足恃",以幕府设定的封建等级制为让"士闭其内,制活物世界于死地"的活棺椁,提出要效法西方的"广张规模之风气","政事以养才造士为先",可以说不但远高于那些以"神州"、"皇国"自居,而以西方为"夷狄"和"黠虏"的保守派人士,就是比起那些兰学家,在改造国民、发扬士气和建设健康富足社会方面,其所论也要丰富深入许多。可以说,在福泽强调"有形的自然科学和无形的独立精神"的文明论出现以前,洵为那个时代的最高峰,更为后来明治维新提出的"Learn from the

West"打下了思想基础。而考虑到此后福泽背弃了自己人类共生主义和无德则危的思想，一些观点更异化为反文明的侵略理论，譬如称"百卷外国公法不敌数门大炮，几册和亲条约不如一筐炸弹"，而对待中国、朝鲜，持"不必因其为邻国而特别予以同情，只要模仿西洋人对他们的态度方式对付即可"的轻慢态度，及其弟子尾崎行雄更以为"并吞中国符合日本帝国之利益，亦为中华民族之幸福也"，华山那些任法重德的议论就更显得可贵，其中所包含的"汉兰折衷"的思想也更值得注意。它们既平实又客观，并被他身心合一地信仰着，践行着。在今天田原市博物馆的资料馆里，有他绘制的《孔子像》，作于天保九年（1838），为重要文化财；他当初之竭力拥立友信，抱定"饿死不仕二主"的宗旨，以及最后的以死明志谢主，都活脱脱是武家的行为，又不失儒者的风范。

而比较明末以来的中国，与兰学家可以前后映照的，不过徐光启、李之藻、杨庭筠等有数的几个，故《测量法义》《泰西水法》等洋书被中国人冷落，在日本就是能通行。到清朝，1720年前后，天主教被禁；康熙去世后，西学更全面式微，1723年至1840年间，甚至完全终止了与西方科技的交流，无数人的心智为四库羁縻，为文字狱所沮，传教士购入的七千部译书也如泥牛入海，湮没不彰。但在日本，自汉译洋书解禁，兰学兴起，经百年的积累，就是能走上强国富民之路。华山们的功绩，真不可没！

又，当时的中国，与西人就算有接触，但传教士被限定在钦天监和大内，鲜能与大众交流，华山及其同志的结社、宣传，诚非其能想象。故个人的感觉，人们常将华山与林则徐、魏源相比，如后者主张师夷长技，仅限于战舰火器与养兵练兵之法，所重在军事而不在殖产兴业经商富国，其间的差距，其实也一望可知。再扩而大之，以魏源比佐久间象山，冯桂芬比横井小楠，梁任公比福泽谕吉，其能求变革于世界，在虎狼环伺的波乱时代释放出强烈恢张的个性，度过疾风般壮阔的人生，你就不能不承认，华山们的行迹更能激荡起人的热血。周作人说，"中国在学问上求智识的活动上早已战败了，直到乾嘉时代，不必等到光绪甲午年才知道"，其实在热血志士、改革先驱的涵养上，恐怕也是稍逊一筹的。

节中闲暇，看了山折哲雄导演的大河剧《坂の上の云》，此剧日本 2010 年年底刚播完。反映的是继后明治开化时期日本社会的气象与面貌。为那个意气蓬勃，要建设"少年国家"的向上追求所感动，再重新检视渡边华山的事迹，直觉得心里有一股热血在涌动。当然，那个时候还有人对朱子学很迷恋，对汉诗很钻研，甚至还有人活在过去，不肯剪去武士的发髻。但更多人怀着"登上坡顶，自有青天"的豪情，相信如果天上有一朵云在闪耀，就应该望云爬坡。所以，一边仰望高天的行云，一边迈步走向接天的远方，甚至有把世界带向更高的"野望"。那样豪迈郁勃的世风民气，对华山这个在开国前漫漫长夜中先自睁开眼睛的前驱和先觉,超越同时代绝大多数人率先进入现代思想大门的最初的鼓动者,是一种多么好的回报!

这样,再回思几年前在田原的参访,许多模糊的记忆又一次清晰起来。池原公园茂密的树林中,小而雅静的敞地边,有华山的旧宅。看板上告知,作为罪人的华山从蛰居到自刃数年间,一直住在这里。这个家屋的复原,最接近1830年初建的模样。原来在周围,江户时代的武家屋敷有很多,但其故居屋敷的一部分已经残坏,是昭和三十年(1955)五月,住民共同出资复原的。其时,细心参考了数十年前参与修建的大工的记忆,一砖一瓦都寄托了他们对先贤的敬意。走过簇生的围合椿树,脚步轻轻印地,弯曲而细长的小路上,昔日华山的踪迹已杳难再觅,但公园里立有他的坐像。东侧并立有两块石碑,右边一块是1909年东乡平八郎题写的显彰碑。就是这个东乡,此后率舰队在对马海峡打败了实力远胜于自己的俄国海军,被称为"东方纳尔逊"。左面一块,就是华山自刃前留下的"不忠不孝渡边登"的手迹再现了。

再去拜谒他在城宝寺的墓,爱子小华也葬在那里。华山的后代两世而斩,让人痛惜感叹不止。然后去看作为主祭所在地的华山神社。神社自体的建立是在战后。当初华山自刃,感念他主持藩政的功绩,人们就已经想设地纪念,神社的建址在战前也已得到神祇院的许可,但终因条件所迫未能开工,到战后1946年才得以真正建成。1961年,为伊势湾台风崩坏,六年后再复建至今。

早些年,每逢华山自刃那天,这里的人们都会举行"华山神社秋大祭"。小学校每年的"学芸会",也必定公演以少年华山为题材的"华山剧"。向小学的一侧,因此保留了他在"天保大饥馑"中所建的"报民仓迹遗址"。可现在,每年九月举办的"田原节",才是此地旅游最乐意推荐的节目,人们纪念江户时的八幡神社和巴江神社,在那一天载着神灵的人形车辆,裹挟着欢天喜地的人群到处周游。到了晚上,又有热闹的夜行山车和火花桶。华山的一切渐渐寥落,就是池原公园他故居的南侧,也在预建"池ノ原会馆",说是不久就可让人安坐在其中的和室喝抹茶聊天了。从网上查到,其实十年间,这里的游客少了一半都不止,去田原博物馆和华山资料馆,门票只需210日元,但就是如此,来者仍少。这个会馆,应该不会热闹。

这样想着,就很希望那里的观光担当能考虑,究竟什么才是乡土的精华。田原固然有它的观光象征物,那座为照亮近海航路而在昭和四年(1929)兴建的伊良湖岬灯台,仍是人们据以远眺黑潮活跃的太平洋的最佳地点;由灯台到石门,朝向太平洋一边的白沙海滩,延伸约一公里,更是著名的魅力岸湾"恋路之滨",年轻人心中的爱情圣地。但这样的灯台、石门与恋路,连同入选为"日本百选"的滩渚、白砂和青松,以及作为著名"音风景"的湖岬的骚潮,华山都赋予它们以灵魂。他气可吞海,目光如炬,他才是这个地方最伟大的地标。

最后的武士

几年前,好莱坞推出了电影《最后的武士》(*The Last Samurai*),其中武士胜元盛次的原型,就是日本明治维新的功臣西乡隆盛(1828—1877)。现时,知道西乡的人已经很少了,但导演爱德华·兹维克自小迷恋日本文化,尤其爱读西乡的传记。所以,尽管影片并非以他为主轴展开,但投注在他身上的感情明显最多。以至可以说,片中洋溢着的悲剧基调和英雄气息,全是他的。

要说这个十足的武士,出身并不高贵,父亲是鹿儿岛的下级藩士,隶属江户萨摩藩。但其祖先自肥后国菊地氏起,就以作战英勇著称,曾效命朝廷抗击女真、蒙古,又助后醍醐天皇抵抗镰仓幕府。他本人则自幼受武士教育,好讲忠孝仁义,又好禅学、阳明学和朱子,常以陈泷川"推倒一世之智勇,开拓万古之心胸"自励。故言语行止,有一种与生俱来的赤诚。

19世纪后期,日本锁国终结,西方列强侵入与幕府政治危机，酿成了尊王攘夷的风气。热诚的西乡积极投身统一事业。待1864年实掌京都陆海军权，更冒险从事倒幕活动。四年后王政复古，他出任征讨大总督参谋，入江户城与陆军总裁胜海舟谈判，实现"无血开城"。之后又平定幕府残余，作为实际的统帅，在推倒德川幕府的"戊辰战争"中建立了卓著的功勋。明治政府建立后，岩仓使节团出访欧美，他留任政府首脑，与大隈重信等人废藩置县，进行从学制到地税等一系列资产阶级改革。此前，他就曾将会战的总指挥位让与他人，以后又功成不居，辞官回乡。如此敢于任事而无私欲，使他深得日本人的敬爱，并与木户孝允、大久保利通一起，被推为"维新三杰"。

不过，之后的一切开始陡转。这样的命运陡转造成的人生起落，激荡了所有人心底最柔软的部分。日本人从来喜欢用"波澜万丈"（はらんばんじょう）一词来形容人生的这种变乱。但至此以后，这个词似专属了西乡。

因其时新政府规定平民可骑马，可与武士通婚，并颁布"断发脱刀令"，以发债券赎买的方式，逐渐取消武士的特权。那些高级武士得到了爵位，成为仅次于皇族的"华族"，下级武士则什么也没有，甚至沦为一般平民都不如的浪人，普遍有一种被抛弃的感觉。这让西乡无法坐视，要知道他的血管里流淌的全是武士的血。为了恢复下级武士的军权，他向当时掌权的大久保利通提出征韩，但遭到反对。生性不肯苟合迁就的他只得再次辞职回乡，以税收、学费和个人的俸禄，在鹤瓦城的马小尾旧址办起了私学校,并广设分校,分制步兵炮兵,又奉"道同义协""尊王悯民"为校训,传扬忠君爱民思想和武士精神,也读《论语》《左传》等汉籍,并介绍西方文明。一时将藩政搞得风生水起,一种焕然新局,让许多人刮目相看。

如果私学校这样持续地办下去,他的人生还会是平顺的。但只能说是"最后的武士"的宿命吧,他最终还是被裹挟进一股狂野的时代激流。盖废刀令与家禄制度的终止,引来各地武士极大的反弹,熊本有"神风连之乱",福冈与山口则有"秋月之乱"和"荻之乱"。鹿儿岛的萨摩藩本来民气就刚奋,藩士们特立独行惯了,自然更受不得这样的委屈。他们不交税,不接受文部省所颁学制,更不行废刀令,相反,带刀聚酒,拥兵自重。待遭到政府的忌惮与辖制,不免群情汹汹,暗生反意。后来松本清张在小说《西乡纸币》中有描绘,其时藩内的政治已非政府可以节制,诸如滥发军票等举措所造成的混乱,更让政府无法收拾。人人都看得明白,那里的反叛已不可避免。

很快,随岛上兵工厂被收归陆军部,萨摩人找到起兵的借口。他们酝酿的结果是,公推西乡为领袖,与政府军一战。要说那时的西乡并无反意,当这边萨摩藩士预谋反叛,他正在大隈半岛的小根占打猎。待接获消息,不禁一声长叹。能忍心看着自己子弟迷乱暴走而不怀"但以此身付众人"的心情吗?他明白,自己的决定只能是一个武士的决定,自己必须与武士兄弟站在一起。就这样,他匆匆召集四万多人众,在一个五十年未遇的大雪天，发动了反政府的叛乱，这就是著名的"西南战争"，也是日本历史上最后一场内战。正是这场要命的战争将他彻底毁灭了。东西方有不少日本史学家认为，所谓毁灭有一个怎么看的问题，因为最后成就他不朽令名的恰恰也是这场战争。但这样轻薄地回看，让所有日本人都恼怒不止。

他们只记得战事的发展是如何地对西乡不利，叛军被1607年加藤清正所造的熊本城死死挡在了外面，激战半年不下。无奈，他只得率众败退鹿儿岛。不久被数倍于自己的政府军包围，人马折损，败局遂定。但让人感佩的是，即使在最艰危的日子里，他仍全无悔意。一直到最后，仍与手下开宴饮酒，吟诗诀别。然后择一日平明，亲率勇士三百，冲向四万之众。急战中，一颗子弹打中了他，穿腹过股，他倒下了。当无数次设想过的场景到来时，他徐徐跪坐起来，俨然正襟，遥拜东天，让属下帮他"介错"而死，因这样的死法有武士的庄严。他留下的绝命诗——"百战无效半岁间，首邱幸得近家山。笑侬向死如仙客，尽日洞中棋响闲"，在广大的民间引出无限的同情，天皇也跟着惋惜。十二年后，在黑田清隆奔走下，终被特赦，并获赠正三位之官阶。

一个叛逆，原是一个英雄，一腔热血，原只为求一场好死，这种武士特有的诡谲的壮烈，吸引了东西方许多的爱德华·兹维克，也成了个人前些年去鹿儿岛寻访萨摩故地的最重要的诱因。

萨摩藩（さつまはん），位于日本岛的西南末梢，辖治九州南部三千五百平方公里的土地，从江户出发，陆路要走上千里，信使往来也须两星期，所以在井原西鹤小说中，它就是一个偏僻的地方。而且因为偏僻，它的方言一般人很难听懂。但正是这个看似偏僻的地方，在藩主岛津氏自家久到忠义十二代的刻意经营下，居然内实田兵，外通世界，成为"十八家大名"之一，战国末期就以火枪战法出名，并在以后孕育出了现代意义上的庞大的日本海军。

如果将时序拨回到1543年，则葡萄牙船漂流到种子岛，让它获得了西方的枪炮。六年后西班牙传教士萨比尔登岛，又使它初沐了基督的教义。此后，中国商人在1630年给它带来了土豆。故到17世纪，它已有自己的藩校"造士馆"，又知道并且能够派子弟留学欧洲。1862年，发生英人冲撞藩主被杀的"生麦事件"，在英国舰队的猛烈炮击下，萨摩人量力应战，适时求和，和解后立即议购舰船，整兵强藩。故到19世纪已能独立派使团出席巴黎世博会了。萨摩学生编制的《萨摩字典》，更成为日英词典编撰的一个标志。

自然，最持久的还是忠勇尚武的传统。整个萨摩藩人口七十万，武士家庭就占二十多万，四个人中就有一个武士，并个个骁勇善战，既与丰臣秀吉为敌，又几次充当战争打手，自战国时代以来，虽迭遭屠戮而不屈服。鹿儿岛特有的火山砂凝灰岩土质，钠盐化的砂砾不适合于耕种，萨摩人就以狩猎为生，尤擅刀剑，以至其独创的"示现流"，成为幕末时代日本的十大剑术之一。今天，当地仍留有两百年前建造的带有广大庭园的武士宅邸旧址，人称"萨摩小京都"。都外有石墙层垒，矮树做篱笆，1986年还被选为"日本百条大道"，其实不过一窄窄的巷子而已，只是为免人暗中偷袭，被规划得长长直直，让人印象深刻。

市中偏北有城山，为鹿儿岛最高处，东临锦江湾，山海阻挡，将城挤成带状。这里原是南北朝时代上山氏的筑城之地，庆长七年（1602），岛津久建鹤瓦城后，它成为外城屏障。今天，那里已经被辟为公园，里面附设有小型的游乐场、摩天轮，还有一个蒸汽火车广场。又照例有展望台，白天登览，可远眺对岸的樱岛火山；晚上欣赏的，就是一城的夜景和万家灯火了。

在个人，最关注的自然还在西乡，所以一路走来，由他手书的"敬天爱人碑"到"萨摩义士碑"，再到山腰处市指定史迹"南洲翁终焉之地"，不知不觉，脚步越来越显迟滞。那是一个口宽三米，深五米的洞窟，是西乡度过人生最后五天的所在。就在这个洞窟里，他吟诗与部属分袂；冲出洞口，就此与终身热爱的大海永别。再后是"南洲墓"，在萨摩军集体墓地中最是高大，矗立的碑石似远眺樱岛。听陪同的友人说，每年樱花开时，来这里参拜的人络绎不绝。这使得这些石制纪念物，让人感觉得到微温的气息。最后去"西乡南洲显彰馆"，那是1977年西南战争百周年，鹿儿岛人特意建成的。一楼记录了他自少及长,一直到明治时期的所经所历,二楼则完整记录了他征韩不遂,愤而下野,以及西南战争之事。

当时出得馆来,就在回想初到日本的1988年,那时去熊本,只知道欣赏水前寺公园,对城楼中的陈列全无知识。次年又去上野赏樱,初会腰刀牵狗的西乡塑像,同行者告以鹿儿岛的英雄,仍不解日本人为何要在都心替叛贼造像。今此,虽知道了1868年他曾在这里击溃彰义队,所以明治三十二年(1898)人们在这里立像纪念,但看他一身随意的和服,神情安详,仍未免有许多困惑没有解开。在西乡的时代,日本人平均身高一米五,他却长有一米七八的个头,体重一百零八公斤,何等的魁伟。只是一生不好照相,塑像者高村光云是将他弟弟与堂弟的形象迭合起来,再参考他平日爱穿的衣服鞋子,约略拟似着接近他的。这似乎暗示了这个萨摩勇士的人格还需要作进一步的开显。除了壮烈的死以外,一个更真实的日本人心目中的西乡隆盛,还有待人作更深入的了解。

譬如,他早年家境贫寒,住在破屋子里,下陷的地板裂乱如鸡窝。他们父子两代,一直欠着富室板垣家两百金的债务,直到他就任明治政府皇室顾问方始偿还。他一生相信"勤于德者,不求财便能自生",故拒绝名贵的衣服与摆设,不认为那是一个武士该着意的地方,所以出外打猎,仍穿自己手编的鞋子。他钦佩"不顾生命,不重名头,不爱金钱"的仁人志士,尝称施政者应不谈钱财,不求回报,又能舍却生命,忘记自我,并告诫自己"勿认游惰以为宽裕,勿认严刻以为直晾,勿认私欲以为志愿",尤信奉儒家"自反缩者,无我也;千万人吾往矣,无物也"的浩然正直。故在迫害倒幕府人士的"安政大狱"兴起后,虽两度流放,仍不改志节,并怀揣王阳明著作,行动坐卧,照以行事。坂本龙马曾劝以"君子从时",言外之意,政治也复如此。但他更愿意力行坚持,一旦认准一事,一定贯彻到底。说及平生,最喜欢的是"敬天爱人"四字。这样的情性,当时人看来就不该介入政治。他注定成不了伟大的政治家。他是侠。

如此,就可以理解"安政大狱"中,他会与清水寺僧人月照一起在锦江湾投海。月照顶着西方势力还有幕府的压力,冒险从事勤王活动,后由近卫公安排避难萨摩,兼任联络人。西乡收留了他,又护卫他返乡,但藩主命其将月照逮捕流放,西乡没有遵行,而是选择与之一同出亡。月照甚是感动,又不愿连累朋友,遂伸头给他,愿死其手。西乡装做若无其事,与其上船饮酒,然后趁其不备,竟与他相拥投海。一如二十六岁时因受岛津齐彬信重,为其扈从,值齐彬获罪当死,他意欲同死。

也可以理解,当德川庆喜上表"大政奉还",实际心存欺骗。倒幕派京都会商对策,有人竟欲与德川妥协。相持不下中,又是西乡出怀中刀,大喝:"能决今日事者,唯此剑耳!"讨幕令就此顺利颁下。以后引来各路势力纷纷加入,王政复古遂告成功。提议征韩也是如此,自告奋勇,愿单身出使,声言一旦自己被害，尔等就可借机开战。所谓"男子立身唯一剑，不知事败与功成"。多少年后，陈独秀这首情怀慷慨的《题西乡南洲游猎图》，将其侠义风范刻画得可谓真切。诗歌的语言与构境，与中国古代的《白马篇》《侠客行》完全一样。

　　日本人看去性格平谦，内心大都狂野。对着这个由"大政奉还"而"王政复古"，一路走来，亲手终结二百七十年幕府统治的"庆应功臣"，以后不得已又铤而走险的"明治贼臣"，如福泽谕吉所说的"洋溢反骨精神"的罕见的英雄，情感上有一种深深的疼惜。他们是那么容易体认他虽兴兵造反，心里却充满死谏决心的深刻隐衷。所以，当其身首异处的那一刹那，刚才还在下死命进攻的政府军总司令山县有朋会立刻敛目垂首，为其默哀，所有的士兵都看得到自己司令官脸上的哀痛，一如其伟大对手还在溢血的创口。而他的同乡，以后出任首相的黑田清隆平生最敬佩其为人，伤心之下，本来酒量就大，从此更常常借机使酒，并为表内心无限的愧畏，终身不敢再踏入故土半步。再看看月冈芳年画的那幅《西乡隆盛切腹图》，线条扭曲而痛苦，你就想象得出，在这个人身上，哪里还有什么"逆罪"，并早就被赦除了"贼名"。黑泽明曾将武士比作一柄没了鞘的刀，这柄失去了鞘滋润与保护的宝刀就这样委顿地垂下了？这个因自小坏了右臂不能习武的人，他在人心目中是一直高举着刀昂着头的。抑或，这次真的该让他休息了，远离政治和战争，左牵黄，右擎苍？这样矛盾交杂的念头，一直盘桓在日本人心头。

这才有井泽元彦在《逆说日本史》中，称推动日本历史的是那些失意于政治的"怨灵"，譬如菅原道真，这个平安时代的大政治家，其实是一个学问之神，精通汉诗的性情中人。他不幸为醍醐天皇右大臣，却遭人谗言，最后被贬九州太宰府，抑郁而终。还有那个源义经，司马辽太郎与美籍日本作家唐纳金对谈时曾说到他，一个长相秀气、知书达礼的人。早年流离失所，以后因为功高，遭同父异母兄长、镰仓幕府首代将军源赖朝忌惮，被迫投奔友人，并最终在其间接煎迫下手刃妻女，切腹自杀。司马辽太郎说："源赖朝是个伟大的政治家，但是没有人缘。源义经是个无聊的人物，却大受欢迎。大久保利通也是相当伟大的政治家，然而日本人却喜欢稚儿气的西乡隆盛。也就是说，政治原本是男人的世界，但是日本人却喜欢女性的特质。譬如，西乡隆盛有时会写写诗，发表几句名言，结果比大久保更得人缘。"完整地看司马辽太郎的评语，所谓"女性"或"无聊"云云，显然别有所指，或指源义经性情温和，又重感情，以与友人之子动手为耻，所以危难之际仍不屑一战，而是避入佛堂诵经的从容与淡定。

西乡的遭遇与二人形迹不同，但气息可通。司马辽太郎在写《宛如飞翔》时，将神保町能找到的关于西乡的书籍搜罗一空。他赞美西乡热诚而敏感的气质，无私又忘我的人格，性情中还另有越然于政治人之上的率直与木强，在敢于任事的同时能够撒手一放，表现出超乎常人的高迈与潇洒。又认为鹿儿岛湛蓝的大海，最能表现萨摩人"踢开忧愁，翱翔天空"的个性。这使得这部小说足以与反映镰仓历史的《平家物语》相媲美。那种浪漫主义对于功利贪图的胜利，在现世界或许有些"无聊"和"稚儿气"吧，但它对人的精神，绝对是一份深厚的安慰。

已故哥伦比亚大学的日本史教授伊凡·莫里斯（Ivan Morris）在其名著《败得高贵》（*Nobility of Failure*）中，曾经分析过"败者为王"的现象，从源义经论到西乡，指出日本人最喜欢失败的英雄，并最能够不以成败论英雄。西乡的想做就做，不犹豫，不怕输，捅破天也无所谓的豁荡坦亮，使他的失败在日本人眼中变得无比的崇高与壮观。更何况他反的是政府，而不是天皇；他追求的终点不是权位，只是死亡。

反观大久保利通（1830—1878），太要做事，心思细密，手段果敢，尝为内务卿，行政权之外，一应治安、工商，部分的财权与司法权，都想操在己手，连木户孝允都受他排挤，一度愤而下野。对于西乡，他自然也不稍宽让，尽管早年体弱，从来靠西乡替他出头，经常省下自己的饭菜，推食于他的也是西乡，以后结成"精忠帮"，朝夕相处，共论国是。但一旦行事相差，也就以势相逼。当年，行刺他的岛田一郎是西乡精神的追随者，他堂堂正正，先投书大久保家，声言行刺，事后弃刀，自行投案公廨。他的"斩奸状"第四条，就是"排斥慷慨忠节之士，怀疑忧国敌忾之徒，酿成内乱"。所以他们两人的区别，不是一般好事者所开列的那样，一个胖一个瘦，一为 B 型血一为 O 型血，一好和服一爱洋装，一好相扑一爱围棋。更主要的是前者温厚，后者冷刻；前者学司马光事无不可对人言的豁荡与坦亮，后者追求事无巨细都能会于一心的机敏与渊默。能吏与酷吏从来相隔一线，过了界限，纵然夙兴夜寐于殖产兴业，孜孜矻矻于富国强兵，终究多了世缘机心，减了天然的性情。所以到终了，其不及西乡有魅力，又广有众多的追随者，也就很自然。直到现在也如此呀，日本人每年评比百位世界级伟人，作为"庶民英雄"的西乡还是高居前列，大久保要么忝居其后，要么干脆跌出榜外。这样的观感，在在印证了司马辽太郎"有才断而无人缘"的判断。至于竹内好将"西南战争"视为日本近代的开端，"经营之神"松下幸之助、盛稻和夫盛赞其人格，都是后话了。

日本人之爱西乡，还在竭力否认他已死这件事上表现出来。有意思的是，与菅原道真死后，民间出现许多他的怨灵报应故事；赖义经死后，事迹被演成猿乐、歌舞伎，有人说他到北海道当国王，或去西伯利亚，乃或成了成吉思汗一样，因其死不见尸，人们也一直流传西乡还活着的神话。明治十年（1877），因不满专制统治，民间甚至有"西乡星"（さいごうばし）的传说。其实，那时火星极度接近地球，但人们坚持说，在高天泛映的红光中有他的身影。有画家将此画成锦绘，居然大受欢迎。芥川龙之介的小说和爱德华·莫尔斯的日记都记载有此事。直到2009年,NHK的节目还在讨论他是不是真死了,有的说他去了俄罗斯。这些日本人犯糊涂了吗?可又不像是"忽闻海上有仙山"的胡诌啊。个人的感觉,一种特殊的国民性,真是值得玩味。

西乡的著作,《南洲翁遗训》《手抄言志录》之外,还有一些零散的书简与问答,1939年由山田济斋编辑,推出了岩波文库版。它们涉及广泛,包含天地自然、经世济民和人伦道德等内容,对日本人思想的沾溉很深。2009年9月间,萨摩总和研究所还推出了《西乡隆盛の教え》一书,通过对《南洲遗训》作简明的图解,以供年轻人速习。日本的大河剧更是不时演说他的故事,甚至漫画《幕末机关说》中也可见到他的出场。如此殷勤的长念,历久不息的追慕和怀想告诉人,当你们似乎很在有原则地讨论什么是正义的时候,日本人可能更愿意体味单纯的义。什么是义?义者,宜也。但凡自己以为必须要做的适宜之事,就是义。这样体味的结果让他们容易变得更一往情深,并因而就此少了一份对所谓是非的执着与坚持。

在中国,因特殊的环境和文化,除清廷首任驻日大使何如璋《使东述略》将其称作"刚狠好兵"的"倡乱""寇首"外,自左宗棠开始,一直到晚清,许多仁人志士无不为他的事迹感动。

如谭嗣同就感激于他的志节,当变法失败,以"我愿将身化明月,照君车马渡关河"诗送梁启超,又以"陈婴、杵臼,月照、西乡，吾与足下分任之"相砥砺。1899年，像王韬、黄遵宪一样，此前已发表了《东侠记》、赞扬日本"真豪杰之国"的梁启超，也来东京拜谒其像，有感于西乡生活的简朴，粗茶淡饭，只一男仆照应日常，并有诗称"吾家遗法君知否，不为儿孙买美田"，对其"世俗之欲，殆皆净尽"的操守有无限的感佩，称"近世之豪杰，如西乡南洲者，殆可谓无欲人矣"，而对当日身边的革命党领袖"徒骗人于死，已则安享高楼华屋"则十分不齿。他还写《中国之武士道》，表彰中国历史上的侠义之士，想来对西乡等人的作为是心有戚戚焉的。

时黄兴与孙中山联合，被称为"中国的萨长联盟"。黄兴出国八年，有五年多时间在日本，是当初张之洞两湖书院所选三十一名留学生中唯一的湖南人。日本人因其体形肥满，更由于同样的豪兴遄飞，将他比作"中国的西乡"，2002年，鹿儿岛还专门开了"黄兴和西乡南洲"的纪念会，起因自然不尽在两人的形似，更因为黄兴也钦佩西乡。1909年，在宫崎滔天陪同下，黄兴来鹿儿岛拜谒西乡墓，曾留下了"八千子弟甘同冢，世事惟争一局棋。悔铸当年九州错，勤王师不扑王师"的诗句。其时，他与革命党人关系微妙，曲曲心事，不尽于言。但一种烈士间的惺惺相惜，恨不见替人的巨大寂寞，字里行间仍呼之欲出。这是一种怎样的感佩呢？或许，可以听听鲁迅的说法："中国一向就少有失败的英雄，少有韧劲的反抗，少有敢单身鏖战的武人，少有敢抚哭叛徒的吊客。"今天已不清楚，在写这段文字时,鲁迅是否想到了东邻的侠士,但他既留学日本,也佩服"有侠气的人",拿上面的话来开显侠的内涵,应该不算离谱。至于毛泽东1909年《七绝改西乡隆盛诗赠父亲》之"孩儿立志出乡关,学不成名誓不还。埋骨何须桑梓地,人生无处不青山",虽非西乡所作,但其精神对人构成了巨大的感召,是一望可知的。

如果要就事论事,则戴季陶《日本论》说得明白:"西乡隆盛失败了,然而他的人格化成了日本民族最近五十年的绝对支配者,各种事业的进行都靠着他的人格来推进。……直到今天,他的余荫还是支配着日本全部的既成政党。"从中我们可以看到那个时代,中国人之亲近西乡的原因。这样的勇敢无私,如光风霁月;这样大开大阖的人生,如刀切般戛然终止,对艰难探索中的中国人,怎么不如遭电击。

像前及陈独秀那样,许多中国人感叹他的死,用尽了真诚隆重的言辞。但在日本人看来,所有这一些,都难表达他们复杂的情感于万一。或许,正像博尔赫斯所说的:"一切的荣誉都是对生命的简化。"我们越是推崇西乡,西乡波乱的人生,壮阔无比的经历,越不容易为我们所了解。还是让这个萨摩武士以自己喜欢的方式,神情萧散地伴故乡和上野的樱花,自在地站在那里吧。

那次去鹿儿岛前,朋友告诉我,萨摩的温泉与黑牛料理很有名。可在那里,根本没时间享用,带回的是1995年

COLUMBIA公司发行的一张《邦乐·琵琶》CD。因为看介绍，知道萨摩琵琶更有当地的文化，其中"鹤田流"与"锦心流"节奏强劲如酒。有一首葛生桂雨作曲的《西乡隆盛》，就是由夏本芝水用"锦心流"演奏的。这样的琵琶，想必西乡和他的同志一定也听过，但最后都曲终人散了。

早西乡四月，木户孝允病故。晚八月，大久保利通被刺身亡。后者临死之前曾幽然叹曰："隆盛啊，隆盛，时代的巨轮先碾过你的身体，再碾过我的身体，向前滚滚而去了！"

浪花节人生

今天的音乐发烧友，大抵都知道日本有一首老歌《浪花节だよ人生は》，它由藤田まさと作词，四方章人谱曲，日本"演歌五美人"之一的长川洋子唱红的，也是今天著名演歌手细川たかし的保留曲目。中国听众对它印象深刻，全因邓丽君的演绎。将歌词翻译成中文，大意是这样的："说一个喝字，就乖乖地喝了。肩膀刚被搂上，感觉就出来了。无聊的相逢，变成言语的投合。可以托付的吧，一见就倾心了。虚情假意，是谁叫我明白的。所谓的爱，谁让我见识的。那个什么人啊，把我耍弄来着。消失的女人啊，终究是孤单一人的。花开了又谢了，丢弃算了。相逢了别离了，可以断念了。感情就算被抓住了，就像那折断的枝桠，最后也会消失。浪花节一样啊，女人的人生啊！"

歌中的感叹人人理会得，要特别解释的是"浪花节"（なにわぶし）一词，它不是一个节日，而指在日本近世的江户时代，

流行于民间的一种传统曲艺样式，或称"浪花曲"和"浪曲"。由于它的产生地在大阪，用的是关西方言，大阪古称"难波"，所以又称"难波曲"。

在西洋音乐传入以前，日本人用于教养、娱乐和祭祀等仪式的传统艺能和邦乐，主要有歌、舞踊、演剧、音曲和演艺等几种，浪花节就属于演艺中的一种。倘用现代声乐与器乐这样的新分法，则属声乐中的"说唱"一类（与由长呗、端呗、地歌和小歌等构成的"歌唱"类相对）。此类说唱分净琉璃与非净琉璃两大系统，前者是一种木偶戏，脱胎于平安朝的傀儡戏，包括义太夫、丰后节等；后者则纯为说唱，包括平曲、说经、祭义和浪花节等。与上世贵族文化滋育下的日本舞乐，中世武家文化滋育下的能与狂言相比，说唱代表的是庶民的文化。其中浪花节较之同类的净琉璃与后来的歌舞伎更贴近平民，所以很为一般大众喜闻乐见。

至于追溯其起源，可以看到传统的说经祭文的影响。说经有案可查，是源于佛教的讲经，作为一种说唱艺术，在室町时代就已在江户、大阪和京都一带流行。浪花节在形式上类同净琉璃，但与落语、讲谈和漫才更是近亲。净琉璃主要是说，讲谈是读，落语是咄，漫才是聊，它则是唱念，有点儿像中国北方的大鼓与南方的评弹。自享保年间（1716—1736），关西艺人浪花伊助试用永禄中（1558—1569）从中国泉州海上贸易传入的三味线伴奏，为此艺赢得无数的听众，这是"浪花节"之所以有此称名的又一个原因。

作为单人独唱的说唱艺术,浪花节由"节"与"词"两部分构成,前者称"咏唱",是所谓小调;后者称"叙唱",也就是科白。咏叙相间,以演述故事。至于内容,通常比落语和讲谈更为通俗,尤多讲人情义理之事。所以翻成歌曲,不唯有前引女子失爱的咏唱,也有《望乡浪花节》和感叹"花开飘香日后总会凋谢,人生在世怎会终此不变"这样的《浪花伊吕波小调》。当然,还有许多是吟唱武士故事的,如《加贺骚动》《广安太平记》《佐仓义民传》等,其中尤以前川光珠的《黑田武士》为最有名。

好的浪花节一般都在"寄席",也就是一种专门的游艺场演出。与日本其他的传统艺能一样,场内布置十分简单,通常只一张桌子,上盖花布,演员站在桌边表演。这些表演者人称"浪花节家"或"浪曲节家"。史载明治二十年,有名的浪花节家有一百十九人,到明治三十九年达到四百多人,寄席也有八十多处。一直到 20 世纪 40 年代,仍享有很高的人气。

其中桃中轩云右卫门尤其有名,被称为浪花节"中兴之祖"。盖这种说唱艺术虽起自民间,因长于演说故事、渲染气氛为一般庶民所好,但它在说与唱方面要求很高,特别是因音调高亢,又略带感伤,节奏的控制自如就很难做到。云右卫门在这方面处理得相当出色,他的嗓音高亮,情到处既能响遏行云,又不乏低回的深情,所以引来追捧者无数,像研究中国古典文学的著名学者盐谷温,就曾以此来比拟苏东坡的豪放词。

也是由于浪花节的唱念很需要口齿声腔的清晰与流利,许多日本人经常拿它做克服语言障碍的练习。如出身农家的田中角荣,家里曾贩过牛马,破产后生活困顿艰难,可能因遭此创痛,他早年口吃,以后就是经过浪花节的练习才得以校正,并最终成为继丰臣秀吉之后,出身农家,文化程度最低的首相。

20世纪60年代以后,随着电视的普及,浪花节渐渐失去观众。今天的日本,要找到能对此说出一个道道的年轻人几乎鲜有可能。倒是由晚清小说《留东外史》中黄文汉的叙说,我们约略知道它的音调很高,又不易取巧,所以若是声带短的女子来唱一般不易讨好。这个黄文汉,当初背着行囊,一个人到箱根游玩,一路观景采风,并从未禁断过与艺伎的交往。他精于浪花节,知道它分"关京节"与"关东节",又知道能唱此曲,就可以在异国如鱼得水,即使办外交也得许多方便。可他没有说到另一面,那就是浪花节终究体属说唱,流播民间,即使在其鼎盛期,也入不得主流文化的法眼的。

有一件发生在桃中轩云右卫门身上的事情,就再清楚不过地说明了这一点。因云右卫门在浪花节一道享有大名,曾引来德国人投资发行其唱片,后有人擅自复制图利,被告侵权。法院判决侵权者做出赔偿,但被告不服,上诉至大审院,大审院居然撤销了原判,理由是浪花节属随意兴到之作,品位低下,不应享有著作权。既然谈不到著作权,侵权的罪名也就不能成立。这一事件日后成为日本民法侵权案一个重要的判例，常被教授们拿到课堂上分析。著名的浪花曲家尚且如此，一般走街穿巷，在乡野演出，票卖得又便宜的，就更谈不上受人尊重了。

所以，当武士出身的宫崎滔天要拜桃中轩云右卫门为师唱浪花节，他的家人与朋友都感到不可思议。与浪花节不为人知一样，今天知道宫崎的日本人也很少，据友人、九州国际大学法学部芦益平教授的调查，即使在其出身地九州也是如此。但在当时，他可是一个响当当的浪人。这样的出身，这样恢阔的气度和交游，竟甘心厕身艺界，沦落街头，许多人断难接受。但他真就这么做了，走街串巷地说唱，收取十文钱的观场门票。时辈的眼中，这样的经历似乎凸显了他人生的潦倒。但今天看来，适足张大了他生命的精彩。

宫崎滔天（1871—1922），原名虎藏，又名寅藏，别号白浪庵滔天。熊本县玉名郡荒尾村人。熊本一地民风悍直，自来就有崇尚男儿的传统。其父宫崎长兵卫天性豪放，喜文尚武，素为乡党倚重。其母知书达礼，更深明大义，每以"男儿岂能死于榻上"砥砺儿辈，所以他们兄弟几个都尚仁义，既敦人伦，复轻财货。尤其是他，素怀"经略大陆"的远大理想。光绪十八年（1892），他第一次来华学习语言，以后获外务省秘密经费，再来中国调查哥老会、三合会。但因受自由、民权思想的影响，认定亚洲未来系于中国，所以并无一般"大陆浪人"那样的扩张野心。以后又推诚结识康、梁，并在戊戌政变后亲往香港迎接康有为，是一个热诚恳到的侠义之士。

为中国人熟知的是他对孙中山的倾力支持。据其自述，当他结识孙中山，发现对方是负九州之望、临四亿苍生的大英雄，就十分仰慕。先此，他已将译出的《伦敦蒙难记》交当地《九州日报》连载，至孙中山为避清廷迫害来日，又冒险在家中接待留住，与之笔谈交流达五百纸，感到大慰平生，决意追随辅佐。正所谓"人生感意气，功名谁复论"。此后，他为兴中会出力，又居间游说康、梁与孙中山联合反清。并为了支持革命，不惜倾己所有，直至变卖夫人的陪嫁，出让家藏的古董。尝称自己有可用于革命的钱，但没有养活妻子的钱，以至槌子夫人不得不为人佣妇，被孙中山称为"方之虬髯，诚有过之"。

1900 年，他亲往参加惠州起义。起义的失败使他意志消沉，内心缠绕着一种深深的幻灭感。其时，他的家计日益窘迫。浪人本是失去份地的失职之人，随着明治维新后武士特权的被削弱，多成为"浮浪人"。为了生存，他们有的经营工业金融，放高利贷而转成近代资产者，大多数做工务农，流为平民与乞丐，与生活在底层的普通人交往密切。间有人在失去宗主庇佑后依附某种势力，成为他人的附庸。宫崎家八男三女，他最小，哥哥们多夭折，到父亲去世时，只剩得两哥两姐。尽管家境惨淡到要靠典当被褥度日，但他仍不愿受图谋不利于中国的日本侵略势力牢笼。为了生存，他决定投身浪花节界。朋友见他欲与艺人为伍，都认为是自甘堕落。但他以为，正像和尚靠念经受人布施并不丢脸，自己以当和尚的心情学唱浪花节，没什么不可以。

再说他的个性本来就很喜欢声歌一道，且不问文野，来者不拒。其时被称为"浪人界国王"、"全国志士总帅"的头山满就曾说过，他若想当艺人，早就天下无双。1902年，他正式投入桃中轩云右卫门门下。头山满赠其琵琶一个，友人陈少白题诗曰："英雄漂泊红颜老，日抱琵琶委秋草。赠尔琵琶作伴游，一拨十年常潦倒。"对这种体贴心境的慰勉，他自然感到欣慰，但心里所存借此纠合同志、宣传革命的心思，就非他人所能知晓了。

也是就在这一年，他出版了那本被章太炎称为"四百兆人视兹册"的回忆录——《三十三年之梦》。书中称孙中山为"东亚之珍宝"，对其反清活动做了热情的称颂。但十数年东西奔走，人世间的急流冲击，还是带给他"半生梦觉思落花"的复杂感怀，特别是当有英雄失路托足无门的悲慨时，每每歌呼淋漓，付诸琴弦，真所谓一曲浪花，酒至沉酣。他还回忆过幼年听得的一首《祭文》，当中有一节说："但闻头领一声令，扶危济困不问程。名扬江户人须慕，长兵卫者乃我名。"他说自己心情郁闷时，常唱它来自慰与泄愤。

此外，他还赤坦坦地向人道说了自己不无荒乱的情事。譬如，当十四岁读私塾，每月才三块钱，就已好酒贪吃，对女性有一份强烈的绮思。二十四岁找到工作，第一次领薪水，就进了福原第一楼嫖妓，"事后毫无羞惭之心"。即使1898年受政府派遣，到香港迎接康有为，离港当晚也不忘再登青楼，找旧相好雪令重聚。两年后在香港被逐，栖身船上，依然召妓留宿。以后回到东京，生活基本靠艺伎留香的色艺供养，自己则赊账沽酒，依然琴歌的生涯。对此一节生活，他书中的叙说是，"酒真是我唯一的好友"。

有这样个性与经历的人，当其回顾平生，总难免被自己打动，所以犬养毅称他是一个"奇妙有趣的男儿"。以后，他为同盟会多方奔走。辛亥革命爆发后再来中国，既力阻孙中山北上，复追随其讨袁。"二次革命"后又竭力调解孙黄矛盾，并坚持抨击军国主义，直至病殁。这就是他跌宕起伏、大开大阖的壮阔人生。日本人称这样的人生为"浪花节人生"。

因在所著《中国游侠史》中论及宫崎，十几年前，带着一分特别的敬意，由友人杉美智子陪着，我造访过在荒尾的宫崎故居。荒尾在九州的中部，西临有明海，与长崎、佐贺隔岸相望，东接小岱山，辖内有关川、菜切川等流经，虽1942年才正式建市，人口至今不到六万，但其历史悠长，可一直追溯到镰仓时期的武藏七党。从福冈的博多去荒尾非常方便，坐车只需五十分钟，坐福冈机场的空港巴士也不过一个半小时。故居是1992年建市50周年时重修的，为熊本县文化财。边上的"宫崎兄弟资料馆"，则是两年后建成的。

馆内资料丰富，包括与孙中山笔谈五百纸，后来烧剩三十七张，有三张就存在馆里。尤其吸引我注意的是，展板还用图画的形式，再现了宫崎走街串巷唱浪花节的情景。记得当时就此专门询问过馆内年轻的担当，人家是来见习的，一脸的茫然。也难怪他，直到今天，登陆荒尾市的网页，于"名所旧迹"及"观光レジヤ一スボット"栏内，只见"三井冒险世界"与"竞马场"的介绍，仍无一字说及他的。

六年前小住东京，又去了丰岛区他的旧宅，在山手线池袋站与目白站之间。那是因见其后人无法生活，由黄兴出资买下的。房子建于1914年，白墙黛瓦，木制的院墙，在日本十分少见。屋内悬有黄兴手书的"儒侠者流"，还有孙中山授他全权办理筹资购械接济革命的委任状。与后人添绘的他唱浪花节的图板相比，这些文字资料自然是十分珍贵的，但个人的感觉，这一段浪花节的经历正可以为儒侠增重，因此视线留驻最久的反而不在彼而在此了。

前面说到，在1940年代，像浪花节这样的传统说唱艺术还很有人气，酒吧、夜市和料理店中，常可见到浪花节家的身影。电台中，配上电声乐器后，如二叶百合子的"洋浪曲"，更是日夜播放，广有听众。其他如歌川二三子、三波春夫与村田英雄也拥有无数听众。以后随电视时代的到来，它才走向衰落。唱浪花节的向歌谣曲转化，许多演歌手就接受过浪花节技巧的训练，有些干脆就是浪花节家出身，所以那种高亢低婉兼具，间或还带上极富表现力的颤音与滑音，其实都拜浪花节所赐。只是有些遗憾，那里面再也找不到像桃中轩云右卫门这样的奇才了。当然，更没有宫崎这样的志士。

但浪花节的名头依稀在。在东京的六本木，我就见过一家题为"浪花家总本店"的餐馆，它做的鲷鱼据说在全日本都大大有名。至于日语中，至今还保存有"浪花节的"（なにわぶしてき）一词，意指过于拘泥人情义理，过重人情面子的传统守旧之人，语意中已分明带些贬义了。不过，人情义理终究不能尽废的；武道侠义造成的壮阔人生，更是日本人心底最真的梦。所以，当货运大王、"佐川捷运"的创始人佐川清自小受后母欺凌，他乡苦工，脚夫创业，居然硬是争得出头天，所创办的佐川急便赚尽了日本人的钱，其戏剧般的人生也被称为"浪花节人生"。当然，比之宫崎滔天，不唯是后话，传奇色彩也输却许多了。

久留米妖魅的画魂

久留米是日本九州北部一个人口只有三十多万的小城市，一般中国人鲜有留意。但它北面大海，南接耳纳、鹰取诸山，中有筑后川流经，钟灵毓秀，自江户时代起，就有艺术之城的声誉。诞育出的画坛巨匠，像青木繁、坂本繁二郎和古贺春江，在日本现代美术史上都占有无可比拟的重要地位。尤其是青木繁（1882—1911），像足了天空中瞬间划过的耀眼流星，那种少年的奔放烂漫，用心燃烧的华丽演出与凄凉结局，最是艺术家绝美一生的恰好写照。

青木出身于久留米庄岛町一个武士家庭，父亲青木廉吾是旧有马藩士，因此从小家教严格。十六岁，立志成为画家的他从中学弃学，只身远赴东京，入"不同舍"跟名画家小山正太郎习画。小山是明治九年（1876），政府工部大学校附设美校的外聘教师、意大利人丰塔内西的学生，因丰氏属巴比松一派，所以"不同舍"的画风也平朴稳健，灰调写实。但可能这种纯西洋的画风不能满足和收拢他对艺术的想象，所以不久就转入东京美术学校西洋画系预科。位于上野公园的东京美术学校是当时日本最优秀的美校，在那里他画艺精进，很快创作出《黄泉比良坂》和《阇威弥尼》等十多幅作品，在第8届白马展上广受各方好评，并得到了"白马赏"。

赴京第二年，他曾因故回过久留米一次。其时，与他同年出生又为同学好友的坂本繁二郎正在故乡的小学任代课教师。从来有神童之称的坂本深为少年伙伴的画艺精进而震惊，又因其对东京动极声色的渲染，就此也去了那里，以后转赴法国。说不清是什么原因，在日本人称之为"日法交感的近代"，青木居然没有走留学欧洲的道路，但在国内的游历仍让他获益甚多。先是与丸野丰等人去了群马县妙义山和信州小诸旅行，留下不少作品。毕业时，又和坂本及恋人福田たね去了千叶县的布良海岸写生。在那里，他创作了一生中最为著名的作品《海之幸》——黄金色的海岸背景前，十几个有着赤铜色皮肤的裸身男女，扛着刚捕获的大鲛鱼，满足地踏着略显疲惫的步伐回家。大海幸赐的恩典和渔获的兴奋，让这些人的脸上都放着光。整个长卷色彩鲜烈，笔法野放，恰似其青涩郁勃的青春，而充满张力的进行曲式的横向构图，将人与自然的苦斗及得胜凯旋的欢娱渲染得生机蓬勃。画面中，整列人物或正视前方，或低头向下，只有一个人看向观者，那就是他的恋人福田。

这幅被称为明治年代最精彩的杰作，为画家带来了很大的声誉。可一举成名以后,他的绘画道路陡转向下。在渡边洋所作《悲剧的油画家》一书中,作者详实地记载了画家此后坎坷而短暂的艺术生涯。从中我们知道,尽管他的《わだつみのいろこの宮》一作在1907年东京劝业博览会上获得不错的反响,得到包括作家夏目漱石在内许多人的欣赏,但最后还是只得了一个末等赏。那次博览会在绘画单元共设头奖八人,次奖二十五人,末奖也有二十三人。与一群平庸画家等列的结局,让青木大感沮丧。但背运并未就此终结,此后他又落选文部省主持的有日本美术三大展之称的"文展",并就此再无机会赢回主流画坛的青睐。

陷入低谷的画家回到九州,开始情绪消沉地在故乡及熊本、天草、佐贺一带过起了漫无目的的游荡生活。现在人们都承认,他作于这个时期的《月下滞船》等作品仍很出色,有的还堪称一流,但都没有改变他的生存景况。特别是,尽管他很努力,后来被发现的那些为人所不知的油画、素描、着彩画和铅笔画,数量竟超过百幅,但在当时都无一例外地难逃无人问津的命运。由于生计无着,他的情绪开始变得很坏,常常一人独处幽室,用刀猛砍房间的柱子,邻居听得真切,都以为他疯了。残酷的青春与困顿的生活开始侵害他的健康。他是在创作《海之幸》后一年,在茨城县筑西市与福田有未婚子幸彦的。此刻,因父病返乡探视的他,似再也回不到当初的生活,与恋人的感情也发生了问题。但再怎么说,这次的分开竟成了永别,这是他万没想到的。在生命的最后阶段,背负着与家族发生冲突的压力,还有"不孝不悌"的内心自责的他干脆离家出走。在那一段暗淡到极点的日子里,他形单影只,贫病交加,在肺结核的折磨下大口吐血。"爱与漂泊的交叠","青春与烂漫的妖魅",一代天才就此悄无声息地夭折在清冷的病榻上,把一个正热闹无比的画坛留在了身外。

两年后,是坂本的奔走,才使他的遗作得以在东京与福冈展出。与生前遭受的冷遇完全不同,他的画一下子感动了整个明治时代。人们发现他笔下有一种超出指绘对象之外的东西,那就是对大自然所怀持的特别真挚的情感,这也是他绘画特有的个性。正是经由这种个性,他打开了日本现代美术的新世界,真切而形象地道出了日本人心底最深刻的浪漫。人们公认他是明治"文明开化"湍流中开出的最富想象力和创造力的花朵,美术史家更不吝用"鲜烈"这样的赞辞,对此后出版的他的画集和画风给予无保留的肯定,进而将其奉为明治浪漫的旗帜,可与名画家藤岛武二并列的民族油画初建的标志。

但是,他之于日本绘画的意义仍然没有被完全发掘。上天通常会给一切先行者的困顿命运也同样给了他,尤其是那种对生命沉重的背负,对痛苦寂寞的承担,注定了他远去的身影很难被一般人以恰当的方式唤出。所以,尽管他生前留下遗书,对自己的身后有非常具体的规划,但人们照以执行,在可以远眺筑紫平野的兜山,将其遗骨深埋在松根底下,并在其上建起歌碑，已在他去世三十七年之后了。出席那次典礼的，有他终身的友人坂本，还有他生命中的至爱福田与幸彦。此时的福田早已嫁给了野尻长十郎，做了好几个孩子的母亲；成为著名尺八演奏家的幸彦也已改从母姓，唤作福田兰堂。

直到今天，我还记得十四年前，自己在久留米石桥美术馆第一次看到《海之幸》时的情景，和许多人一样，那是一种无法言说的过电般的感动。以后在福冈市美术馆，在三重县与枥木县的县立美术馆看到他其他的画，包括那幅《幸彦像》，仍然感动。所以，前年再去日本，就有了拜访他故居、寻觅他游踪的心思。

他的故居在今天JR久留米站附近，步行只需十分钟，离市役所也只隔了一条马路。那是一幢明治中期初建、平成年间重建的山形青瓦木制的两层日式小屋，延床面积才一百十平米多一点，比坂本在城下町的旧居要小不少。由于基础部分年深月久，原木的柱子与隔门都已转成深褐色，窗户上的和纸也微微泛黄。小小的院子外，竖着一块标识牌，示意是无料参访。虽然，早在几年前，地域住民就发起成立了"旧居保存会"，又有热心者在网上广为征集，但故居内的收藏仍算不得丰富。让我印象深刻的，是挂在墙上的那些画家未发表的能面草稿。画室的外间，有他做饭的灶台，小而逼仄，恍惚间，要让人感知炉内曾有过的微火明灭，已经很难。

然后是到佐贺，筑肥大好的风景，有明海边平野的秋风，还有富士町无色无臭的古汤温泉,都是见证过画家的踪迹的。以前,曾见到过《青木繁与佐贺》这样的专书,惜乎没有认真对看。但古汤温泉热情周到的おばあさん们,几乎已没几个知道他了,就是知道的也语焉不详。最后再去千叶。在那里,青木是一块吸引人来此旅游的招牌,但由于知道他的人毕竟太少,经营者的愿望大抵都落了空。不过在我,由布良到平砂浦,在当地人为方便观光设置的回游步道旁,在画家曾经投宿过的小谷家和他的纪念碑上,还是寻拾到许多关于他的消息,由此得以串连起更多与他相关的故事。

例如,他是黑田清辉的学生。黑田被称为是"日本洋画之父",曾随派驻法国公使的姐夫去法十年,1896 年回国后,和久米桂一一起创立"白马会",以与保守的"太平洋画会"相抗衡,最后迫使政府同意在东京美术学校增设西洋画科。他以妻子为模特儿创作的《湖畔》,在 1900 年巴黎万国博览会上大获好评。由他带动的新派画家,借鉴印象主义,坚持外光创作,其色彩鲜亮的户外风景,较之旧派恪守古典构图与明暗技法,带给人更强烈的视觉刺激,一时被称为"紫派"。而后者作画多用沥青色,作品每每带着一种融化了的暗褐色树脂的效果,所以被贬称为"脂派",不再受人欢迎。

或以为,早在黑船来航之前,18 世纪后半期,由荷兰传来的铜版画、石版画与书籍插图就已经让日本人初识了什么是西洋画。以后,佐竹曙山与司马江汉等人并对其中的透视法与阴影法又作了专门的研究和介绍。这样才有了1889年第一个西洋画团体"明治美术会"的成立和以后东京美校西洋绘画科的开设。但尽管如此,若无黑田的积极鼓吹,包括全身心投入的教学实践与人才培养,西画要在日本迅速站稳脚跟,并在美国人芬诺洛萨(Erns Fenollosa)与冈仓天心大力推动国粹复兴,扶植"狩野派"等传统绘画的形势下开出一片天地,还是不可想象的。当然,由于黑田在色彩经营之外还坚持强烈的造型要求,同时致力于古典主义"构想画"(grand composition)等正宗西洋画的移植工作,虽创作风格与传统写实主义有别,仍不能算纯粹的印象主义,毋宁说是一种改良了的古典主义。也正因为是这样,他以后转为拒绝新变的学院派和官展趣味的代表,并与大正时代张扬个性的新派画家如岸田刘生、万铁五郎等人的"木炭会",石井柏亭、坂本繁二郎等人的"二科会"也就渐行渐远。

而青木则不同。他绝对别有所好,自有传承,那种对浪漫精神彻底的服膺,对象征艺术绝对的崇拜,并非育成于黑田的教室,而截然有他个人内在的血肉印证。

他酷爱文学,整个求学期间,整天泡在上野的图书馆,或去博物馆博览古今东西的古籍文物,包括印度神话与《旧约》圣书,尤其爱读各种创始神话和《古事记》。说到画风,除了老师带入的外光派,更多受拉斐尔前派和19世纪英国画派的影响。拉斐尔前派是1848年为反对维多利亚时代学院派浅薄甜俗画风而结成的画家团体，在艺术上主张回到文艺复兴前期的纯朴与自然。作为一种前卫运动，它以向自然学习和不拘成法著称，尽管存在时间很短，也远没有同时代的法国画家成功，但其张扬艺术的实质是心灵，在本质上有着反印象主义的难得的桀骜与自信。

特别是其发起人罗赛蒂（Dante Gabrit Rossetti），以杰出的天才连接浪漫主义诗歌与绘画两端，所作多古代历史和神话题材，那种忧郁而感伤的梦幻情调与惊世画风，丰裕的文学修养与无视传统的强烈个性，可能还包括复杂的情感生活，因染狂躁症不得不避世隐居的悲剧的一生，都给他留下深刻的印象。其实，看看英国艺术批评史家威廉·冈特（William Gaunt）的《拉斐尔前派的梦》就可知道，这批有着"困惑的理想主义"特质的天才画家的短暂联手，是怎样深刻地搅动了当时画坛的一潭死水，并成为此后象征派艺术的精神先驱。当然，其所起的作用也仅止于搅动而已。所以，此书原来的题名是《拉斐尔前派的悲剧》。但青木似乎天生就是悲剧的拥趸，他在罗赛蒂死的那一年来到人世，这使他觉得这里面应该有着某种命定的关联。

当然，对活跃于1885年至1900年，同样诗画结合的法国象征主义，他就更喜好了。如果说，印象主义是艺术模仿自然的最后阶段，那么象征主义注重反映一己感觉，强调将个人从现实中超脱出来，就是对传统主义的颠覆和向现代主义的过渡。青木很喜欢这样一种过渡的状态，尤其喜欢其中心人物莫罗

(Gustave Moreau)。莫罗创作生涯中一度曾转向东方，对日本的浮世绘和印度、波斯的细密画非常着迷。他多画宗教画和神话故事，名作《莎乐美》就取自《圣经》。虽然，此派中如夏凡纳（Puvis de Chavannes）和雷东（Odilon Redon）等人也好表现古代题材，常画一些寓意性的情节，但相比之下，莫罗更不怕触及怪诞的题材，更大胆地在画中运用象征符号，那种华丽烂漫又闪烁不定的色彩舞蹈是他非常欣赏的。要特别一提的是，莫罗也反对印象主义，认为绘画不应记录浅薄的对象，而必须反映深刻的思辨与哲理。这些也都与他心意相通。

至于对1900年那场发生在身边，由北村透谷领导的主张感觉解放和恋爱诗情化的浪漫主义运动，他更是第一时间就作出积极的回应。北村生前创办《文学界》，和与谢野铁干夫妇创办的《明星》杂志一样，竭力鼓吹文学应厌弃世俗现实，忠实于被一己认可的美的理想。这个大他十三岁，也出生于武士家庭，日后被称为"日本近代诗开拓者"与"浪漫文学先驱"的天才诗人，其文学创作可以说全部来源于对基督教平民意识和欧洲个人主义的虔诚的信仰，他赤贫的生活状态，由疲累造成的躁郁症，以及二十六岁就自缢而死的凄美经历，究竟带给画家怎样的感受，我们已无从知晓，但他与另一位浪漫诗人蒲原有明的交情，却在在体现了对这一文学理想的认同。

幼年酷爱绘画的蒲原只大他五岁，也曾深受罗赛蒂影响，稍稍不同的是，不是因罗赛蒂的画，而是因他的诗。罗赛蒂在诗歌创作中坚持的神秘主义美学，为蒲原终身服膺。他把欧洲象征主义方法引入诗歌创作，对以后日本新体诗的影响非常深远。不过那种不从周遭的生活取材，着力表现永劫与刹那感受的作品终究知者甚少，相反，因宗教色彩浓郁，语言晦涩难懂，还时常遭人激烈的排斥，这使得蒲原在当日自然主义流行的诗坛很是孤立。饱受刺激之下，他决意远离文坛。1904年，他在白马会展上看到《海之幸》，立刻被深深地吸引，主动与画家订交不算，又请画家为自己的诗集插图。他是佐贺县白石町须古村人，在这次的寻访途中，我也曾去佐贺西松浦的有田町，拜访了他的诗碑。

所以，青木的画虽受到当日画坛风气的影响，特别是印象派瑰丽色彩的滋养，但始终有自己的方向。比之黑田的教诲，他在自己认定的艺术道路上走得更远，也更坚决。他常常画神话故事，《太穴牟知命》等一些重要的代表作就出自《古事记》等传统经典。至用笔不拘细节，着色大胆肯定，比同辈略带矫造的画风更多率直，以至面上看去，有一种未完成的朴美，尤其难能可贵。要之，他以不温和的甚至激进的画风转变，不仅拉开了与当日画坛写实主义的距离，也拉开了与日本人通常拥有的欣赏习惯的距离（2003年，中央公论美术推出其全集，题名《假象的创造》，就是对其越然写实之外的艺术风格的指述，可为参看）。特别是那种看似轮廓不清，形体融入背景的处理方式，延伸了有限的视觉具象，在在表明了他对象征主义内涵深刻的理解与践行，这些都使他成了写实主义向现代甚至后现代转进的重要标志。为此，他一直受主流画坛的排斥，处在一种完全被忽视的境地。当激烈的回应与愤而反击都无济于事，他就只能像蒲原有明一样以退出明志，并郁郁而终。一直到战后，他超越时代的趣味与才华才被人广为认识。

他与坂本同年生，同学同座，是终身的朋友。虽然同属有马藩武士之后，但坂本更像一位学者，有暖黄色温和的画风与精湛博雅的画论传世；他则是一个诚挚而投入的文学青年，热情敏感，画风豪快。他对这个终生朋友的艺术刺激可能是深刻的。所以当坂本死后，人们从其遗物中发现了青木早年的画作，数量竟达六十多幅。为什么几十年来一直秘不示人，没人说得清楚。这位擅长画马与静物，留下《放牧三马》和《持帽的女子》等杰作的画坛巨匠的艺术生涯一直延续到战后，既接受过政府的文化勋章，又与梅原龙三郎、安井曾太郎并称为"洋画会巨匠"，直到上世纪的1969年，才以八十九岁的高龄去世。今天，安静地躺在八女市无量寿院的他，自然不能再向人述说自己对青木的欣赏了。因为后者短暂的一生，凝聚了明治艺术的全部热情，是那个时代"文明开化"最忠实的代言。

现在，画家生前留居过的地方都开始知道要好好疼惜自己的子弟了。在千叶县和茨城县，凡画家足迹所到的地方，都建起了纪念碑。他埋骨的故乡，每逢诞辰，人们更会举行一种叫"兜山祭"的追思活动，带着敬意，争相把酒倾注在他的诗碑上。前文我们谈到了先行者的寂寞，说上天给一切先行者的命运也同样给了他，那就是对生命沉重的背负与对痛苦寂寞的承担。在他死后不久，崇尚个性与新变的绘画团体"木炭会"与"二科会"依次崛起，在野的美术运动更改变了日本现代绘画的总体格局，或许，在类似"草土社"和"春阳会"这样与官展对立的艺术舞台上，画家不世出的天才是可以找到大展怀抱的舞台的吧。但他去世得实在太匆忙太决绝了。在这个世界上，他注定留给人的是一个凄怆的背影。可也只有他，才称得上是那个时代"早逝的天才儿"，才配专享"殉美之子"和"艺术鬼才"的令名。由此我想到日本友人不久前的通报，除前述渡边洋的传记外，久留米市民创作的反映画家身世的音乐剧题名其实也很精切——《悲剧的天才》，这样的天才在以后的日本再没有出现。

有人说古贺春江是。这个小青木十三岁的同乡画家思想激进，是"二科会"中出色的前卫人物。他的作品也很好，如《海》和《烟火》，笔意幽胜，加以耽美的情趣和正当英年的决绝自杀，都有理由被视为青木凄美人生的遗响。可我们想问的是，他几曾遭受过青木那样的不公正对待？他固然才华出众，非同凡响；但在青木，那是并世无双的绘画天才，不作第二人想的艺术世界里的绝世传奇。其间的区别，能忽视吗？

一条运河与一个主妇

小樽地处北海道西北,因独特的运河风光,还有岸边迤逦延展的石造仓库,已成为日本著名的旅游胜地。尤其每年二月"雪灯祭"开始的时节,步道与运河上总有几百支烛灯晕黄天心。远道而来的人们沐浴着河岸煤气灯的微光,或沿城中陡缓不齐的坡道,找寻岩井俊二电影的发生地;或赶去童话十字街口,听蒸汽钟在午夜敲响。人们共同的感受,在这座小小的城市里,只要你愿意领略,总找得到契心投意的美景。

其实,小樽的前世还要辉煌。早在大正、明治年间,它就是北海道的商业中心。加以铁路开通,银行与企业来驻,作为札幌外港的它当时就享有"商都"和"北方华尔街"的美称。当然,运河的开通无疑是其鼎盛的标志。鉴于它是石狩地区煤矿石的输出港,又是从俄罗斯输入木材的外贸通商口岸,为方便装卸,当地人自1914年起,花九年时间拦截胜纳川河水,修建了一条长一千一百四十米、宽四十米的运河。以后又陆续在岸边建起石造仓库，还有各类和式、洋式的店铺住家，和洋折衷的商社与银行。日本工部大学校（今东京大学工学部前身）第一届才四个毕业生，有三个在这里留下作品。其中佐立七次郎设计的日本邮船小樽分店，全敷的金箔壁纸和簇花地毯，尤能传达西洋建筑的奢华。当然，这样的奢华离不开运河区位优势的支撑，还有河岸花光灯影的映衬。

直到今天，小樽的运河博物馆还放置着从大阪开出，经由濑户内海到山阴、北海道的"北前船"模型，向人提示着运河之于这座城市的意义。只是二战后，随港口装卸技术的更新，舢板接驳明显落伍，加以北海道矿山陆续封闭，桦太地区贸易锐减，它的物流功能才渐渐为石狩湾新港所代替。时日一久，带连着城市也跟着衰落。进入20世纪60年代，为应对经济增长，当地政府决定填河造路。但工程开始不久就招来市民的反对，以后更演成一场声势浩大的"运河保存运动"。

发起这场运动的是一位五十八岁的家庭主妇峰山富美。当时，几乎没人相信这个既无官守又无言责，平常如邻家阿婆的主妇，会有如此执著的决心和担当。因长年的弃置，其时运河已淤积发臭，岸边更多杂乱的附出屋棚。所以工程启动之初，她的呼吁并没得到多少人回应。但她毫不气馁，联络二十三位市民，通过举办讲座、研讨会和街头签名征集，包括为了集资收购运河周遍仓库，举行各种义卖活动，不间断地向政府和国会议员请愿，终于促成"小樽运河保存协会"的成立。她是当然的会长。在她的努力下，不久会员达到千余人，收集的声援签名更达一万个。影响所及，不仅札幌成立了"小樽运河思考会"，连东京也有了"热爱小樽运河协会"。

但政府出于经济考量，仍坚持填埋计划；市民因出行方便，也多默许。眼见着部分运河从自己的眼皮底下消失，留下的河道也收窄近半，她感到锥心般疼痛。十多年后，当道及当年看石椿打入运河的那一刻，老人仍心痛不已。她的心思，"运河虽已被填埋，但想要运河留下的心情没有被填埋，也不会被填埋"。如此不为人言所摇动，并知其不可为而为之，八年后，终于迎来了多数市民的支持。随着"小樽运河百人委员会"的成立，填埋工程就此宣告终止。其时运河的南段已经不复存在，但余下的部分总算兼顾了保护与开发，不仅留下宽二十米的河道，还依山畔一侧让出步道，添设观光点。运河景观，至此底定。

今天，小樽运河已成为像加拿大里多运河和法国米迪运河那样著名的观光胜地，又与神户异人馆、长崎ゲラバー亭一起，被评为明治时代"日本近代史三大景观"。当你漫步河边，看绿顶红腰的"浪漫号"散策巴士与套着五彩袜子的马车穿梭而过，河中和风装饰的屋形船往来渡人，再回到浅草桥至中央桥这段不足五百米的最佳位置，打量这张负荷着历史沧桑的城市面容，体会有时候退后就是向前的城市保护理念，一种时空交互的神奇感油然而生。待再细细辨认那些色泽转暗的仓库建筑，石砌樽，遇 JR 事故，又值下雨，积阴乍开的片刻，只匆匆地一掠而过。第二次再去，因知道这些年老人一直在接待访客，乐意跟人讲幼时与父母运河边漫步的往事，很想通过市民会馆联络她，但电话那头传来的年轻声音说不认识。回来后查小樽市政府官网，也无老人的介绍。维基百科"北海道本地名人"一览和《日本名前辞典》也没有。以后从网上看到，四年前，"日本町并保存联盟"第 24 届年会在小樽召开，她到会接受日本建筑学会颁奖。在一个小小的专业圈子里，老人忆及当年护河的艰难，仍情绪激动，以至于哽咽下泪，昏倒送医。那年她八十六岁。

日本女性通常长寿。当许多人以茶道花道养性怡情，乃或含饴弄狗，并自己的世界只剩下小小的厨房和庭院，这个家庭主妇居然为这座城市的存续做了那么多，她怎么可能被遗忘？再推展开说，虽然早在 1897 年日本就已颁布《古社寺保护法》，1966 年又有了《古都保护法》，但类似小樽这样不足百年的产业遗迹并不在其列。直到 20 世纪 70 年代才引起政府重视，再过十多年才有全国性的"近代化遗产综合调查"。这个过程的展开，难道与她以及小樽的保护运动没有关系？

读朝日新闻社出版的老人九十三岁与むのたけし的《对话集》，想到她当初所遭受到的种种冷落与不理解，再看今人的遗忘，她执拗的行为似乎有了某种悲壮的意味。只是有些遗憾，眼下还有多少人对这种意味有真切的认识？正好像这个世界，美是如此之多，看到的人总是很少。

无垢的利益

这是日本"近代实业之父"、日本现代企业制度——株式会社的创始人涩泽荣一（1840—1931）一生追求的理想。因此间专题片《大国崛起》的热播，我们才知道自己的近邻中，竟然有这样一位了不起的人物。

涩泽出生在琦玉县一个富裕的农商之家，父辈兼营染织业。这样的家庭背景究竟给了他什么影响，有待传记作家查证。我们所知道的是，二十七岁那年，他跟随第十五代幕府将军德川庆喜的胞弟去巴黎观摩万国博览会，借此游历欧洲近两年的经历，使他在周知西方的风土习俗同时，对那里正方兴未艾的工业化发展有了真切的认识。

其时，日本社会仍沿袭"树中樱花，人中武士"的传统，对商人普遍持一种轻视的态度，但通晓时风的他已然能体察并肯认经济和财富的力量。等到明治维新成功，新政府召请回国，他立即在静冈创办了兼有银行和商社职能的商法会所。以后，在大隈重信的再三敦请下任职大藏省,擘画并创制了包括税务、邮政和运输在内多个领域的法律法规。早先的目记心识得以化为现实,在他自然很欣慰。但官场终究不是一个有意思的地方,为了实现自己实业报国的初心,他很快辞了职,并拒绝天皇所颁贵族院议员的钦命,还有大藏大臣的职务安排,以纯粹民间人的身份,开始了为军政名流所不屑的兴业实践。由其创办的企业,自第一国立银行、清水建设、札幌啤酒而下,总共达五百多家。难得的是,他决不唯利是图,相反,努力超越一己之私,以求有益社会。他将这种在贡献国家社会基础上获得的利益,称为"无垢的利益"。

涩泽的这种思想在所著《论语与算盘》(王中江译,中国青年出版社1996年)一书中有很完整的体现。由于早年从其表兄认真研读过《论语》,他对儒家的"义利之辨"一直有很亲切的认同。他认为中国人常有"为富不仁"的判断,古希腊亚里士多德也有"一切商业皆罪恶"的成说,这些观念之所以形成,是与一些不法商人轻义重利、不当牟利有关的。其实,只要在道德约束的范围之内,人是可以无所避忌地追求利益而不必心生愧意的。他用算盘代表利益,用《论语》代表道德,要求人能在义与利的颉颃中,体认到"算盘要靠《论语》来拨动,同时《论语》也要靠算盘才能从事真正的致富活动。因此,可以说《论语》与算盘的关系是远在天边近在咫尺"的道理,"谋利和重视仁义道德只有并行不悖,才能使国家健全发展,个人也才能各行其所，发财致富"；并认定"所谓商才本来也是要以道德为根基的"，"离开道德的商才，就是不道德、欺瞒、浮华、轻佻的商才，即所谓小聪明，决非真正的商才"。他还对应明治时期风行的"和魂洋才"一说，提倡"士魂商才"。士是什么？用儒家的标准，有天下抱负和道德理想者为士。"士而怀居，不足以为士矣"。在他看来，商人若能以士为根骨，自然就远离了淫逸与铜臭，没有了悖德与欺瞒，并就此在行为与气性上拉开了与浮华轻佻者的距离。他本人正是这样践行的，所以七十多岁从商界隐退后，又为六百多个教育机构和社会公益事业出力。就这样返朴归真，云淡风轻地活过了九十岁。

只是让人感慨，如今即使在他的母国，这样的人物也早已稀若星凤。由于"失去的二十年"，两极分化不断扩大，原本号称"一亿中流"的日本社会，现在被人为地分成了"胜组"和"负组"。由落合信彦《これからの胜ち组负け组——逆风の时代に成功すろ条件》一书的叙述可知，尤其是那些被称为"团块次代"，即1971年到1974年间战后第二次婴儿潮中出生的人，常被弃置在社会的"下流"。为了摆脱身处底层的无力感与挫败感，作为"负组"的他们直觉得要有所成就，唯有靠钱。但获得钱财的路途何其漫长，需要克服和放弃的东西又何其之多，譬如自由，譬如尊严，可自由和尊严不就是自己如此辛苦赚钱的终极目标吗？故一想及此，觉得最易舍弃的就是这个"义"了。而那些置身"胜组"之人，因为深知自己不过是暂立潮头，那种深刻的危机感也常常逼迫着他们舍义取利，结果是，手段难免湮没了目的，目标必然取代了过程。至于一般人就只能在莫觊非分之福、免遭无妄之灾的自我安慰中载浮载沉了。

其实，每个人都有追求利的权利，关键是看他如何追求，还有求得后如何处置。如果像涩泽批判的那样，只知道"拨算盘讲利"，不讲心性修炼和德行涵养，不知道这个世界本有止限，所有的物质也都可以替代，而唯有人的精神能涵养无穷，指向广远，并由此想着为生活设置意义，为人生延展景深，相反贪心起处，千万金刚都降不住；既不能处身俭，与人丰，又整日价丰屋美服，厚味姣色，独乐乐而不及众，甚至说着钱，便无缘，方始握手论心，反身落井下石，则难免"富者怨之丛"的宿命。或者也有一二暴富者，有实力漫撒银子，但只基于小团体的利益，不当输出，非法利诱，并不能无私于心，有益于人，从而使所谓"无财不成义"的古语，翻成权力寻租的苟合，这离涩泽的差距就更不能以道里计了。

所以，现在日本人开始重新认识涩泽的价值。不久前，NHK在黄金时间播放了他的专题片，就取得了很好的收视率。同时，他们也开始重新亲近《论语》。江户时代，庶民学校的"新春初读"总以《孝经》为始，但如今，创办于1670年日本最古老的庶民学校闲谷学校，已开始改换读《论语》。网络上"论语学习会"和"论语塾"就更多了，甚至还有免费发行的网络杂志《论语周刊》。我不知道，当听到软银金融的首席执行官

无垢的利益

北尾吉孝说《论语》是"东洋人教养的根干"时，乃或当看到学者安陪隆明以《IT革命与论语》这样的著作来赓续和张大"仁"与"义"的重要时，涩泽的心中会起怎样的波澜。

六年前再到东京，常盘桥边，日本银行正对面，涩泽的铜像依然静静地站在那里，表情平静而温蔼。此前受日本朋友鼓动，曾造访过位于御茶水附近的岩崎弥太郎故居，那是被导游手册隆饰为"壮丽的洋馆"的一栋西式洋楼。说起岩崎氏，许多人不认识，但要说到他一手缔造了"三菱财阀"，那是无人不知的。他本人也因此与福泽、涩泽一起，被推称为"明治三雄"。福泽是近代日本人思想的灵魂，涩泽和岩崎则被认为是奠定近代日本产业化基础的代表。但其实，岩崎实行的是垄断式企业经营，与涩泽提倡"合订本主义"（股份公司形式），追求把"赚钱规则"制定得更为民主公正原有很大的不同。由于涩泽坚定地站在这样的立场上，二者甚至终生对立。至于面对与明治政府互相勾连形成财阀的经济界大鳄，他更可以说是终生的反对派。所以，就我的感受，在前者的洋馆，我找到的只是单纯的"壮丽"；但涩泽的铜像，带给我的却是幽邃丰厚得多的感动。我想用"温暖"这个词来传达这份感动，你会以为我有病吗？

也就是在这座铜像前，有被称为"六本木 Hills 族"的堀江贵文的"活力门"和村上世彰的"村上基金"轰然倒塌。这些IT界的精英，资本运作时代的弄潮儿，可能觉得自己的运气差了些，不然纵使粉饰决算，内线交易，只要算度稍精，决不至于身陷囹圄。可他们不知道，但是此念一动，就已错到南极。不说重视经营伦理本是日本自来的传统，而纯美国式的经营理念与操作方式实在行之难远，即就其人一攫千金、穷人乍富的张狂德性，就已注定了他们迟早的败亡。因为他们把起点当做终点了，在涩泽觉得刚可以谈谈理想实现的地方，他们已经在为达到目的开香槟了。这不能不说是一种迷失和偏航。

掉头西顾，这样的迷失和偏航，在一水之隔的这里，正多了去了。

身体的语言

近年来,两岸三地学界每多身体观的讨论。话题的根源性发端自然在西方,自苏格拉底对立肉体灵魂,视身体为灵魂的坟墓,到基督教的肉欲原罪和笛卡尔的身心二元论,这一路的观念发展是人们熟知的。然而到当代,随着别一种人文哲学的兴起,梅洛-庞蒂以知识现象学的视野,在灵肉之外分疏出一个实存的身体,其对古典哲学河床的疏浚与拓宽,就带给人许多陌生的新知。

或以为自福柯开始,他的《疯癫与文明》《规训与惩罚》和《临床医学的诞生》已开启了后人从形态、意向、属性等角度来研究身体。以后,在衍为身体哲学的同时,彼得·伯克等人更将之纳入到社会文化史的范畴。至于专书,则自特纳的《身体与社会》以下,或许还可算上于连的《本质与裸体》,西方学界更是迭有著述。

哈佛大学科学史博士,曾任教于新罕布什尔大学与艾默瑞大学，现任职哈佛大学东亚系与科学史系的比较医学史教授、日籍栗山茂久（Shigehisa Kuriyama）是其中后起的一家。他长期从事比较医学史和科学史的研究，著作曾获 Shryock Medal（1987）、Basham Prize（1994）等医学史奖项。近年来，除兴趣转向视觉文化之外，又提倡"身体感"的研究，因留意日本的"肩凝"（肩膀酸痛）、中国的"虚"和西方的"紧张"，而及对身体经验的一般考察。《身体的语言——古希腊医学与中医之比较》（陈信宏、张轩辞译，上海书店出版社 2009 年）是他的代表作。甫出版就受到国际学界广泛注目，并获得 2000 年麻省理工学院出版社《东方医学期刊》（*Oriental Medicine Journal*）的卓越成就奖，其中文版 2001 年由台湾的究竟出版社翻译出版。

本书从身体出发，考察古希腊医学与传统中医的不同。其核心观点是，"对于身体的看法不但仰赖于思考方式，同时也仰赖于各种感官的作用"。本着这样的认知，它首先讨论从两种不同文化演变出来的"触摸"（haptic）方式，即古希腊脉搏测量方式与中国切脉的区别，并指出要表达这种不同的手指感知，计算前者的节奏，或感觉后者的滑涩，中、希论者所用的语言是如何的天差地别。接着探讨两种不同的"观看"（察诊）方式，说明古希腊依托于解剖学基础、以肌肉为中心的观看方式，重视的是"器官形状在功能上的意义"，目的在以人体器官的创造根由印证造物的智慧；而推崇"望而知之"的中国人则重视人的脸部反映，并由对这种反映的观察而及其"色泽中深沉的意义"。最后，再就中、希医学对"血"和"风"的不同看法，以及希腊人多行放血术，而中国人每重风邪说的原因作出说明。其中对中医学中"虚"的考察，能兼及"气"的根本，读后很是增人兴会。

尤其值得称道的是，他讨论中、希医学的诸般区别，能调动原典、僻籍和图像资料，甚至小说和艺术，不仅从生理与医学角度，更从心理与文化的根源处作出说明。如论肌肉为中心的古希腊医学，就能由亚里士多德谈到希罗多德，由达·芬奇谈到阿尔贝蒂，从而在一种观念史的连接中，开显了希腊人身体认知的深刻奥秘。同时，作为肯尼斯·基普尔（Kenneth F. Kiple）《剑桥世界人类疾病史》中国部分的执笔者之一，他对中国的了解也很深入。他对道教图解和中医身体观、身体感的研究，一直以来不仅是医学史、也是思想史研究重要的参考。用此观照中国古代，对应传统五行学说和精气理论，他对中医之"望色"，即由脸部表情感知人内在的感受和意向，由皮肤色泽体察人体内的五行变化，乃至感官欲望与灵魂之"华"的关系，都有要言不烦的说明。由此推而广之，发明古希腊文明的特色之一"是其语言中许多与认知有关的词汇都来自于视觉经验"，而这个经验实际上是一种"敏锐的内心之眼"，并再及亚里士多德"内在元气"说的讨论，让人看到西方之"探究内在"与东方的"观望体表"，在入想与致思上的感通与连接。后者对待"形色""形神"或"形气"两者，因此在他看来，也与西方的灵肉二分"具有毋庸置疑的相似性"。

这样广远地追溯，一题之下常常牵绕渊博的知见，使得本书似乎不易看入，但在保持日本人通常有的深究个案的特点同时（作者20世纪90年代曾在京都国际日本文化研究中心任职并讲学），那种超迈的哲人冥思，却让一个极为艰僻的专业研究尽显学术内隐的问道目的。如果再结合其背后所潜隐着的深广的文化背景，这一点就更显得难能可贵。盖以往人们治中国思想多关注在抽象的"心性"层面，能"即心言心"者多，重"身心互渗"者少，在此基础上，能言"心"而不弃"身"，在此间不能不说少之又少。是敏感细腻的日本人，关注并体会其中的精义，从身体的管理修饰开始，注意及欲望的体验与开发，再以此为基础向上述更深广的层次拓展，从而在这个领域，重重地刻下了自己的印记。

如人的味觉究竟有多少类别，人的心脏为何长在左侧，诸如此类，你视为当然的事，他们都孜孜探求。汉方与针灸美容在那里更是风靡一时。本世纪初，日本大学药学系的研究人员还发现，如果人早上不晒阳光就容易发胖，因为人体细胞中含有一种名为"BMAL1"的蛋白质，它与人的DNA结合，能产生"时间基因"，进而控制人体内的生物钟。这种蛋白质在夜间会增加，当身体沐浴到早上的阳光则会减少。由于这种蛋白质的增加容易使脂肪储存，反之则不易储存，故养成早上晒太阳的习惯，大有助于人保持苗条，兼以能避免因该蛋白质过增过减导致的生物钟的混乱。相信世界上不会有太多的科学家将自己的研究方向铆死在这种题目上，而其人之大大咧咧与大腹便便更是触目皆是。但日本人就是能这样，出于种种细微的考虑，兼而能以周至的关切，将对身体的护惜落实到生活的方方面面。

因由来的传统，他们是这样一种人，相信肉身的纯洁，肉身的享受应天合道。从民俗到艺能，日本式美的价值体验，在美学家近松良之看来就是性爱的兴奋，当然也包括宗教意义上的与自然的合一。为此，他还著成《日本文化的成立：性爱主义与主事者》一书予以专门的发扬（みき书房1974年）。即使是日本的神道，对身体乃至性的制约都很宽松。此所以，在包括文化意义上的身体研究领域，日本人能尽心竭智，发扬至于题无剩义。

譬如酒井静、真柳诚、汤浅泰雄，还有石田秀实、池田知久等人的工作，都有这样的特点。如石田秀实的《由身体生成过程的认识看中国古代身体观特质》，通过对上古传世的医经文献的梳理，由"气"的集合来论中国人的原初性身体观——他称之为"流动的身体"，认为若依从西方现代生理学知识衡裁一切，难免会对古代中国人的心身理论产生误解。池田知久的《马王堆汉墓帛书五行篇所见的身心问题》，则将身心关系问题提到人如何在这个世界获得主体性的高度。尤其是汤浅泰雄的《身體：東洋の身體論の試み》一书，20世纪70年代出版（中文版题作《灵肉探微——神秘的东方身心观》，马超译，中国友谊出版社1990年），它引入日本传统哲学与美学，如和辻哲郎和西田几多郎的肉身观，还有印度教与佛学，又结合神经生理学、精神分析学与存在主义哲学，对东西方的身体观作了比较。认为西方重视身心关系，通过理性思考得到结论，而东方如印度，重视技术臻美；如中国，重视生活亲证，要之，皆更关注在由"体行"而让身心变得和谐，故认为身心问题不是简单的理论问题，而是更关乎人存在的实践问题，并还能从能剧理论和茶道文化中得到相关的印证，不能不让人佩服。他在《"气之身体观"在东亚哲学与科学的探讨》一文中，对东方身心观的"感觉—运动回路"、"情感—本能回路"，以及作为无意识的准身体整合系统的"经络回路"的分析，在在可见日本人特有的细腻；而由古代医学文献的内在脉络入手的研究方法，也一如栗山，显得深切著明。相比之下，西方学界如文树德（Paul U. Unschuld）、安乐哲（Roger T. Ames）、费侠莉（Charlotte Furth）等人的研究固然也有胜义可采，但个人读来，总觉得隔着几重公案。

再反顾此间许多的研究，仅就经典与精英思想讨论哲学与文化，不知从社会史、生活史或医疗史等专门史的角度切入，结果前人思想中许多精深的意蕴及其丰富面相，至今未得彻底的彰明。譬如，推原《尚书》《左传》之言"身"，《素问》、《灵枢》之言"气"，先秦诸子以下，庄子对形在之身的否定，管子对长德为身的强调，特别是儒释道三家关于"身心一如"与

"无身以为身"的论述，可知传统中国人关于身体的讨论，足以构成与西方对话的别一种系统。再如，栗山引博德与何炳棣关于中国人重植物甚于动物的观点，说明中医之望色重"华"与植物意象的关系，也足以让人想及传统哲学心性理论中的相关话头与命题，如朱熹论"性之四德"之"根，本也；生，发见也"，"性之四德根本于心，其积之盛，则发而着见于外者，不待言而无不顺也"之类。又因为这种哲学观念与文学观念的关系自来密切，再想及古人论人与论文多生命之喻，如韩愈所谓"本深而末茂"，白居易之"根情苗言华声实义"等等，是不是能有更多别样的发现？

遗憾的是，类似这种深入的讨论还未见于当下的学界。身体观的研究因属初起，相对而言更不免肤泛。触目可见的是不明分际的单向格义和两两相对的硬性分疏，如以西方为知的活动而中国是悟的活动，希腊是二元论、化约论而中国是整体论、有机论等。看似简明整赡，其实武断而悖情。有鉴于此，如栗山等人立足东方元典，在中西文化互通的背景下讨论身体问题，"一方面提出了触摸方式与观察方式之间的相互对应，另一方面也提出了言语和聆听方式之间的相互对应"；既"强调了身体认知与个人认知之间密不可分的关系，也凸显了自我认知与时空经验之间的相互影响"，就不唯能增进专业的认知，也大有方法论上的借鉴意义。

说到底，人的初始认识就是他的出生，这个认识的基本场景不脱身体,这一点日本人最是了解。所以,他们认为对身体语言的释读和身体观的研究,进而对修身哲学乃至整个传统哲学的身体向度的重视,应该是中国哲学与文化研究的题中应有之义。这样的日本教授不知你觉得怎样,反正我很佩服。

幼稚的力量

自20世纪80年代以来，日本的"可爱文化"在亚洲年轻人中可谓赚足人气。以后因巴黎现代美术财团的专题展览和哈佛东亚研究学者的集中研讨，它在欧美也声名鹊起。后者并用"CUTISM"一词来归结其影响力，这使得原本简单的时尚潮语，有了与DADAISM（达达主义）和CUBISM（立体主义）一样不凡的意义。

在日本国内，率先对此作出研究的是明治学院大学的教授四方田犬彦（YOMATO lnuhiko），他五年前出版的《かわいい论》（中文版《论可爱》，孙萌萌译，山东人民出版社2011年）篇幅不大，但由"可爱"（かわいい）的词源说起，讨论了该词的历史变迁，及其无法在外语中找到对应的特殊意指，大致勾勒出了"可爱文化"由形成到扩散的全过程。让人印象深刻的是，作者虽用拟议商榷的口吻，说出的却是自己确信不疑的判断，那就是这种文化足以与11世纪贵族的"物哀"美学、13世纪诗人的"幽玄"美学，以及16世纪茶道所讲的"闲寂"和18世纪艺妓所重的"粹"相比并。他把这种文化称作"21世纪的日本美学"。

这一判断乍看并无不妥，因为自20世纪80年代以来，"可爱文化"在日本确实喧腾出很大的动静，并以动漫、影视和AV为载体，无远弗届地侵入到日本人生活的方方面面。其中受影响最大的当然是年轻女性，她们争先恐后地追逐一切可爱时尚，并为了尽可能地与之趋同，不惜在休息天也坚持穿校服，着不甚方便的洛丽塔服或公主装，乃至用童音发声，仿儿童体写信。严格地说，在将Hello Kitty玩具和心型假钻挂饰奉为最爱的同时，她们是拒斥其他一切趣味的。所谓不是同好，即为异类。凡此种种风气的孕育，连同匪夷所思的出格表现，作者书中远没有道尽说透。

如此疯狂延烧的结果，是在新千年催生出一种次生态的"萌文化"。它指的是人对一切可爱物事所怀持的情不自禁的深深爱恋。对此，书中照例只是借着对东京"萌地带"中腐女、同性恋和同人志的介绍，作了简单的描述。所揭出的女性"好萌"是为"确认自己归属于某个小型亲密共同体"一说固然可以成立，但对"萌系"一族如何"好萌""卖萌"，如何说着"萌词汇"，追求"萌点"，投入"萌战"，然后渴望"被萌到"的"萌心理"的诸般各色，仍语焉不详。对这个发端于秋叶原的"ギャル言葉"（小女生用语）何以成为2004年、2005年全日本第一潮语，并蔚为庞杂炫目的"萌学"，渗透到日本人的日常生活，成为催生"萌家电""萌寺院"，乃至"萌产业""萌经济"的重要推手，更没有谈到。

还有，作者似乎认为，"可爱文化"更多属于"少女文化"范畴，男性对此并不怎么迷恋。这个判断也很可疑。不说依常理推断，如果男性不好"可爱"，女性没必要争着扮"可爱"。即就事实而言，相当多的男性本身也痴迷"可爱"，甚至就是"卖萌"一族：不仅在生活中好用卡通手机贴纸，好往挎包上挂毛绒玩具，还时不时地上美容院修剪眉毛。诸如此类的风色与情调，其妖娆妍媚，有时丝毫不输于女性。而所谓"萌心理"在很多时候，正是指男性对"萌系"所产生的钟爱情愫。这种情愫还转移投射到男性生活的各个方面，以至于从电器产品说明书，到经济类专业书籍，都出现了可爱的漫画附图。甚至近些年，日本各地警察所也打起了"可爱"牌，自卫队的征兵广告也推出了"可爱版"。所有这一切，迎合的都是男性的"好萌"心理。

要之，从痴迷者的年龄与性别看，"可爱文化"不仅覆盖少男少女，就是老年人也被认为唯"可爱"才有幸福，此所以，热门女性杂志如《JJ》会特别提出"成人可爱"这样的命题，许多老人在生活中也注意尽量地扮嫩卖乖，以拉近与年轻后辈的距离。作者书中引了社会学家上野千鹤子对这种现象的批评，但没有点出这位东大教授的女权主义身份，以及她的批评不是基于一般意义上反功利,而是认为这种假扮"可爱"其实是女性"行使媚态的催情包装",目的无非是想继续依附父权制的社会框架,扩张自己的生存空间。这种犀利的批评,和她一贯坚持的女性"别困在女人这个角色上"的主张是一致的。但对类似"可爱文化"的跨年龄投射问题,书中并没有展开讨论。

而从痴迷者的认知与识别看,"可爱"的意义边界越到后来,越被放大至常理与常识之外,甚至近乎成了万能的神话与魔咒。譬如,儿童或少女的娇柔纤弱固然是"可爱",但后来,连阿婆的老古板与上司的大肚腩也被认为是"可爱"了。更有甚者,许多让人感到恶心的东西居然也"可爱"起来,以至表示恶心的"きもい",可以与"かわいい"组合成"きもかわ"一词。诚如作者所说,这个词的本义非指因恶心而可爱,或即使恶心也可爱,它们相互牵引,彼此依存重叠在一起,表达的是一个更复杂的意思。当然,这方面的语词表现不仅以此为限,还有类似"ふずかわ"这样的表达(丑得可爱),本来也是我们想从书中看到的。

但上述种种,仅属于论说上的不详尽与不周全。让人感到不能餍足的,是书中缺乏对这种文化背面的揭示。由于主打"可爱"的动漫文化在全球范围大行其道,带出的经济效益更是可观,故近年来,日本社会从民间到政府,出现许多打造"可爱经济",用"酷日本"(Cool power)输出国家软实力的讨论。继国土交通省用凯蒂猫充作旅游亲善大使,外务省也推出了由三个高中女生担任的"可爱大使",其形象造型就取自原宿街头常见的"小太妹"。而全日本各都道府县推出的吉祥物,Logo的创意也无不主打和贴合"可爱"一路。或许正基于此,作者对这种文化的发展前景颇为看好,评价也相当正面,有些议论更透着整体上的自信与乐观。2007年,台湾天下文化推出陈光棻译本,书名题作《可爱力量大》,似是受了这种乐观的感染。但问题是,这是一种正面的力量吗?

日本人的习惯,是什么都喜欢说"力"。前一阵渡边淳一讲"钝感力",说的是一个人倘若迟钝木讷,反不易为外物所伤,反而能韧强持久。更前一阵则有村上隆讲"幼稚力",他在2003年发表了《幼稚力宣言》,对自己深受动漫影响、专注于"御宅族"文化的后现代艺术观作了大胆率直的发扬。他还自创日式英语"Superflat",来指实个人基于二维平面创造出的"超扁平"风格。由于这种风格带有明显而强烈的"可爱"元素,被许多艺术批评家奉为"可爱文化"的代表。其实他真实的意思,是想表达对日本大众文化的贫瘠与无深度的否定,还有对战后日本不能自己负责任做决定的幼稚与脑残的讽刺。但遗憾的是,许多日本人根本不识其意,只是借用"幼稚力"三字一味张皇,以为越是幼稚越能形成力量,或唯有幼稚才能形成力量。本书不唯对这种"幼稚力"的真意及其与"可爱文化"的关系未作评述,就是最一般的介绍和讨论也没有。这似乎在提醒人,作者缺少对后现代背景下大众文化所包含的复杂性的深刻体悟,进而对这种文化背后所隐藏着的社会问题也缺乏本应有的足够认识。

这种文化背后的社会问题,就是日本人整体性的自我封闭,不想长大,以及由此造成的内聚力涣散、学习力下降和责任意识的缺失。而所有这些问题都可以从这种"可爱文化"的流行中见出端倪,或者毋宁说,正是这种弥天彻地的"可爱"风潮,造成了今天日本社会的向下沉沦。

值得拿来比较的是,这样的判断同样是由日本人做出的。有鉴于今天日本社会,年轻人都希望滞留在十九岁不再长大,即使长大也不想成家,即使成家也不过想用"无性婚姻",自我安慰地应付"无缘社会",结果,超过61%的男性与49%的女性无交往对象,超过50%的适婚男女不愿有交往对象,然后高达70%的男男女女在"可爱商品"中寻找心灵慰藉。一些日本人产生了强烈的忧患意识,他们认为这样纯粹的幼稚背后并没有另类的文化含义,根本不足以构成对社会规则的抵制与反抗。即以对"可爱商品"的追捧来说,整天沉溺于这种动漫游戏、书籍饰品,或以收藏和交换"可爱玩具"为乐,以至专门面向成人的玩具占整个日本玩具市场七成,十八岁到六十九岁的人中,84%的人至少有一个,50%的人有二十个以上。玩玩具之于有些男性就如英国儿童学家温尼考特(D. W. Winnicott)所说,简直成了一种"过渡性客体",用以替代他们对母亲执拗的臆想,这不是典型的幼稚甚至弱智是什么!

对此，作者虽有触及，如引入 80 年代末内田春菊的漫画《小南的恋人》，提出它其实是后来拿着模仿美少女玩偶以体尝遁世快感的"御宅族"的先声，但可惜没有更进一步究明，对"可爱文化"的痴迷如何就意味着对不可爱现实的逃避。事实是，结合许多男性"御宅族"因动漫中女仆的"可爱"形象而频频光顾秋叶原"女仆咖啡店"，听其温柔地唱诵"您回来啦"的曼调；或造访"熟女宅""晚间水月"这样的风月场所，希望借那些成年妓女饱看世事的阅历和言谈，来缓释个人的内心焦虑；乃或求助专门的中介公司，从其代为物色的拟似自己母亲的女人身上，获得"昨天再来"的心理代偿……凡此种种，就连痴迷"可爱"的女性都觉得幼稚到"八嘎"的举动，本来正可以照见其内心的脆弱与不成熟。但每每写到这种地方，作者都打住了。

对照庆应义塾大学教授、评论家福田和也《なぜ日本人はかくも幼稚になったのか》（《为何日本人会变得如此幼稚》，角川春树事务所 1996 年）一书对日本人精神倦怠和堕落的揭露，就可以体会到两者的不同。在书中，福田说得何其沉痛。原其大意，如果幼稚不是缺陷而是"可爱"，那么人真没有理由要求自己必须长大。而日本青少年研究所所长千石保《まじめの崩壊——平成日本の若者たち》（《认真的崩溃——日本平成年间的年轻人》，サイマル出版会 1991 年），对产业社会向消费社会转化过程中，年轻人的不耐秩序与过求享乐也深表忧虑，认为

这种追求是传统社会价值观堕入"冰河世纪"的罪魁祸首。小说家清水义范甚至专门写了《大人がいない》一书（《大人的消失》，筑摩书房 2006 年），断言当日本人统率世界的"幼稚文化"，制造出越来越多的"可爱商品"，也就意味着它真的成了一个没有大人的国家了。这里的"大人"既指生理年龄，更指心智的成熟。

最为人熟知的当数大前研一，在 2009 年由光文社推出的《知の衰退からいかに脱出するか？》（中文译作《低智商社会》，千太阳译，中信出版社 2010 年）一书中，他痛感年轻一代的无欲望，不上进，轻学习，弃思考，称这种只关心周遭三米以内的事情，只知道消极逃避，无责任感的现象为"白痴化"。由其总结的种种"笨蛋现象"，从经济文盲、官员弱智到肥皂剧走红与恶搞成风，许多人拿无知当个性，以至于词汇单一，言语粗鄙，有一些正是被这个社会认可为"可爱"的。他以为这就是问题之所在。

说起来，喜欢小动物乃至一切有幼体特征的东西，原是人的天性，以致成年人也会不同程度地在内心残存某些年少的特征，此即奥地利比较心理学家、动物习性学创始人康拉德·洛伦茨（Konrad Zacharias Lorenz）所说的"幼体滞留"。但在当下的日本，丢弃严谨内敛与认真好学的传统，仅以幼稚为可爱，进而将天真降格为愚蠢，并且整个社会的氛围不断在提醒与规训人——你必须在内心放大和强化这种"可爱"偶像，并尽可能地在潜意识中与之同化；你必须先幼稚白痴起来，才有可能成为这个社会快乐的一员，这是怎样可怕的社会！前年十月，《读卖新闻》社在全国范围内组织过一次读书大调查，结果显示，高达52％的受访者月内一本书都没有读过，较之二十九年前，攀升了整整十四个百分点。有鉴于"读书大国"风光不再，国会参众两院特别决定，当年为"国民读书年"，但结果如何呢？依旧是漫画书一枝独秀，有的"远离活字，弃书投网"，只依赖电玩，连漫画纸书也懒得碰了。对照2001年就通过的"儿童读书活动推进法"，2005年又启动的"文字·活字文化振兴法"，有识者感到深深的无奈。所以，已有日本人指出，如此"卡哇伊"下去，总有一天会变成"哭哇伊"（日文"怖い"，即可怕）。

相比这种冷峻的观察，作者所作的"全世界都被'可爱'淹没"的判断有些过于乐观了。事实是，许多异文化的观察者只是诧异，在他们的意识里，尼尔·波兹曼《童年的消逝》一书对传媒技术导致的儿童与成人界限的消失，以及成人的儿童化，很可以用来说明眼见的一切。不仅如此，就是东亚的学者也如此。在作者认为深受"可爱文化"影响的香港，明报出版推出的刘黎儿《日本现在进行式》，讨论的也是"日本社会幼稚化加速"问题。这些都比本书更能增人思考。

当然，考虑到作者专攻电影史，在书的"尾声"及"后记"中直承"有些东西我还没写，有些问题如果能够深究的话就好了","对当代的少女文化还没有充分的知识储备",对"御宅族"讨论的话题"毫不关心",加以洒脱烂漫的个性,过重实地走访和问卷调查带来的现场感与趣味性,我们可以原谅本书学理的不足和议论的粗疏。或许,结合稍晚出版的樱井孝昌的《世界カワイイ革命》(《世界可爱革命》,PHP研究所2009年)和古贺令子《かわいいの帝国》(《可爱帝国》,青土社2009年),此题的诸多细节才能得到更详彻的说明。尤其是樱井,作为作家兼平媒制作人,又是外务省流行文化顾问,"可爱大使"的动议者,他对"可爱"何以成为世界共通语的分析似乎更加专业,对类似巴黎少女何以想成为日本女人的解析也更加深入。

最后,还想深究的是日本人之所以痴迷"可爱文化"的历史—文化背景,借用作者的表述,就是"可爱"究竟是不是"日本独有的特殊美学"。对此,书中照例浅尝辄止,只是借岩渊功一的话,称它大抵可归为"毫无日本气味的日本文化"。

但这仍然是似是而非的皮相之论。我们承认,在日本以"可爱文化"名目向世界传播的大部分事物都是由大众文化发展而来的,但却不能同意它与日本的文化,以及由此文化凝练出的国民性无关。在讨论日本人对"缩小"的情有独钟和善于发现"未成熟之美"时,作者谈到一点"可爱"与日本文化的关系,让人想到西方文化崇尚永恒、壮观和成熟,日本文化崇尚谦逊、纤弱和童真这类老生常谈。有意思的倒是他引自己专业上的同行、在日本住了近半个世纪的美国影评人唐纳德·里奇

(Donald Richie)的话——因为喜好带有孩子气的不成熟之物，日本人常会故意向周围投射自己的幼稚形象，用来引起他人的注意。正因为如此，麦克阿瑟才会说"日本人都是十二岁的国民"。

这让人想到20世纪70年代精神医学家土居健郎所写的名著《甘えの構造》（《娇宠的构造》，弘文堂1971年）。他指出几乎所有日本人都对母亲有一种终身的依赖，这是日本人独有的特性。以后，这种特质还影响到日本的人际关系，造成即使在公司内部，也产生一如"拟似家族"的感情连带。这就很可以解释，为什么在日本，下属在上司面前扮"可爱"，上司会不以为忤，而同僚也都觉得正常。并且，如果说早先他们是用这种孩子气的幼稚来克服近代化激变带来的精神焦虑，现在则已经全然转化为对景气不好和世风冷漠的策略回应了。"甘え"常被解释为"娇宠"或者"依依爱恋"，这种情愫其实就是今天年轻人钟情"可爱文化"的心理基础，也是全体日本人每当不能或不甘用"高雅""美丽""酷"来赞美对方，就会用"可爱"一词来掩饰真意的根本原因。尽管对方未必接受，但对方投入的那份娇宠与爱恋，你很难拒绝。

其他如精神分析学家小此木启吾在《モラトリアム人間の時代》（《精神准备期人类的时代》，中央公论社1978年）一书中也指出：其实每个日本人内心都深藏着被表层社会意识所否定的母性，这个母性支撑着整个社会的运作，而所谓的"男子气概",不过是一种被母亲称赞爱怜下男童稚气的自恋心理而已。所以,研究母性社会与日本社会病理的河合隼雄才会说,倘用"女性之眼"而非"男性之眼"看日本民间的传统,就会发现日本人的自我是更接近于女性的,纵使有社会制度中父权的一味掩饰,都难以遮蔽这种特质。日本人在接受"可爱文化"的驯化时,之所以全然不觉其艰难,女性自不用说,即男性也如此,其间的原因可谓不言自明。

再想想日本文学中无处不在的消极抵抗下的偏激与变态,背后往往有孩稚般的任性与促狭;还有今天身边许多对女性出奇冷漠的"草食男",背后往往有对母亲强烈而极端的依赖,我们的感觉,想要掩去"可爱文化"的日本身份几乎是徒劳的。但作者就想突出这种文化的"无气味性"和"席卷世界"的可能性。这种不无娇宠的执拗夸示,其实恰恰是对上述文化特性的自证。尽管在作者本人,可能还没意识到这一点。

渡边淳一的幻觉世界

渡边淳一向来认同这一点，即文学是人类求证其自由本质的方式。这种自由既包括行为选择的自由，更指向人内在精神的自由。所以他向人展开的文学世界，几乎是一个听由人任情出入的虚拟世界。这个世界只有一个主题，就是爱，这种爱虽与现实大有关系，但一旦从其笔下发端，便与实有的生活样态相隔绝，不但有自己独特的呼吸，还有比现实更合理的节奏和逻辑。

与村上春树多写年轻人的爱不同，渡边淳一的小说大抵以表达中年人的爱为主。并且这种爱与一般人所遭遇的不同，多是一种陷在危机和困境中的爱，是肉体挣脱灵魂看管后的冒险和放诞，所谓"畸恋"或"不伦之恋"。故从《一片雪》到《失乐园》，几乎每出一种，都构成对人视觉和道德的挑战。几十年来，人们不断地究问他为何坚执于这样一种写作，但他只是我行我素，不愿做太多的说明。显然，这已不是用率性而为就能解释的事了。

在这方面,他有自己恒定的理解。在他看来,人们惯常所见到和所经历的生活是僵硬而乏味的,它束缚自由,汩没灵性,展开过程又每每与真爱的变异和失落相伴生。所以,他竭力主张人应勇敢地抵抗这种乏味,乃至一夫一妻这种合理不合情的制度安排,并既不惮于承认自己在生活中有真实的抵抗,更在小说中对此一主旨作倾力的铺排和大篇幅的发扬。由于深知人世间潜在的非伦理欲念用理性的方式去处理往往行不通,所以创造让这种欲念得以倾情演出的虚拟世界,就成了他写作的基本选择。从这个意义上说,他称得上是一个多情且深于情的人,没有人比他更耽美,也因此,似乎没有什么小说比他的小说更唯美。

不过,尽管如此,这次他的新作《幻觉》(李迎跃译,上海译文出版社 2005 年)还是让我们感到了接受的困难。小说写的是父女间的不伦之爱。三十六岁的精神科医生冰见子才高貌美,天生一副目中无人的样子,却接纳了一个平庸的男护士对自己的绮思,并进而委身于他。但不久,护士发现她有谜一样的身世:她在父亲死后一人独居,而与母亲长期失和;她并不像人想象中的那样自爱,而与各色人等乃至妓女约会;她对病人有选择地予以加害,以致最后惹上官司,为求解脱自缢而死。而她所有这一切的自暴自弃,居然都起因于早年与父亲的不伦关系。因为这种不伦之爱在日后长久而持续的影响,使她根本无法接受新的感情,展开新的生活。这里要特别说一下的是,那个被她加害而死的病人,也十分喜欢自己的女儿。她对这样的男人,怀有太复杂的感受。

作者对冰见子父女的不伦之爱显然是心怀同情的,甚至还可以说是欣赏。虽说小说中父亲从未出场,但因有平庸至于委琐的男护士的反衬,其超凡的魅力仍呼之欲出。正是基于此,冰见子情愿背对世界,到另一个时空歇脚的孤冷性情,让人觉得很可以理解。不过即便如此,读者仍然有理由发问:难道值得投入就可以投入吗?进而,值得同情就可以放任同情吗?

这就不能不说到一种文化的深刻影响了。我们知道,日本是一个崇尚神道的国家,历史上神道对性与爱大抵是持一种开放的态度的。加以平安时代,从中国引入真言密教以染达净的观念,再经由江户时代好色风尚的推动,形成整个民族对性爱普遍能持一种宽容的态度。只要看看民俗学家赤松启介的"村落共同体与性规范"调查就可知道,一直到昭和初年,这种烂漫的性爱,乃至互换性伴与"杀全家"(即乱伦)仍风靡列岛。不仅如此,它还影响到日本人的审美观,并在以后造成了性爱主义文学思潮的风行。渡边所钦佩的谷崎润一郎及佐藤春夫、永井荷风等近现代唯美作家,都不同程度地受到过这种思潮的影响。

还有,日本自古就有姐弟或兄妹圣婚创造岛屿的传说,《宇治拾遗物语》第五十六回,《今昔物语》第二十六卷第十话,也记载有土佐妹背岛的传说，说有对夫妇，装着稻苗、食物、农具、锅釜及一双儿女，坐船前往有水田的村子，上岸后卸下货物，却忘了孩子，不久狂风大作，海水暴涨，小船被冲进海里，漂到一座无人的荒岛，兄妹二人就这样在岛上生存下来，不仅造房垦荒，还生儿育女。神话传说与民间故事如此，历史上这样的事情还真比比皆是，如仁德天皇（大雀命）与八田皇女（八田若郎女）就是同父异母兄妹婚，天智天皇和间人皇后则是同母异父兄妹婚。这就更使得日本人的爱很容易漫过伦际的边界，归附于性与情的指引。

至少对唯美作家来说是这样的。爱是十丈软红中唯一的意义，是夜夜盗取情人的美丽。它仅关乎爱本身，而与家族或公共身份无关；它仅关乎人的自然本性，而与社会的道德伦常无关。没有爱，人生便不过是一场浪费。真所谓生有何欢，死有何惧？所以，北村透谷会说是先有恋爱再有人生的，没有爱就无所谓人生。小说中的冰见子对于死亡有出人意料的淡然，也正基于这样的认识。她生命的角落里蜷缩的全是对父亲的记忆，她凄淡的心光不为映照人生的原象，而仅为对父亲的爱而闪亮。为此，她的身体与心都醉过，以致当因着某种机缘，再端起欢场的杯盏，就只能是酒留舌底，而渴在心头了。她的感官一次次地看到人生表面的欢娱，心底全是生命根柢处泛起的苍凉。一如穿过樱海构成的霞障，她眼见的只是赤红的月亮，再没有其他。

应该说，小说对人物的刻画是精细的，小说的氛围也让人想得到日本民族"幽玄""妖艳"和"寂灭"的意境。稍感不够的是，比之《失乐园》等作品，作者没有给我们展开人物生活在其间的更广阔可信的背景，因此尽管这种有违伦常的情感在日本社会有其真实的原版，且上个世纪以来，小说如吉本芭娜娜的《N·P》、电影如《女教授东乡和她的助手》等也已有过表现。尤其是前者，以英国人 Mike Oldfield 创作的一首反映囚犯内心悲哀的老歌，来隐喻一种试图从压抑空间中解放出来的幻想。该曲收录在音乐家 1987 年出版的专辑《岛》（*Islands*）中。小说标题就是歌名"northpoint"的缩写。这是个真实的地名，那地方也真有一座灰色高墙筑成的监狱，不过在这里，全被她移用来表现因与外界隔绝而备感压抑，因与他人隔绝而难以融入社会的深重苦闷。那种心灵闭锁的状态，直指日本社会的痼疾，体恤着日本人无比柔软的内心。但《幻觉》在反映日本社会的宽度和深度方面，让人觉得就稍稍稀薄了一些，以至于有一种尺水兴波、寸山起雾的空无感。想来，深陷在现代社会苦恼中的人们，情感世界经常是支离破碎的，人生视境也不可能完整，让他或她在抽空了生活复杂性的凄美空间中，抛开现实的拘限，回到看见对方的第一眼，并由此痴迷下去，一念不生，终究是太过困难。所以，从某种意义上说，小说似不可能做当代人精神失落的启蒙，而适足成了其规避焦虑与迷失的祷文。

至于小说中的性描写，基本上可以认为是必需的，因为它是先被作家的情感征服后再收容于作品的。但也不是说不可以有别一种写法。法国诗人瓦雷里说，"大多数情侣对于对方思想的陌生，就像他们对对方身体的熟悉一样"，我们在小说中那个护士与医生的交往过程中，就看到了类似的尴尬。当然，作者这样写有用以渲染女主人公诡秘性格的考虑，但有没有出离真爱的范围呢？或许有些出离吧。

芥川奖中的女孩

近些年，接连几届，芥川奖都颁给了二十岁左右的少女作家，从金原瞳、绵矢莉莎到川上未映子和青山七惠。如果再扩大到其他奖项，则第42届日本文艺奖颁给十五岁的三并夏，更创下获奖者的年龄新低。此间年轻人，因这些作者才华出众，个性特异，大多甘为其忧伤而浪漫的文字俘获。其实，它们栉沐的是别一种传统，有时不加识别地拿来作自己的代言，难免扞格难通。

这个传统就是大正时代流传下来的"私小说"（わたくししょうせつ）。受平安时代女性日记的影响，这种小说通常以第一人称，写一己生活的体验，所以又称"身边小说"和"心境小说"。至于之所以涵盖整个日本近代，成为纯文学的代表，除岛国封闭狭隘、习俗高度同质、情感体验细腻内倾等原因外，明治后西学传入，特别是托尔斯泰、陀思妥耶夫斯基全集的译介，以及卢梭《忏悔录》出版造成的基督教"忏悔文学"的影响，也是一重要因素。要之,它以法国自然主义文学为精神教父,又贴合着日本人特有的"物哀"传统,所敷演的以暴露个人真实情感和内心欲念为主旨的性情文学,对日本人来说有着特别独到的纯美意味。

一直到战后,几乎所有日本现代作家都受其沾溉。从田山花袋、德田秋生到谷崎润一郎,乃至我们熟悉的三岛由纪夫和川端康成,虽服膺不同的文学理想,都承认其揭出的一个道理,即人性的真实不在公共面而在私人面。对这种人性背面的真实开解,成为其创作的根本与真髓。此后,日本小说进入到不一样的发展时期,许多批评家以为这是"私小说"的终结。但从70年代古井由吉等"内向一代"重拾表达个人生存状态的写作路线开始,到90年代柳美里、津岛佑子等女作家再取私人化的叙事姿态,及至大前年野间文艺新人奖得主西村贤太称自己为"私小说身后弟子",所有的一切表明,根本没有什么"私小说"的终结,也无所谓这种小说的"复权",对绝大多数日本人来说,它压根儿就没有离开。

当然,因世代变化,当它再一次出现时,面目已经有了改变,变得时尚了,后现代了;又因作者的年轻,不失一份纯净与透明,即使自我暴露也是如此。本来,通过暴露个人内心最卑贱阴暗的欲念来获得感性叙述的纯度,是"私小说"最重要的特质。金原、青山等人聚焦个人的内心,通过对潜意识中种种复杂思虑的梳理,以及连自己都不能理解和控制的种种言行的咀嚼，将青年人不知怎样解脱的生存困惑，真切地传达了出来，其间所采取的正是"私小说"的惯常写法。

只是真切不一定就深刻。譬如金原的《裂舌》（秦岚译，上海译文出版社2009年），乍看惊世骇俗，其实在同龄人眼中不过是达到某种级别的"身体改造"而已，远够不上惊悚级。而我们的认知，作者是想通过身体的疼痛来获得存在的实感，并借以摆脱情感的饥饿与无着落感。唯其如此，她笔下有数的几个人物，极端处全在形式，而最终的情感诉求都很传统。自称"文笔歌手"，"擅长睡觉"的川上，其获奖小说《乳与卵》（杨伟译，上海译文出版社2009年），题名一如前者，乍看颇能骇俗，内容也不过是写一对单亲家庭的母女，各自纠结于自己的生存困惑的一般情事，母亲希望通过隆胸重树自信，女儿则充满着对将要到来的母亲般的未来的怨恨与不甘。至于青山的《窗灯》（竺家荣译，上海译文出版社2009年），与其获奖作《一个人的好天气》（竺家荣译，上海译文出版社2007年）之探讨异代和同代人的沟通困难一样，也只是试图通过偷窥来填塞个人没有对应的情感孤独。并且，与"身体改造"是新名词，换作文眉或刺青就容易理解一样，偷窥本是人的原始好奇，狭义如听房、揭隐私，广义如读传记、看电影都在其列。作者在这里，不过是用它来征象泡沫经济破灭后，新一代脱序的日本人无所依托的内心焦虑与适应不良而已，因为日本的礼俗和文化素重一"絆"（きずな）字，即亲情的连带与人际的和谐，可是因生性内向，大多数日本人事实上又很难做到这一点。故内事不决，不愿找人倾诉；外事不决，不敢添人麻烦，现下的发展更是如此。所以，小说对偷窥的直言无隐，实际上是作者应对老旧而平庸的人际联结，进而想摆脱让人产生隔阂与漠然的习俗整塑的另类表达。

其间，所有的寂寞无助与自我暴露，包括逆行在体内的莫名冲动，停顿在舌尖的忘情欢呼，还有所知有限而预感无穷的潜意识里的种种体验，都与青春有关，并与青春期特有的绝望与反叛相应。譬如，它的主人公大多没有职业，或是没有固定职业的"飞特族"，更谈不上事业；又基本上没有朋友，更不要说固定的社交圈。她们很少与人有确定的关系。这种无着无落的感觉，自由到失重的漂浮状态，其实就是作者本人生存状态的反映，它决定了小说不可能展开宏大而复杂的人物关系。并且事实是，她们也驾驭不了这种关系。而用身体符号迎合感情，用等待与偷窥寄托绮思，诸如此类对异性的想象与处置，更是其青涩心理的直接流露与见证。

我们无意于否定这种青春记录的价值，只是说，比起之前"私小说"大家纠结甚至病态的精细刻画，它在深刻度与力度方面实在差得太远。看看田山花袋《棉被》中主人公对女性的畸恋，那种蒙着带有对方体香的棉被失声痛哭的惊心动魄，还有谷崎润一郎《键》所写的那个找人来诱引太太的男人，他借此重新燃起的欲望之暴烈与疯狂，就可以知道，在文字中将自己撕开得多彻底,其实正可见出这个僵硬的社会将人性桎梏与扭曲得有多彻底。包括他们写的那些为了爱而"虐杀",为了不爱而曲承"受虐之美"的诡异的宽让,以伊藤整和平野谦的定义,"调和型"或"破灭型"的交替往复,将三岛由纪夫所说的"所有日本人都是反常的"各色诸般,连同这个社会的惨淡世相,揭示得题无剩义。这些,在上述青春书写中都看不到。更不要说日本文学史上纯正的"本格小说",它们那种对人性的揭示和对生活的批判了。

所以我们认为,它们虽然真实,如定居日本的作家罗格·普尔弗斯所说的那样,是当下日本社会难得的自白式的文学样板,但这个样板所反映的生活面与所抵达的人性深度是非常不够的。有时一种青春的迷茫无因而起,并不植基于生活的逻辑,真所谓自且不解,安望人解;一种生命的痛苦似乎难以绕开,但认真思量,原来迈一步就能走出新局,根本无需精力耗尽后不得不放弃。凡此种种,都与作者缺乏生活的实感有关。所以上一代的作家,以更日本式的谨重与保守,会觉得这样的小说不仅"令人不快",简直"无法忍受",同样获得过芥川奖的石原慎太郎就这样说过。再以青山为例,她的《一个人的好天气》总是写一些不善与人沟通,最后只得与同性打交道并偷窥异性的失败女性,如她自承,正与她本人因怕烦而不愿投入生活的人生态度有关。至于有些被人看好的作者如山本文绪、村山由佳,虽年龄较长,更以写"轻小说"(ライトノベル)见长,然后凭直木奖走上文坛,其注重故事与画面感,以图文书的套路经营小说,就更可想而知了。

如果这些作者要走得更远,就必须有一个转型,必须自觉蜕去文坛"素人"(即业余爱好者)的青涩,争取深邃的文学传统及有力度的文学表达的加持。虽然依芥川奖规定,一个作者只有在《新潮》《昴》《文学界》《群像》和《文艺》等五本文学杂志上发表超过一百五十页以上的作品,才够得上参评门槛,但这样的写作经历,对滋育一部伟大作品来说显然还太过匆忙。更为重要的是,要能以灵魂深处的自觉介入,来挣脱单纯的欲望主体,重建个人的生命意义。只有这样,她们才会明白,相对于将要进入的那个引人堕落的残酷社会,有时学会如何与自己相处才是终身的功课。早先的"私小说"大师,正是在这一点上做得漂亮,一直到大江健三郎,由他们深刻到让人战栗的灵魂书写,准确而周彻地传达了"日本人内心的精华"。而现在我们看到的,至多是内心琐碎的微澜。其情虽切,色虽真,终究如怀特海所说,属"尚未遭悲剧触动的生命",留予他年说梦痕可也,拿来究诘与回照人性就不免苍白无力。

或许,对于这样的小说,以及当下到处可见的对这种小说的追捧,诸如"抹茶浸润蛋糕的午后时光"之类的诗意况拟,莎士比亚关于"玫瑰色的嘴唇和脸颊,终究被时间的镰刀割去"的谆切教诲,值得再一次被提起。当时间的镰刀割去华伪的生命伤感,那依附在上面的文字会怎样?这个月15日,新一届也就是第141届芥川奖的评选像是给出了答案:四十四岁的矶崎宪一郎以一部探讨回归家庭与事业的《最终的栖身处》,得到了评委的一致肯定。说到底,小说终究应该与更质实的生活或生命相关。

村上的祛魅

对许多人来说,因为有《1Q84》,2010年绝对属于村上春树。日本国内自不消说,有人在书店通宵守候,不眠不休;有人拿到书后席地而坐,一气读完。出版社也做足声势,表示是有读者希望保持一种神秘感,才迫使他们不得已行此"沉默销售",直至创下书未写完就接受预订的出版"异例"。

如今,该书在日本已售出三百万册,除漫画外,只有血型书《自己的说明书》可与之争锋。尤其女性读者,本就努力以"最村上"的方式生活,如组织"村上美食书友会",既依《且听风吟》的提示品评红酒,又按《奇鸟行状录》的方式吃意大利面,此次更推出专门的小说解读,如村上研究会有《村上春树1Q84大解读》,河出书房有《村上春树1Q84该怎么读》。影响所及,连电视益智节目也拿它做考题,以博取更高的收视率。

中国的村上迷也多,天价的版权引进,加上译者之争的花边新闻,诱动人到处找小说的"抢读版"先睹为快,有的则想方设法，四处收罗附赠的明信片。说实话，我们并不认为畅销就是罪恶，但当一部小说引出人受蛊般的痴迷与疯狂，更有的人更拿它做身份与品味的标别，就不禁要问，这是否还是对待小说的态度。而从作者到作品，多个方向浮露出的问题，更让这种疑问变得无法回避。

就作者来说，那样的刻意低调与淡漠，既少接受采访，又不让媒体拍照，以至连自己的同胞都怀疑世上是否真有其人，究竟所为何事？是拙于应世的天性使然，还是故示神秘的自我炒作？因为事实是，关于他的一切，该知道的人们都已知道；无需知道的，如他的作息时间、穿戴爱好等等，人们也都知道。且所有这些还总能与他的小说似有若无地对应起来，不过他本人从不说破也拒绝承认而已。这回也是如此，为配合新潮社的宣传，虽然接受了采访，但所谈大多飘忽，乍一看陈义高远，细加审察，都不落在要害。

就作品来说，充斥着暴力、虐待、邪教，以及各种边缘力量与特异功能，还有自闭与背叛、出走与失踪。这些旧有新出的离奇情节，杂合着恐怖、冒险、推理等元素，密合勾连，最后结穴于爱和性，这使得评论家小野正嗣据此判定，小说实际是一部"爱的物语"。其中最吸引人的地方，如爱知淑德大学教授清水良典所说，是以奇数章写女人、偶数章写男人方式展开的双线结构和一连串匪夷所思的悬念设置。其实，前者虽意在用"并行世界"来征象现代人"统一化人格的崩溃"，但类似的结构方式,《世界尽头和冷酷仙境》中已经有过。后者用小说中天吾的说法,"读者如果直至最后还被置于疑团之中的话,那大概就是作者的意图所在了",这样的布置,在《挪威的森林》中也可见到。反倒是一些章节结尾处的悬念设置有点蹩脚,开始处的回溯交代又有点拖沓。还有一些情节,可从《电视人》的小人设计,《国境之南太阳之西》的短暂握手,以及《遇到百分之百女孩》的重逢渴念与女性主导中找到亲缘关系。此外,牛河的形象在《奇鸟行状录》也已出现,被他投托深意的那个从死去羊嘴里走出来的"小小人",也让人多少想起《寻羊冒险记》。

最主要的是,他特别蛊惑人的情感渲染功夫,让人觉得总该发生点什么,可最后发生了也尽属枉然的眩惑与妖媚,连同充满新鲜比喻的灵动笔致,以及由此调排出的都市迷惘与浮生苍凉,游离、怀旧而感伤的爵士蓝调,都没有变。甚至书名的选取,也继续着混搭和模仿的风格,给人以洋气的陌生感。要之,不但没能如他所说,创设出一种"新的语言系统",反而比以前还略显啰嗦滞涩。对这种文体上的缺陷,日本的评论界径直用"停滞感"一词来指述。早稻田大学石原千秋教授曾说作者是一个从一开始就没改变过自己特质的"稀有作家",但他也不得不承认,当小说进行到 Q3,Q2 中难得的社会描写已悉数退化为背景,整部小说因此成为一部更接近于《挪威的森林》的恋爱小说。

其实,何须专家解读,只要看看"2010 年,Q 的故事迈过了越发幽深的森林"这则新潮社广告就可知道,作者是在重施他最拿手的故伎。当然,这种重复不一定意味着作者才思的枯竭,因为他说了,他写小说的理念与当初开爵士酒吧是一样的,其间,如何保住10%的稳定客人最是重要。我们姑且认为此类表达是出于对固定读者群的尊重。可问题是,这还是他想写的"将种种世界观、种种视角糅合为一体,使之相互纠缠,盘根错节,以期浮现出某种新的世界观来"的"综合小说"吗?自被推许为又一位有实力问鼎诺贝尔文学奖的日本作家以来,人们能感觉到他的变身与转型。此次,继耶路撒冷文学奖上高调宣示"高墙与鸡蛋"的选择后,他向奥威尔致敬,向陀思妥耶夫斯基称臣,接受《每日新闻》采访时更直言对"精神囚笼"的厌弃,对照小说中写到的"小小人"利用"空气蛹"控制人精神,并通过无穷复制支配世界,似乎他的写作第一次有了直接严肃的社会关怀。可实际上,这种关怀只抽象地迎合了西方的主流意识形态。就小说本身而言,从人物、故事到营造出的整体品质,都不足以承载这样严肃的主旨。基于这样的事实,我们不能不指出,在这种"综合"实验中,他对自己以往小说的"综合"是要远多于对人类与人性问题的"综合"的。

也所以,尽管日本媒体将此当做社会事件爆炒,那里的五大纯文学杂志却对小说究竟是一部"杰作"还是"问题作"多有争议。有人认为它体属"阪神间摩登主义"的时尚书写,故多西方文学的"牛油味",而少日本特有的"国民性"(这让人多少想到他初次参评芥川奖所领受到的批评）。更尖锐的质疑来自近畿大学教授中岛一夫和女作家松浦理英子，前者直斥它是"民众的鸦片"，后者更认为这样的写作是"犯罪行为"。譬如他着意描写邪教教主与教内女子的性乱，而天吾的性伴也未成年。我们自然不能武断论定，作者处理这种关系的态度究竟是一种无力的失控还是有意的放纵，但小森明夫在《朝日周刊书评》中所作的小说是"儿童色情小说"的界定，给人一种别样的警示。联系此前评论家川本三郎称其写作虽反映了现代社会"平面符号累积成的无机化感情"，但好将内容隐藏在风格里，甚至以风格取代内容，"而以往作家赖以支撑风格的生活真实感，或有血有肉的感情则荡然无存"，还有松浦寿辉称其作品中没有土地和鲜血的味道，"有的只是媚俗与撒娇的混合体"，"所以读他的小说会有上当的感觉"，我们多少能够理解，为什么看起来那么彻入心腑的绝世纯爱，或哀感顽艳到冬雷夏雪的极端性爱，到头来仍不足以让人有真正的感动，并借来稠情，慰我飘零。相反，书一阖上，竟什么都不留下。

或许，对于创作，并不是将第一人称叙事改换成第三人称，作家的视野就扩大了。也并不是大学时参加过反安保学潮，成名后关注过奥姆真理教投毒和阪神大地震惨状，作家就必然是"现世哀痛"的揭示者了。继《地下》《时代精神的记录》和《神的孩子都跳舞》之后，这些已被他表现过的感性瞬间，其实并没有赋予他更多的力量，我们也看不到他因此而生出的真实的内心愤怒,和人性论与存在论交织下的思想的痛苦。有的只是非抵抗的闷骚,出让了原则的对神秘力量的归服。正因为这样,宗教学者岛田裕才会认为,他不仅没有站在邪教的反面,反而与之有一种暧昧的"共感"。

对照他所礼敬的奥威尔,西班牙战争和"二战"的生活背景,加入左翼并反对纳粹、流亡欧洲的个人经历,所有这些赋予作家对社会下层的痛切体会,让人很容易在《1984》中辨识出一种全然不屈服的精神风骨。它就像刺入集权恐怖身上最尖锐的药针,是作为"一代人冷峻良心"的作家对20世纪文学最伟大的贡献。面对这样的小说,人们每每端读尽卷,毛骨起立。这个,《1Q84》似乎是缺乏的。再对照他所推重的《卡拉马佐夫兄弟》和契诃夫的《萨哈林岛》——如今在日本书店,重新加印的这两本书,像足了《1Q84》的左右护法——也全然不是一回事。尤其是陀翁小说对人类普遍理性、中心价值和永恒意义的深刻探索,通过对宗教、伦理与善恶问题的怀疑与究诘,还有对精神分裂、歇斯底里、杀人淫乱以及与魔鬼对话等的种种描写,一一得到生动的展现。与村上的小说一样,它外部动作也少,但上述非正常状态下人物内心的挣扎,指向的全是人真实的生活,且无不与作家所说的"全宇宙问题"相关涉。尤其是对阴暗丑恶的根源性质疑,让他获得了"揭示俄罗斯罪恶的天才"的声誉,《卡拉马佐夫兄弟》也因此成为其一生探索的总结。你可以称它是社会哲理小说或心理分析小说,其充斥着张力的情节设置与悬念处理,又使它成为一部典型的刑事侦探小说。至若主题不尽统一,既彼此对话又各自独立,更催生了巴赫金的"复调理论"。这个,《1Q84》同样没有。

回到依托纯爱与性爱展开的故事本身,我们还要问,对于两性,只有相爱的人才拥有共同的世界,这一点是否已经改变?如果没有,那小说中人物共同的精神世界在哪里?性的报复与侮辱固然是人性之极之恶,反映它写活它大有必要,但追究其根源,并用善来收容、美来提升是不是更加重要?现在,一味延续"世界旁观者"的立场,笔端姿态摇曳,但人物与故事都任从非生活的逻辑行危驾虚,看似切近,其实杳远,如天吾是一补习学校的合同教师,青豆原在食品公司供职,以后受聘健身俱乐部教练,都是所谓自由职业者,天地不管一党,并其生活的展开,尽是不受社会习俗约束的出入自由,这多少让人感到,作为一个旁观者甚或冥想者,作者对于人的生活实态多少有些隔膜了。从这个意义上说,其飘忽游离的笔致未必是其超迈才性的体现,而恰恰是其长期置身在外、力所不及的藏拙的表现。

此间一些已读完 Q1/Q2 的读者说:其实小说让他们想到郭敬明。有意思的是,恰巧批评家藤井省三也说:"80 后"作者都是村上的"继子"。但让人遗憾的是,更多的年轻读者还是被作家抚慰得很舒服,对小说纯熟圆巧的结构体调崇拜得一塌糊涂,并不知不觉堕入一种虚幻的境地,以至真的相信作者具有灵视,然后在其灭烛谈鬼、望月说狐的出神入化中,失去了对人性和世界的关怀。联系石原千秋教授对其俨然成为这个时代的夏目漱石,一个大学生不读其作就意味着没有教养的反感,还真让人警醒。记得卡莱尔曾说过:"大凡伟大的艺术品,初见时必令人觉得不十分舒适。"如果这话是对的,那我们不能不说,《1Q84》太流畅好读了,一如他以往的小说,去日本化的语言和欧美风的音乐,都是全球化的通行门票。更不要说,他笔下的 Hugo Boss 西服和 Givenchy 连衣裙,如今都已穿在我们身上;法国酿的红酒和意大利面,也早已到得我们嘴边。

今次,小说中物质符号虽然少了一些,但类似雅纳切克那首庆祝捷克建国的《小交响曲》,仍作为重要的声音环衬,虚浮在故事之外。它能遮掩小说故事的单薄和人物的抽象吗?进言之,以适可而止的绝望来提示情感的纯度,以刻意造作的悬念延迟来谋求叙事的深度,并将简单的故事演成复杂的长篇,真的能比他之前的纯爱张扬更能凸显社会关怀吗?此间有村上小说的权威译者称,小说是在世界语境下,对当今日本社会问题的总结性认识,或通过日本社会问题,对世界现状及人类走向的忧虑与思考,个人认为并不是客观的评价。至于本书译者尊其为"思想小说",更与事实不符。如果一定要沿作者原来的设定,视其为"综合小说",那也只是一部综合了推理、悬疑和性爱的"类型小说"。在这样的小说中,诚如《朝日新闻》所说,"春树的世界果然还是没变"。

或许,因为有不变的我们,才有不变的村上。

吉川幸次郎的"中国乡愁"

上世纪国门初开,吉川幸次郎的汉诗研究就已传入国内,其中以《中国诗史》最为人熟知,影响也最大。在该书前言中,章培恒先生称"无论是他对诗人、诗篇的论述抑或他所展现的中国诗歌发展的脉络乃至中国文学的整个历程,都跟我们熟知的颇不相同,使人有耳目一新之感",对他的研究给予高度的评价。

但以后,随着中日间学术交流的频繁,退去了新鲜感的国人发现,其实吉川的许多论述,如中国文学有传统上的持续性、典范性和崇高性,表现为内容上高度依赖感觉,以写实为主,有明显的日常性,形式上注重语言的精到和描写的准确,有强烈的修辞性等,均近于中国学者的认知,有的只是理解角度的不同,譬如因为重视语言和技巧,他认为司马相如的赋以形式美的感动为旨归,因此是中国文学自觉时代的开端,而此间的研究者多立足于主体自觉及其生命感怀,以为只有到魏晋才真正出现。还有一些则纯然是表述上的不同，譬如对文学传统，此间多讲程式化而不讲"典范性"，多讲反映现实、关心民瘼而不讲"日常性"，多讲字句雕琢、声色排布而不突出纯技术的修辞技巧等。因此，许多中国学者虽佩服其博大精赡，有不同于大多数一生只治一物的日本学人的气派与格局，但私心并不再有"耳目一新"的感觉。特别是当人们知道，他自幼酷爱中国，长成后又怀着强烈的兴趣亲近中国，并以"贵国"称日本，以被同胞视同中国人为荣；又系统阅读汉籍，始终抱着对中国文化"了解之同情"，更对他认定他国文学多为文学而文学，唯中国文学强调美善一致，故有助于人的道德贯彻与理想表现等评价，视为当然。

确实，在吉川来说，这样的认识理所当然。因为自1923年第一次来中国江南旅行，他就深为中华风物吸引。五年后留学北京，听章门弟子讲课，拜精通考据的杨钟义为师，又从马裕藻、钱玄同、沈兼士等人学习音韵学，往金陵拜访黄侃，更让他发现自己气性上与中国相投契。所以，当宇野哲人《中国文明记》、内藤湖南《燕山楚水》和青木正儿《竹头木屑》每每详述自己在中国看到的种种昏昧、狡黠、无礼和不洁，他的笔下只是熏风春暖，天意人情，且较之《对中国的乡愁》（复旦大学出版社2012年）一书中所收罗的其他人的中国记忆，更多感性的体知。前者如石田干之助和小川环树等人，只是见今思古，追怀的是自己文化母国昔日的光影；而他肯认的是当下，并深以能融入其中为傲。回国后,他在京大附设东方研究所整理从天津购进的三万册明清古籍,分类编制目录和索引,又校勘并主讲《毛诗正义》,校定并会读《尚书正义》,还从事元曲校注。"唐学斋"与"诂典居"中的光阴,让上述认识得以进一步确立。说到"会读",可说是他的发明,它一改传统满堂灌的授课方式,鼓励师生彼此质证,攻疑伐难。由于自己喜读杜诗,他在京大组织学生参加"小读杜会",组织教师参加"大读杜会",并要求与会者须通汉语,又多着汉服。这样的趣味贯彻从治学到讲学的方方面面,其根底处都可以看到中国影响的痕迹。

但这里要特别指出的是,从学术传承来说,他的这些认识的形成更与入京都大学师从狩野直喜有关。"京都学派"的中国学研究,是以反对江户汉学,追求与中国人相同的思考方法来理解中国为基本学风的。用吉川的话,就是"把中国作为中国来理解"。盖日本近世,刚结束战国时代,实现了统一。为弥补神道教的抽象,并缓释基督教的压力,早前传入的朱子学成为幕府唯一可利用的资源,由此造成藤原惺窝(1561—1619)和林罗山(1583—1657)等人思想的流行。但受锁国的影响,这种汉学多本一种民族主义的立场,好对中国作日本式的解释,因此谈不到真正理解中国。把中国作为中国来理解,须待一种新学问产生。

率先提倡这种新学问的就是狩野直喜和内藤湖南。两人成长于明治中叶,栉沐着学界好对已知事物作再认识的风气,热衷探究一切存在的根本原因。本来，包括古文辞学派创立者荻生徂徕（1666—1728）在内，江户时代的儒学大致祖述明代，清代学术直到幕末才零星传入日本。两人置身于维新开放时代，通过大量阅读，体会到清人的学问实有比以往儒学更密致坚实的优点。其中，狩野接受过严格的传统汉学训练，深知其弱点，以后与内藤一起结交王国维，经其传授清儒治学方法，祖述而继承之，就此奠定了"京都学派"的学风。对此，吉川有很清楚的认识，他将这种学风定位为对祖述明代的江户儒学的反叛，可以说非常到位。

或以为，由明人改宗清人，仍不脱中国的范围。但其实，这种"把中国作为中国来理解"的底里，埋设着该派学者"把中国作为外国来理解"的另一重意思。对这重深意留意者就不多了，因为它来自与中国或日本都全然不同的西方。如前所说，在狩野、内藤包括桑原骘藏等"京都学派"的开创者看来，江户汉学不是真正意义上的中国研究，而只是对中国思想和典籍的日本认识，故他们想别创"支那学"取而代之。此时，西方实证主义研究以独到的问题意识和科学方法，打开了他们的视野，又刺激了他们本以为最了解中国的自尊。故其之重视清人学问，不唯与接触西学，体认到它的实证性与西学相近有关，甚至就可以说是对西方文明的一种特殊回应。内藤虽只师范学历，自学成才，但对西洋文明的反应十分敏锐，所以能以此为参照，得出清人学问为最先进的判断。狩野精通英文、法文，虽不是西学专家，也具有建立新学术的知识素养。所以他们能构造出与西方中国学交感互通的近代学术，并在上世纪三十年代取得全面成功。吉川推崇实证，注重文献整理和文本解读，并自称段、钱等"十八世纪清儒之徒"，正是受此风气的影响。他之重视按历史学的方法研究文学史，或有德国影响的因素（自明治二十三年三上参次等人以德国的"国文学""National-Literatur"观念为背景完成第一部《日本文学史》起，撰写各种文学史在日本蔚为风气）；重视以元曲为代表的戏曲文学研究，又显然与法国的影响有关（如狩野对戏剧剧本的社会背景、风俗民情所作的实证研究，就得之于法国的传统，并影响后学无数）。而我们还想特别指出的是，所有这种吸收的基盘，在吉川来说全然是日本自己的文化。明乎这一点，十分重要！

但遗憾的是，偏偏对这一点，我们常常忽略。带连着对吉川的中国乡愁，以及中国文学研究产生许多认识偏差，以为它和我们一样，其实这样的看法实在太过皮相。诚然，"京都学派"的中国研究很强调还原事实，还原中国，为此，像狩野力主逐字精读汉籍，反对 dilettantism，即一知半解的业余爱好与和浅薄涉猎。对这一点，吉川非常认同，这在狩野去世后他所写的《狩野先生与支那文学》一文中可以看到。他还对狩野与内藤汉文水平远超江户钦佩不已，并将这种鲜少和文习气的汉文写作风气，追溯到中村正直、中江兆民甚至佐久间象山。其时，日本受十四世纪初五山禅僧歧阳方秀、桂庵玄树为《四书集注》作和训的影响，均通过"训读"来理解汉籍。主要特点是变"汉文直读"为"汉文译读"，即按照日语文法，调整汉文的语序并施加注音。"训读"虽便利一般日本人对汉籍的理解，也有利于汉文化的普及，但由于按日语语序把汉文颠倒过来，再加上标识符号（所谓"返点"）和日语助词（所谓"送假名"）的"训点"过程，毕竟与汉语原态不协，发生背离原著的理解错误在所难免，所以早在江户时代就为徂徕所斥，以为"和训回环之读，虽若可通，实为牵强"。他并与同好组成"译社"，切磋汉文"直读"之道。

吉川是"直读"的信奉者，在这个问题上的态度甚至比狩野更为彻底。狩野批评江户汉学只治经史子集而无视中国社会，力主以"支那学"取代之（见其《关于支那学的研究目的》和《关于支那研究》）。但他毕竟在传统汉学的教养中长大，对"训读"尚能持酌取的态度，故研究戏曲仍用训读读曲辞，用中文口语读散辞。后来，这种处置方式分别为盐谷温和青木正儿继承，前者代表了他与传统汉学的连带，后者凸显了"支那学"的新意。吉川虽不全盘否定"训读"，但有鉴于它所产生的问题，更主张"直读"。不过，他之担心日本人只知"训读"，会误将日语汉语视为一事，进而在理解上一体承受不加分疏的背后，是有着张大日本自我的用意的。

当时，与吉川一样反对"训读"的还有竹内好、实藤惠秀等人。他与竹内就此发生过一场激烈的争论。竹内肯定其翻译的准确性和一些不乏创造性的处置方式,但他并不领情,强调自己更像直译派,努力依原样把汉语不加附带物也不加省略地转译过来,并申明自己与其说重视与日语相协调,不如说更致力于找到可保留汉语本色的那种日语(见其所作《翻译论的问题》),结果被竹内斥为坚守"顽固的汉学传统",缺少"他者"意识。其实,竹内是反对将中国学封闭化、绝对化,希望引入更广的视域,建立起日中两种文化彼此独立又相互参照的合理关系,故在与旧汉学传统脱钩方面持更为决绝的立场。他认为对自己来说,使中国文学得以存在的只能是他自己;但对吉川来说,似乎只有无限度地接近中国文学,才是治学的根本,所以他问:"在站在支那学的立场看事物之前,为什么不能站在更广阔的立场看看支那学呢?"(《评吉川幸次郎译〈胡适自传〉》,《竹内好全集》第3卷,筑摩书房1981年)

应该说,这个问题击中了吉川的要害,因为比之"京都学派"的前辈及时贤,吉川看问题的视野确实不够开展。譬如他虽认为"文学史上的这种现象一定是和思想史的发展有关的,它的背景也必须用社会史来说明",但又说这些"不在我的责任与能力范围之内"(《中国史诗》,复旦大学出版社2012年,第42页,以下只注页码),因为自己"对社会史不大了解,而把文学的情况说成是由环境造成的,我也不大喜欢"(《中国文学中的希望与绝望》),或"我是哲学史的门外汉"(《宋元明诗概说》,复旦大学出版社2012年,第22页)。故即使谈唐宋诗的区别，也只是提及内藤"反复强调唐宋文明及分别作为它们的背景的生活之间，存在着一条鸿沟"（第264页），再无其他展开。比之宫崎市定《东洋的近世》从都市规模与交通、地主—佃户的契约关系，以及中央集权的官僚国家体制和科举制度、文官体系等角度，整体上廓清宋以后近世社会的特征，还有平民文化与理性哲学的崛起，不能不说太简单了一些。但尽管如此，我们仍要指出，这绝不意味他缺乏"他者"的立场。事实是，他不是一个腐儒，只知考据和还原，无疑有着超越的眼光和独到的想法。就是在翻译一途也同样。唯其如此，他的《尚书正义》翻译会受到当时汉学界的批评，被指为"汉文的意译家"。

那么，在漫长的中国文学研究生涯中，他究竟"意译"了什么呢？我们的答案，除却间或将中国文学同西方文学进行比较外，他主要的"他者"眼光全来自日本的传统文化，更主要集中在本居宣长（1730—1801）的思想。他对中国文学史和中国诗史的论说，无不贯穿着这样的"异域之眼"，因此与此间的研究构成明显的区别。

如前所说，吉川自称"清儒的信徒"，但另一方面又从不讳言"作为探讨人类历史的又一个重要方法"，"宣长的方法"为他终身执守，且"不仅是墨守，还想要把它复活"（转引自李庆《日本汉学史》3，上海外语教育出版社2004年，第311页）。看看部秩浩大的《吉川幸次郎全集》，不仅有《知非集》这样的自作汉诗集,有《支那人的古典与他们的生活》、《支那人的宗教》、《中国的读书人》、《中国的智慧》、《中国的语言和辞典》、《中国文学与社会》这样的"中国人论",也有与佐竹昭广、日野龙夫合作校注的《本居宣长》(收入《日本思想大系·40》,岩波书店 1978 年),有《仁斋·徂徕·宣长》(岩波书店 1975 年)和《新井白石逸事》(新潮社 1971 年),以及《日本的心情》和《漱石诗注》。要而言之,第 17、第 18 两卷所收均属日本汉学范畴,且其关于日本思想史的研究,字里行间,贯彻着对日本文明特有的"吸收"与"能动"精神的开发,故已故东洋史专家、东大名誉教授山本达郎说他"深深地爱着中国文化",同时善于"通过从日本人的见地来解明中国文化",是说到点子上的。

日本人,诚如法国人艾黎·福尔(Elie Faure)所说,"始终具有很强的感受力和敏锐性"(《世界艺术史》,长江文艺出版社 1992 年,第 256 页);日本的文化,因此自来重视感悟兴叹与愍物宗情,看似与传统中国人的"物感说"或《乐记》的主情主义相同,其实源于对和歌"感物知情之心"的独特体认,有将情置于理上、真置于善上的"ココロ主义"的基本特征。由此睹物生情,心物交感,日后还将兼摄优美、细腻、沉静与直观的"物哀"(もののあわれ)美学,纯化为对人生无常的哀感,使得日本文化在整体面貌上拉开了与中国文化的距离。或以为,这其中佛教起了决定性的作用,佛教有"无常四边"之说,所谓"积际必尽,高际必堕,聚际必散,生际必死",这种对万物流转和终归寂灭的强调,视现实世界为应予厌离的苦界的净土教秽土观,确实对日本人的精神世界产生过非常深刻的影响,但由《竹取物语》《伊势物语》等书可知,早在佛教传入前,在古代向中世转换的时候,这种荒乱的心理感受就已存在于贵族和庶民的意识中了,中世日本人还赋予这种生生灭灭的规律以特定的名词"ことちり",即所谓"理"。并且如末木文美士所说,它不同于印度学说中可交由理性分析的"无常观",而最多感性神秘的成分,最与人的情怀相挂连,故可称作为"无常感"。至于更早先的"诚"(まこと)的美意识和朴素的"常世"观,如西田正好在《日本の美:その本質と展開》(創元社1970年)一书中所说,每每招人怀疑,是根本不能与这种无常感和失落感造成的"愁怨美学"相提并论的。

而这种生命流转、宿世无常的观念,以及对人不能自救也不能他救的痛苦的认识与体验,正构成本居思想最基本的骨架。受惠于契冲(1640—1701)和荷田春满(1669—1736)对日本古典中自然情感的抉发,特别是贺茂真渊(1697—1769)《国意考》所说的"唐国之学始于人心,所作成者棱角分明,容易理解。我皇国之古道完全平和,听凭天地,人心之言难以言尽,后人难以理解",本居对基于合理主义立场,寻求人心的解放投入了极大的关注。故远承"萱园学派"重视人情发扬而厌弃道德劝诫的价值取向,近接契冲主情主义文学论和贺茂对日本古语古句中所隐伏的"古道"的开显,他毅然断弃儒家道德控制下的传统文学观,力主人的自然情感及其自由表露,为此特别表出"物哀"理想,不仅将其奉为日本文学的核心,以为由神代至今,及至末世无穷,和歌吟咏的不外乎"物哀"一词。就是《伊势》、《源氏》等物语,若探其本意,也可以"物哀"一言蔽之,甚至还将其视为整个日本文化和日本人情感的核心。

所以他研究和歌写成《石上私淑学》,研究《万叶集》写成《万叶集玉小琴》,研究《源氏物语》写成《紫文要领》和《源氏物语玉石小梳》,研究《古事记》写成《古事记传》,无不贯彻这一思想。认为"诗之本体,非为辅助政治,非为修身,无外导于言心中之事"(《排芦小船》),"由外物触发,心神摇曳,就可以成为文学的萌芽","心有所动,即知物哀",能知"物之心"与"事之心",即知"物哀"(《源氏物语玉石小梳》)。由于重视对生命哀感的体验与表达,甚至在《日本文学史》中说:"人之种种情感,唯苦闷、忧愁、悲哀——即一切不如意之事,才使人感受最深。"看看和辻哲郎高足、已故东大名誉教授相良亨在《本居宣长》(东京大学出版会1978年)和《日本人的生死观》(ぺりかん社1984年)两书中对其生死观的解说,就可知道生命短暂与死亡之眼阴暗窥视这类意思,是无时无刻不萦绕在他的笔端的。

由于以这样的感觉经验为正,所以他对儒家学说大不以为然,称中国人受此影响,思维一味崇尚理性,其实天地之理哪里是大道理可以概尽的。日本从来多灵异之事，此非汉籍可解，圣人之道可以衡裁，真欲解之，还得依赖日本"神道"。而日本的神与神道崇尚感性，不同于外国的佛与圣人，故不能拿世间的常理加以臆测，也不能以常人之心妄测"神之御心"。又由于以表达这种感觉经验为文学正宗，所以对中国文学绝少好评，如《石上私淑学》就认为，汉文学中只有《诗经》重感悟兴叹，尚称淳朴，此后流于说教，不写真情，都不行。故研究日本歌道，必须扬弃中国的大道理，一以神道为旨归。《紫文要领》更将日本所谓的"主情主义"凌驾于中国的"教训主义"之上，目的是要将近松、西鹤等俳人在创作中早已实践了的东西理论化，借以张大日本人所崇尚的自然主义理念。至于由此推衍开去，将神道从儒学佛教中分离出来，以儒佛为"慧黠"，认为日本无恶神作乱，故可行自然主义的"直雅"伦理，由此希望通过突出"大和精神来祛除"唐心""汉意"，更成为其毕生的追求。这样的结果是，18世纪以后出现的主张回归日本古典的"国学派"，经过契冲、荷田与贺茂，到他手里真正集大成为"皇朝之学问"，他也因此与上述三人并称为"国学四大人"。由此进一步酝酿出的"尊王攘夷"思想影响了整个明治思想界，甚至20世纪日本学术思想的发展也不能脱其范围。吉川对他的服膺，正是其中一例。

虽然他不否定儒家而推称孔子，更无意像本居那样，在排除儒佛附会，用实证方法研究日本古典的同时，将结论导向

"神之御心",从而倒退到宗教神秘的歧路,但本居通过研究和歌宣扬的主情主张,研究《古事记》宣扬的对自然、世相和人世的无常思想,还有研究《源氏物语》宣扬的"厌离秽土,欣求净土",以及体会到人生终极虚无的物哀美学,确实给了他深刻的影响。

用兴膳宏的话,他是认识到要理解中国必先理解日本,"才与本居宣长这样最具日本特色的思想家产生了共鸣"(《吉川幸次郎先生其人及其学问》)。在《本居宣长》中,他曾总括性地说过:"总之,作为哲性的人,直接去求哲学时,是必定会陷入谬误的。作为并没有犯这种错误的人,宣长给出了避免的方法,即以情感的感动来接触事物的本质,这是通往哲学的必要前提。用他的话来说,这就是'体会到物之哀'。"他并将"物哀"解释为"通过感动来认识存在之本质的行为和能力",这样的解释也与本居相同。由此,产生于平安朝的"物哀"不仅成为日本美的源头,那种悲与美相通,悲从属于美,美制约着悲的真实的交融,也成为他解释中国文学的基点与主轴。

从讨论孔子天道观的《新的恸哭》开始,他就不断在讲人的渺小与命运的无常,在讲人生不能安定的痛苦。他的意思,因为中国人向来突出人与自然的一体感,但另一方面又没有神的观念,所以其所说的"天道""天命"和"天理",很大程度都关乎对上述痛苦的超越。"天"作为"操纵者是无常的,但它所产生的结果却是绝对的",而人类则常难免"为不可知的命运之丝所支配"(第31页),这就是人的宿命。基于这样的认知,他认为自诗骚时代起,诗人就已心怀"悲伤和忧愤",只不过尚存对人生的期待,但汉代开始,"非常灰暗的、把人看作微小的、绝望的存在的思想就不断涌现",项羽与高祖都是这样,无时不体认到这种天意的无常,司马迁和阮籍也是这样,无时不感受到它的捉弄,并在万物流转中,体会着幸福必将失去的悲哀(第85、136页)。要之,"从三世纪的三国时代经四、五、六世纪的六朝时代到七世纪的唐初,文学的底色是绝望"(《中国文学中的希望与绝望》),虽然"把过去诗人们一直吟诵着的绝望的人生以及在现实中可见到的人生,都转向到人生是有希望的思想上来,这种操劳的努力促成了唐诗的高潮",但"唐诗以杜甫为代表,充满了悲哀。与此同时,怎样从悲哀中解脱,也成了唐代诗人的宿题"(《中国文学所体现的人生观》)。他的结论是,"宋以前的诗,以悲哀为主题,由来已久"(第244页)。

这种对七世纪以前中国文学的基本判断,自然建基于日本的文化。譬如《古事记》认为,人死之后都会去"黄泉国",这是一个污秽之地。中国人的观念,依在尘世的表现,人的灵魂是有可能得到超度,而不必然要下地狱受煎熬的。但本居认为任何人都无法超越此万劫不复的死灭,讨论人死后会变成什么根本就是无益的自作聪明的说法。准此,他认为佛教和儒教的解说皆"虚妄不实"。人死后不得不抛弃妻子眷属朋友家财,不得不去污秽之国而不能再返人间,"所以世间之悲无有过于死者"。面对死亡,人所能做的只有把它当做生的延续,从而祈求灵魂永驻。这种生死观,以及视无助和孤独为生命本质的认知,一直影响到现代日本人,成为他们创作与批评的心理基础。吉川受此影响是很深的,加以气性上本就不好哲学,不懂佛教,他的上述观点,包括"天似乎不是把人类幸福作为原则,而毋宁说是把夺走幸福作为原则"(第38页),"人类努力的效果是有限度的"(第24页)等论说,都在在凸显了日本人固有的文化气性,而与我们对汉唐文化与文学的认识判然有别。

再说7世纪以后的文学。自20世纪50年代正式着手研究宋诗,到1959年在日本中国学会第十一届学术大会作《宋诗的地位》的报告,然后研读《宋诗钞》,参考《宋诗纪事》与《宋人轶事汇编》,写《宋诗概说》,他认为宋诗的重要特征与价值不仅在对前代的继承与总结,更在对诗歌意绪表现的解放。因宋代哲学与理性思辨发达,诗人能体知悲哀的必然而加以冷静对待和平静扬弃,这种冷静平静的结果,导致了一种"从一旁审视自己的态度",即将自己看作是"流转的世界"中的"流转之物"。他甚至认为,"把人生视作流转,是中国诗中自古以来就有的感情",宋人因为有了冷静,懂得抑制,所以才没有绝望的悲哀,反而有"平静的激情"(第237—239页)。而将这种达观态度带入创作,就形成了宋诗叙述性和思辨性的特征,它构成了与唐诗最明显的区别。即比之唐人,它有一种"冷静的美,因而,具有更多的知性、更多的精细观察,尤其是更富于对日常生活的观察"。显然，这样的观察仍基于日本文化中的"无常感"，且评赞的主要用语也混同本居。当然，中世以来风行的"幽玄"（ゆうげん）观念虽未被明白点出，但因藤原俊成、鸭长明强调"余情"（よじょう），藤原定家强调"妖艳"（ようえん），本多王朝贵族趣味的"幽玄"美，经由中世后期心敬的发明，突出了"离于艳而入于闲静"的冷寂之美（《私语》，见《日本古典文学大系·64·连歌论集、俳论集》）和"如饮白水，然至味无味，一掬不足"的平淡之美（《心敬僧都庭训》），同时能乐师禅竹又突出其"枯淡之美"，以至到后来，芭蕉的"寂"（さび）都与它相挂连，毋庸置疑也为吉川提供了独到的解说视角。所以，当他向日本人这样介绍宋诗时，日本人最是喜欢。

质言之，以本居思想为依托，排斥道学对艺术的干涉，将文学与伦理相剥离，张大并强调诗歌的独立价值，认为不能发抒幽情、给人感动的诗歌不可取，是他对文学最基本的判断。将这种判断用诸中国文学研究，他所谓中国文学的"日常性"特征，原是受日本短歌与俳句多唱颂人的日常生活的启发；他称赞中国史传文学有即事言理的特性，与日本《六国史》只记录史实而不发议论有关；进而，他认为从《诗经》开始，到司马迁、杜甫、韩愈、白居易乃至《水浒传》，整个中国文学的发展线索，可与《万叶集》《源氏物语》及西行、芭蕉、西鹤的文学构成对比，就都很可以理解。此外，他对中国文学"即物性"的探讨也可作如此观。他认为重视非虚构素材和语言表达是中国文学史的"两个特长",而这两个特长"都可用中国文化的即物性来加以说明"(《中国文学史识隅》)。这里,他将源了圆对日本人更多关注经验事实而不究问宇宙本体的观察套用到中国人身上。源了圆曾将日本人在自然观上体现出的这种倾向,用"即物性"来表达,并认为这是日本人与日本文化的基本性格之一。按他的说法,古代日本没有古希腊和中国的哲学反思,也没有与汉语"自然"相当的词,只有表示山川草木等单词。其实在古代中国,这个特长与中国人重实际黜玄想,如章太炎《驳建立孔教议》所说,"国民常性,所察在政事日用,所务在工商耕稼,志尽于有生,语绝于无验"关系更大。但现在,他把不同层面上的异文化观察杂合一处,仅就字面一滚论之,显然谈不到"把中国作为中国来理解"。还有,他对"纤细"与"文弱"的肯定,也都基于日本文化的原型。他称自己喜欢晚唐诗是因为"它远比日本诗更为纤细,于细致处显示出美感","至于中国文化中严肃、威严之处,虽也是中国文化中非常重要的一部分,但我并不喜欢"(《毫不做作的人道主义和纤细的魅力》),这与本居推崇平安文学而非奈良文学,选择"弱女风格"而非"丈夫风格"也大有关系。

联想到他在《中国人的日本观与日本人的中国观》中,将"日本是没有固有文化的国家"视为中国人日本观的"最重大的谬误",认为"正因为有此固有文化,才能接受并消化西方文化,也能接受并消化中国文化",又提出应有更多懂行的日本学者援助中国学术,"不只是有助于中国人日本观的改观,从大的方面讲,还有助于推动中国文化的进步",并特别引本居"日本诗歌中有很多歌唱恋爱的歌,真是开了一条歌吟性情的道路"以为示例;在《中国人的古典学术与现实生活》中,又提出"有必要将全部日本文化积极介绍到中国",以便让中国人明白"道理不见得只存在于《五经》",我们有理由认为,在用日本文化解说中国文学方面,他是有自觉而明确的意识的。也正是有鉴于此,依着对中日文化和文学的精熟的了解,一个以"丰富"见长、一个以"纯粹"取胜的大判断,他本可以在更多的方面,作出更富"他者"立场的精辟观察。譬如中国人忧生,日本人崇死;中国人以儒家道德学说解释灾难,日本人以佛教的无常说确认不幸;中国人重视文学的明志载道功能,并视其为经国大业,日本人重视文学的人情义理,因此更容忍个人化的孽缘与畸恋;一偏重于理性而时近政治,以至于言情之作也要求能曲终奏雅,一偏重于感性而超越道德,以至像《平家物语》这类"军记物语"也重在盛衰无常的心理交感,其他题材更放任游戏的表达。但遗憾的是,这些都没有。所以前文我们曾说他"他者"的视野不够开展,现在或可明白,其实在他,是将这种视野聚焦在某一点上了。正是有鉴于此,在与他争论的数年后,竹内会毫不客气地批评他"尊大与卑屈互为表里"。

再看类似加拿大约克大学傅佛果(Joshua A. Fogel)《汉学京都学派:当时与现在》所说的"京大学派有这样一种倾向,

早在内藤时代就已出现,又被吉川和宫崎所继承——更与东大学者相映成趣——那就是对日本史有一种持续不断的兴趣。"如果将这一判断落到实处,则在吉川,所谓要在不脱离对日本文化的前提下理解中国,其实就是回到本居思想,回到"无常"与"物哀"的传统,这个才是日本人精神上的"原乡"。而其所写的《对中国的乡愁》,不过如贝塚茂树所说,是一个非常规的特殊说法而已,指的是一个旅行者对异乡的情感。这种感情因特别深久,对这种感情的体味又特别富有非中国的东方色彩,造成吉川在西方世界有较大的影响。梅祖麟就说吉川和小西甚一让他大开眼界,保罗·德米耶法尔更说即使在中国,也没有如此卓越的中国古典文学的理解者。至于在日本,因持久的研究生涯与高产的著述,更主要的,因那种日本人熟悉的情调和感叹,他继狩野、青木之后成为中国研究第三代中的翘楚,又与贝塚茂树、桑原武夫一起并称"京大三杰",实在非常自然。

但正所谓你所理解的任何对象都会因你的理解而改变,尽管吉川自称是"以中国人的感觉作为为学的方向来做学问的",甚至"比许多中国人更能读懂中国书"(《我的留学记》,钱婉约译,中华书局2008年,第96页),我们不能认为这就是事实,但我们理解这种表达,更愿意努力去找到这种解释与自己研究之间的接榫点。这样我们就有可能既明白他为何不愿被认为是"中华主义信徒",同时对其确乎深刻了解传统中国有一份恰如其分的评价。在今天日本学界的研究已然越出目录索引和考证翻译范围，更关注在中国文化向域外传递的轨迹和方式，日本文化对中国文化的受容、排斥和变异，并在此基础上正渐渐形成新的"中国观"，我们认为，以对吉川的认识为契机，这样的态度显得特别重要。

附录：当我们谈日本的时候我们谈什么

记者：各位文汇网的读者朋友，观众朋友，大家好。非常欢迎大家收看今天的"笔会在线"。今天我们节目很荣幸地邀请到了复旦大学中文系汪涌豪教授来和我们聊聊日本。汪教授在《文汇报》上开了好几年的专栏，专栏的名字叫"东邻浮绘"，是关于日本的文化随笔。文章都非常长，给我们讲了很多不为人熟知的日本的历史典故、文化现象，以及他个人对这些现象的分析与看法。今天非常欢迎汪教授做客我们的节目。

我想问一下汪教授，其实现在市面上有很多关于日本的出版物，包括随笔。您觉得您的专栏在最初设计的时候，是否参考过坊间其他同类的出版物或者作品。

汪涌豪（以下简称汪）：参考过。十多年前，我在日本教书的时候，就关注过当时在日中国人的写作。他们好像分为两拨人，一拨是记者、编辑或教授，比如像李长声、段跃中、毛丹青、杨文凯、朱建荣、莫邦富、叶千荣，等等。其中有一个叫李小牧的比较特殊，他本来在中国是学舞蹈的，后从业于日本新宿的歌舞伎町一番街，就是进入了风俗圈，然后再从里面出来，写了很多东西，既新鲜又很扎实。但我觉得这批人当中，李长声先生的写作好像更为持久，见多识广，文笔老到，我比较喜欢。另外一拨就是作家了，像萨苏、张石、林惠子，还有包括我们中文系已故教授蒋孔阳先生的女儿蒋璞。他们也写过不少关于日本文化的东西，有的还结集出版了。日本有好几种华文报纸，限于各种条件限制，在采编两方面都不能使人满意，但有这些人在那里持续地写专栏，或发表相关文章，还是丰富了外来者对日本社会的了解。也正是在这类报纸上，我还看到如董炳月、李兆忠等人在日期间写的一些文章。可惜他们中有的人回国后就不再写了。

就我个人的印象，这些人的写作各有特点，间或也有胜义可采，但整体上说还不能餍足人心。一是许多人谈得比较表面，尽管他们有的在日本已待了十年、几十年，有的在那儿正式就职，成家立业，甚至已经入籍，不能说他们所知有限，或交游有限。为什么还会这样，我不清楚。再一个就是谈得大多无我，没有把自己放里边。一般来说，对于异文化的观察，应该既有越身事外的作为一个旁观者的超然和冷峻，同时又能让人看到，或让人在不经意中看到，其之所以作如斯观的用意和理由，但他们没有。我的感觉，许多在日的中国人太认同日本的一切了，或太希望被日本认同了。这造成了他们对日本社会、日本的历史文化，冷静审视较少。有的人生活的目标就是要和日本人一样，更造成他在观察时，趋同的肯定多了一些，而且是如上所说的流于表面的肯定。这也造成了第三个特点，就是谈得太过隔膜，对真正的日本及其历史文化的了解，我认为是不够深透的。我本来对日本的历史文化了解得也不深透，到今天为止也不能说深透，但他们的文章给了我一个刺激，就是你不能说，你去了解日本的目的，仅仅就是想融入日本，甚至泯然同化到与日本人一样，或者干脆就做成一个日本人。

其实，日本民族是很喜欢谈论自己的国民性的。所以20世纪70年代，就有高桥敷《丑陋的日本人》这样"撞击和刺痛"日本人心灵的著作出现。再往前推二三十年，则有岸田国是的《畸形的日本人》。并且，他们更希望别人能跳出其狭隘的局限，静观他们的长处或短处，所以对旦普曼的《孤立的大国》、基甫尼的《人是城，我是墙》、霍怀丁的《菊花与棍棒》，还有鲍格尔、威尔克逊、布莱金斯基、克里斯托弗等人的著作怀有极大的兴趣。本尼迪克特的书就更不用说了，研究者无数。可以说，这个世界，只有日本民族最热衷于写和看"日本人论"这样的著作，这是日本人自己都承认的。所以，他们自然也很重视中国人怎么看日本，他们称这个为"中国的日本观"（当然，他们也写了大量的"日本的中国观"）。记得1943年，就有一个叫鱼返善雄的日本人编过一本书，叫《中国人的日本观》，里面收录了郁达夫、丰子恺、汪精卫、周作人，还有刘大杰等人的日本观察。拿这些人写的东西与我刚才举的那些人对照,差别还是蛮大的。

记者:好像还没有进步,还是有所不及。

汪:是的。因为他们没有这些老辈人物的识断。这些老辈人物虽然在日本生活得也够长久,但始终抱持着一个"闯入者"的身份,从来不想在融入的过程中失去自我。所以,他们更像"盗火者"。早先的中国人,在政治、文化和艺术各领域,都是从两个方向去盗取火种的,一个是向欧美,一个就是向日本。有时是有钱的去欧美,没钱的去日本。所以,他们完全是站在异文化的立场,冷眼旁观,我要学你的长处,克服你的短处。所以第一批去了解日本,投入日本的人,包括中国的政治家也好,中国的学人、知识分子也好,都是怀着这样的心思,这和20世纪80年代初那些想方设法要在日本待下来,然后与日本人完全融合,成为一个言语举止、外在包装上都逼近日本人的人是不一样的。

这让我想起以前汪公纪说过的话。汪公纪写过一本《日本史话》,这个人20世纪20年代留学日本,50年代做过东吴大学和文化大学的教授,他在该书序言里说的一句话让我印象深刻,他说:"当今国人,有亲日的,仇日的,恐日的,却唯独缺少知日的。"我的感觉,直到今天"知日的"中国人还是很少。日本人很乐见中国有"知日派"出现,也很重视培养他们的"知华派"。反观我们,持续发展了那么长时间,我感到,中国人这么一拨拨地到日本去，有的回来了，有的没回，但写出来的东西始终是"日本的天气很好"，"空气清新，厕所干净"，写来写去就像打了张票，然后旅游回来后写的东西一样，觉得特别不满足。譬如，都说日本人很有礼貌，我承认，也喜欢。但也有大量的例子说明日本人不但没礼貌，有时还很粗鲁呀。那么日本人到底是粗鲁的，还是礼貌的？这里面有许多东西需要探究和厘析。所以，我是被这些想法激发着开始写这个专栏的。我觉得我在日本生活了三年，有点感受，我也可以写一些。当时就是这样想的。

记者：我看您写这个专栏，挑了很多材料，现在写日本的人一般都不大涉及，有些可能连日本人自己也未必十分清楚。那您在挑选这些材料的时候，事先是怎么考虑的？

汪：这其实和上面一个问题是相关的。比如说我不怎么佩服前面一些作者写的东西，还有国内有些日本史研究者和日本文学研究者，他们对日本的历史文化应该说是比较熟悉的，然后在翻译与介绍上也做了很多有价值的工作，但是他们通常仅留意某一个单一的向度，譬如对文学史、审美史上的各家各派各说能逐一介绍，但更深广的层面更鲜活的解说则不常看到，在深入内里会尽人情方面做得尤其不够。结果是，只见知识的介绍和僵硬的学理而已。可在我看来，对研究日本来说，僵硬是最不适合的攻略。因为日本的历史与文化实在太丰富、太生动了，而且丰富生动到非常纤敏微妙的程度。所以，我觉得自己还是最佩服这样四个人,其实也不仅仅是我佩服,1930年代,人们就已经知道佩服了。一个是周作人,一个是钱稻荪,当然这两个人后来都做了汉奸。他们不仅是娶了日本太太,像钱稻荪一家子,他的母亲、太太,一家子都到日本留学。在日本待了很长时间,对日本文化的了解非常深透。还有就是今天桌上放着的两本书的作者,一个是蒋百里,他研究《孙子兵法》,是难得的军事家,所撰《日本人》堪称名作。还有一个是戴季陶,他的《日本论》至今还为人不断地称引。

这些人关注日本的地域,日本的环境,日本的历史,日本的阶级分层,日本的人性,然后关注到日本的政治构架,大陆经略,全球野心,完全是站在一个异文化的角度来审视日本,但又有"了解之同情"。其中有的人从感情上就亲爱日本,特别是周作人,他说他喜欢日本是出于两点,一个是"个人的性分",就是因气性相投而喜欢;一个是"思古之幽情",因为日本保留了许多中国文化的原型。通过这些,他觉得他找到了中国人的过去。在这样的基础上,他写了许多日本的好东西,譬如日本的衣、食、住。但是像蒋百里和戴季陶就揭出了日本社会的、日本人人性中的许多问题,比较客观。不过,无论带着怎样的情感,他们都将自己观察的落脚点放在文化层面,重视对日本的历史文化的检讨。你说日本的空气干净,人很礼貌,归结到最后,都有一个文化因素在后面。一个民族常常会把自己最优秀的东西凝聚为文化。所以,周作人在研究日本时特别指出，文化是一个民族最高努力的表现。钱稻孙翻译《万叶集》，研究东亚乐器、近松门左卫门和井原西鹤，也表达过同样的意思，他说了解文化是认识一个民族、国家最彻底、最直接也最有趣的途径。这两个人的上述结论，都是基于对日本文化的欣赏做出的。

当然，谈日本的文化大不易。有一个美国人叫穆尔，他的说法很有代表性，他说日本文化是全世界所有伟大传统中最神秘最离奇的。更有名的当然是希腊人小泉八云了，他说：如果你在日本待了四五年，还是觉得自己根本不了解日本，那就说明你开始有点了解日本了。所以，我看了刚才我举的那些人的文章，他们写的专栏，出的集子，似乎都以"知日派"的面目出现，其实按照小泉八云的标准，可能恰恰是不知日的，至少不怎么知日。你对日本沉浸下去的时间越长，了解得越深透，就越会觉得，要用一语道断日本是一个什么样的国家，日本人是什么样的人，太难。所以，我就是想以历史为依托，从文化的角度，抓住一般人不大关注的问题，或者虽有关注，但只关注到表面，没有涉及背后的问题，做一个个人化的解读。比如，我也写到过日本人的礼貌，也佩服日本人讲礼貌，但私以为引入三岛《我的狭岛祖国》和森京子《有礼的谎言》，才能见出我对这种礼貌的完整理解。我还写过一篇关于"粹"的东西，说起来写江户以来日本情色文化或歌舞伎的也有很多了，但从"粹"这个角度切入恐怕就没人写过。因为现在的中国人，哪怕喜欢日本的中国人，已经很少知道九鬼周造了，更不知道九鬼和海德格尔还是师生关系，他们根本就不了解这些，或者觉得不了解这些无碍于他们对日本的理解。但我认为要了解一个民族，这个民族在现实面上对人的影响，从文化入手太重要了。更何况日本是中国的邻居，许多千丝万缕的联系很容易让人看朱成碧，所以从文化的层面着手显得尤其重要。

现在我看报看电视，有一个年轻人叫加藤嘉一，是媒体人吧，很火的，在各地走，受多方邀请。他的一些言论我在网上看过，他的书我在书店也翻过，说实话，我把书名都给忘了，因为他写的中国人非常表面，非常肤浅。但就是这样一个人，中国人认为他是"中国通"，甚至中国问题权威。我有些不明白。我的意思是什么呢？就是在中日两方互相对看的时候，我们其实都只是找了一些看得很浅的人，因为他们经常在媒体发声，我们就以为他们够专业，够权威，然后就不再用脑子区分，这种发声是聒噪呢，还是一种真知灼见。我觉得，这甚至可称是弥漫在当下许多领域的普遍现象。

其实，熟悉与研究中国的日本人有很多，人数上要超过研究美国的许多，他们分属不同的机构，有政府的，更多是民间的。政府所属的研究机构以"日本贸易振兴会"规模为最大，其下属"亚洲经济研究所"有近两百位中国问题专家；民间规模最大的则数"亚洲政治经济学会"，一千四百名会员中近一半人研究中国。年长的如高木诚一郎、国分良成就不说了。现在还出现了许多相对年轻的面孔，比如说我在日本时就知道的，像高原明生，年纪好像还比我小，这人很有名，东大法学政治学研究科教授，日本人都佩服他，视他为研究中国问题的后起之秀。还有天儿慧，早稻田大学亚洲太平洋研究科的教授。他们研究中国问题就很深透，但根本不为我们所知，当然，主要是不为一般非专业的人所知。这导致在中日互看的时候，彼此都流于表面，这也是我之所以开设这个专栏的一个原因。我并不是把它作为美文来写的，有人说你这些文章写得蛮好看，或者蛮漂亮，其实不是的，我没有刻意去雕琢文字。我真的是想学一学老一辈的知识人，他们就是想去了解一个民族，然后去摆正和这个民族、这个国家的关系。我也有这样的意思。

记者：您刚才说的加藤嘉一，包括现在出现的那些浮浅的对看，我想这里面可能有两个层面的意思。一是一些学者对日本文化，包括中国文化的了解很深透，但他面对的言说对象可能并不是普通民众。而另一方面，像加藤嘉一也好，普通民众也好，他们可能第一需要的就是这些常识性的了解。我们现在的问题可能是，或者说比较大的问题可能是，老是停留在常识性的了解上了，没有深入下去。

汪：是的。所以我想我的专栏如果说有什么特点，就是较之那些前辈，我虽没有他们的深刻，但当下，因为他们没有活到今天，没有可能对许多正在发生的事情做出回应。而对于那些时辈，现在正频繁发声的时辈，我虽没有他们生动，因为他们正生活在日本,但比他们周详。我始终把对一个国家文化的了解,视为认识这个国家的根本。

记者: 记得周作人也说过,他1925年就说过这个话,从中国的位置而言,对于了解日本是有特别的必要的。刚才您也说到中日两国一衣带水,是很近,但很可能恰恰是因为这个原因,彼此都看不清楚。那么,在这个文化上面,您觉得我们现在的看不清楚,除了表现在作品上、出版物上的肤浅表面外,我们现在为什么认知日本那么多年,还是存在着这样的困惑和蔽障呢?

汪: 这个题目很大,如果稍稍把它改换一下,我们来看每个人被日本吸引,他的理由是不一样的。现在的年轻人,比如说他喜欢日本的动漫也好,日本的小说、电影也好,可能有这样一些原因,他可能对日本的"暴力美学"很感兴趣,这是这个民族所独有的。还有比如说他对日本人所展示出的"禁忌之爱",乱伦或不伦的露骨描写很感兴趣。许多年前,一些人确实是因此而对日本发生兴趣的。还比如,有的人是对一种"耽美情绪"感兴趣,就是完全迷恋在很细微精致的纯爱和美当中。总之,有各种原因。当然,也包括有些人就是喜欢日本的电子产品,还有些人就是喜欢日本的化妆品、服装,这些在女性当中很多的。所以种种的原因,让人走向日本的文化。注意,我后面还会说到,如果只是兴趣,特别是一知半解的兴趣,很容易产生迷恋和盲从,这是导致上述认识蔽障的重要原因。

至于我个人走向日本文化的原因,其实是基于很早时候看的一部电影,松本清张的《砂器》,野村芳太郎导演的。这部电影是我所有电影中重复看得最多的,已经记不清楚是一二十遍了,而且每次看的时候都很感动,心里面有一种很深沉的东西被唤起。后来我写了一篇关于日本遍路巡礼的文章,电影中那对父子的流浪,某种意义上就可以认为是在行遍路,希望通过遍路来超脱罪孽,因为当时日本人认为,患麻风病的人是有罪的,既给别人带来麻烦,也给自己带来麻烦。这部电影对我的影响很深。其间种种复杂的人性,以及这种人性的种种变态,它们是如何形成的,又如何解释,一直困扰着我,也非常吸引我。

后来到了日本,认识了一些老人。他们都已退休,收入不错,衣食无忧,对中国的文化一直抱有亲近感,普通话说得比我还标准,他们跟着我读书,每两星期一次。我在和这些老人的交往中,经常会向他们请教一下问题。当然,我的学生也会回答我许多问题,但他们的答案通常是就事论事的,而我问到这些老人的时候,他们就会给我讲得很周远,这个事情呢以前是这样的,后来就变化到这样了;至于现在年轻人喜欢的东西,连我们都不懂了,诸如此类。所以他们始终给我一个追索性思考的可能。我的个性,喜欢和老人打交道,因为他们积古,积累了许多古旧的知识甚至习惯,在我看来,和这样的老人交往很有兴味,所以也就渐渐养成了与之相类似的趣味。

我的感觉，日本有三个东西我特别喜欢，一个就是它的细腻耽美，周到礼貌。先说细腻耽美。比如说日本人爱自然，它是很精致地爱自然，纯粹是从美的角度爱自然。现在人人都知道三岛由纪夫，他的小说《春雪》，即《丰饶之海》的开卷之作，不知道大家有没有印象，里面的女主人公叫聪子，这个女孩走过庭院的后院，看到她的侍女正在喂鸡，三岛由纪夫是这样写的，"有几根鸡毛明晃晃地随风飘落，快要接近地面了"。中国的文学也有许多景物描写，它描写景物有时是作背景的铺排，有时是为情绪的渲染，但景物与自然怎么到达人的内心，这个过程，在细腻度和唯美度上，似不能与日本相比。日本人是用那种很热爱、很疼惜的角度来写自然的，所以它不是说鸡毛在飘落，也不是说地上有飘落的鸡毛，而只是捕捉鸡毛和地面将触未触的那一瞬间。经由这个瞬间，岂不很清楚地表明它对鸡毛飘落的整个过程都非常关注，只不过，现在它只切片出其中的这一瞬间而已。这就是日本人的细腻与耽美。

再举个例子，芭蕉的俳句，"今夜三井寺，月亮来敲门"。中国的文学，写月亮的何其之多，月亮代表什么东西我们也知道，月亮代表我的心，月亮代表团圆，月亮代表离别，有人写"僧敲月下门"，但很少说"月亮来敲门"。在这句诗当中，人与自然的关系被表现得特别美。包括冈仓天心写的《茶之书》，他里面讲茶道。今天中国人对日本的茶道已比较了解，但总是不明白，为什么喝这么一小口茶，要将碗转上半天。其实，它是要借整个过程,培养人的禅意,和对自然的敏感与敬畏。然后它把这个"数寄屋"也即茶屋造得越来越小,后来小到只有一叠半这么大,大概两平米多一点。茶屋的门也很小,需要匍匐着才能进去,中国人说简直是钻狗洞嘛。从"玄关"即等待室到茶屋,当中还要走过一条小小的庭院式的通道,这也是他们刻意营造出来的,称作"露地"。在走过"露地"时,你要好好欣赏林中的苔藓和地衣。总之,从等待室走到茶屋的过程,就是一个调节心情,把外部世界及一切鄙俗的事情抛开的过程。然后你才进入到一个神圣的环境里,去喝那一小口茶。整个过程,就是培养你能契合到自然中去,去体会那种"绝对的孤寂"。包括煮水时,它也要你认真地倾听,水的声音里有竹风松籁,惊涛拍岸的意思。为了让你能听出这个意思,它特意在水壶里放上一小块铁片,水快煮沸的时候,铁片就会发出嗒嗒嗒嗒的声响,这个声音足以让你产生联想。这样的用心,真可谓无所不至,又纤毫毕现。它告诉你,如果这自然是以百分之百的样态存在着,你就必须百分之百地体会到。如果你没体会到就不能算是一个懂自然的人。我们今天赏风弄月,能够体会得这么细致吗?大自然有百分之百的美,我们能体会多少?甚至我们的古人,比今人一定要好得多,但和日本人相比,在这一方面似乎仍略输一筹。日本文化对自然有足够的敬畏,真正做到完全的合一。由此,它对自然也很礼敬,所以它的礼貌是贯彻在他全部的生活中的。

当然，最讲究的礼貌还是发生在人与人之间。我在专栏中曾谈到过吃，所谓日本的饮食文化，但恪于篇幅，没有充分展开。比如，日本人动筷子都有讲究，有八种避忌，所以叫"忌八筷"。其中有一种叫"游筷"，就是筷子在菜桌上周游，如果这样挑菜吃，就是无礼。此间有许多人，在饭桌上就是这副德行，其实，你有所选择地下筷可以，眼睛判断就行了，筷子是不必跟着不停转的。还有，筷子一定要配筷枕，当这个店比较小，比如居酒屋，或路边的台屋，没有筷枕，一定要把包筷子的纸袋打个结，充做筷枕，而绝对不能把筷子直接放在桌子上，那样也是无礼。有人觉得，如此讲究有意思吗，这很苛求的。其实，它是意在培养人的仪式感，还有一种惜物的感觉。就是美好的饮食，加以我们一批人难得聚在一起，有一个美好的欢会，我们都要带着庄敬和投入的心情去享用这顿美餐。而那些粗俗的东西，都是违反这个本意的。与此相联系，它还讲究"腹八分"，就是吃到八成饱，这不仅是为了养身，你吃得过饱，酒足饭饱以后，血不流到脑，只流到胃，难免酒后无德，借酒耍疯乱说话，这样的日本人很多，这也是很失礼的，所以他们要定出这样的讲究。可见在礼貌一途，它是贯彻得很细的。但是，日本又有句谚语说，"出门在外，做些丑事也无妨"，所以，只要不和自己的同胞在一起，或者出差到海外，他们是有可能放纵自己胡乱行事的。这是日本文化中很独特的地方。这一点我印象很深。你如果没有长久而深入的观察，不易发现。

第二点，就是他们对传统的维护，珍视过往，点滴关心。日本人对一切过往都很疼惜，有些东西明明已经过时，但只要它关乎过往的记忆，他们就不以为过时，相反，要千方百计把它留住；它要走了，还要千方百计把它拉回来。比如相扑。我也写到过，但没有特别发扬这层意思。按我原来的理解，其实也是许多人的理解，相扑运动是一项很不合理的运动。罗兰·巴特就曾说它是"没有危险，没有戏剧性，没有大量消耗"和"争斗的亢进"的玩意儿，因此"根本不是运动"。但其实这种认识是不对的。它不区分等级，一个重量级选手很容易把重量不够的对手摔伤，能说没有危险？但每每这种时候，日本人会极度兴奋，情绪高涨，因此这能让他们体会到极度的戏剧性，只不过要体会到这种乐趣，你我不是行家。还有，相扑比赛中，双方体力消耗极大，所以为增加体重，相扑手要吃很多高热量的东西，怎么能说没有消耗。由于每天要吃很大的一锅，非常可怕，如此囤肥完全不符合营养学原理，所以这些人隐退后，身体有许多毛病。一般都年寿不永，那些横纲、大关，五十多岁去世，在日本历史上并不少见。按理说，像这样一种比赛，世界上不见流行，从功利的角度考虑，奥运比赛项目里也没有，去投入它干什么，可是日本人就是投入了，看的人也多，一年有六场，东京、大阪站的比赛，常常万人空巷，票子要一年前预定。特别是东京国技馆的比赛，吸引无数眼球。现在，这一"国技"在日本有一点颓败的迹象了，相扑手和相扑部屋不时发生作假啊,吸毒啊,甚至打架之类的丑闻,导致去年名古屋赛事的转播都被取消了,今年干脆连全国相扑巡演也停止举行了,因为闹得太出格了。道德委员会觉得,你们有伤日本的国体,日本的文化。这个东西在国民心中地位很高,这次把它禁了,也可以从反面看出它地位很高。

还有像演歌,音调总体来说比较单一,就是五音调,"发"和"西"这两个音是没有的,主题也比较单一,就是"酒""泪""雨""雪""北国""离别""女人"这几个,但日本人年年唱,电视台每周有两个台播演歌,到了周日,必定有一个台整个上午都播这类节目。年终的红白合战,流行音乐和演歌几乎是五五开的,而且最高潮的部分总是由演歌手来承担的,压轴的都是唱演歌的歌手。我问过两个日本学生,"你们喜欢这个吗?"回答是"不喜欢,但又可以说很喜欢。"其实,他们现在更喜欢的,前一阵子比如说是安室奈美惠啊,后来是宇多田光和滨崎步之类,现在滨崎步都已经老了,因为倖田未来和大冢爱起来了。还有,他们有许多组合,也吸引了大量粉丝。在日期间,比较寂寞嘛,我买了许多流行音乐,然后电视里也不断有流行歌手演唱会,我觉得日本流行音乐的水平比中国要高许多。后来他们说,这方面中国内地是向香港学的,香港是向日本学的。但尽管如此,日本年轻人还是很崇拜演歌的,演歌手的社会地位也很高,收入就更不谈了。所以这个东西日本人还是很珍视的。我想接着我会就这个话题写一篇的。

记者：如果我们作个比附，比如我们的京剧，它也有很悠长的传统，但它现在基本上不再是中国人的一种生活方式了，它基本上已经退出普通民众的日常生活了。但是在日本，刚才您提到的演歌也好，相扑也好，却没有退出日常生活。

汪：所以我说它珍惜过往。还有譬如和歌和俳句，每年都有专门的比赛，有的还在全球范围内进行。20世纪90年代，在法国举行的俳句比赛就吸引了两万多人参加。现在的欧盟总统范龙佩就是一位俳句爱好者，前年还出了个俳句的歌集。日本的几大报纸，像《每日新闻》《朝日新闻》都有和歌的专栏，参与的民众成千上万。NHK星期天早晨有两个多小时的和歌节目，这在我们这里是不可想象的。再如私小说，现在的年轻人很喜欢看。其实，私小说是以刻画种种不正常来体现日本人所谓的正常。它所描画的人的心理大都很阴暗，所刻画的人间之爱大多是"畸恋"，甚至"虐恋"，有的时候是把人性中扭曲阴暗的一面无限度地放大，血淋淋地撕开，然后再进入，最后把它完全展平。虽然对人性的搜讨非常彻底，但诚如有些日本评论家指出的，也会带出一些不好的影响。用通俗的话说，会教坏孩子。但是日本人对自己这个传统仍非常呵护。20世纪80年代"本格小说"风行，私小说有点消沉，但现在又起来了。他们认为这是日本人了解自己最好的一个途径。所以他们什么都不忍放弃。

就是我刚才讲到过的电视节目，也同样如此，内容、栏目甚至频道都力求保留原样，很少变动。看国内的电视节目，常常一年一个样，甚至两个样、三个样，不仅改演播室的格局，还经常改栏目设置，给栏目换不同的名字，或者干脆取消。主持人也一直在换。我去年到日本开会，那里各家电视台，五年前，甚至十年前看过的栏目，至今都还在，而且时段都没有改变。那些主持人，除了个别老的退休了，也都在，只是随着岁月的迁流，白发更多了一些而已。当然，我的意思不是说变就一定不好，不变就一定好。但对我这样渐上年纪的人来说，我人生需要有参照物和标识物，那种怀旧使我更喜欢它能在不变的栏目中变化出新意。而不像我们现在，外在的东西不断在变，内里的东西还是一样。我觉得这很浪费，浪费了很多东西，所以渐渐地，我现在已不怎么看电视了。

再有一个，我觉得日本人特别好学，自强不息，这一点也是我很佩服的。早先，日本人很善于学习中国。我可以举个例子。比如说有个叫王桐龄的，是晚清的秀才，他到日本后曾经写过一本书叫《日本视察记》称日本人对中国很了解，搞了《汉文大戏》，又搞了《支那省别全志》，把中国每个省都列出来，每种几十册，每一册下有几十万字，这个数量很厉害的。那么满铁资料呢，我们大家都知道，满洲铁路株式会社，它收集的资料也不得了，有几千种，今天有许多留存在中国的东北。它里面的地图也是一流的，一般的地图是 1∶10000，它的地图是 1∶5000。精确到什么程度，某一个村庄，拐角有口水井，有两棵树，一个猪圈，图上通通有标注。所以后来日本侵略中国，攻下山西后能一马平川，都和它的地图好有关系。前一阵有个电视剧不是叫《亮剑》嘛，里面八路军缴获了日本人的地图，觉得比中国的要好用，就是因为日本人对中国的了解非常深透。

不仅如此，日本人对世界的了解也很透彻。它是从两边了解的。举个和中国有关的例子，比如说魏源。魏源接受了林则徐的嘱托，将根据英人慕瑞所著《世界地理大全》译出的《四洲志》续编成《海国图志》，扩大到一百卷，此书1851年左右就出版了，但我们这边对这部书是不重视的，认为不是经世之学，你不得志，也考不中科举，你就是个困顿的文人，然后就不理会他。但这书传到日本——随商船从长崎传入的，日本幕府官员和学者看到了，马上高价收购。待流入市场，价格翻了三倍。日本当初有个改革志士，名字有点拗口，叫佐久间象山，他看了这书以后，觉得自己眼界被打开了，我们是个小国，坐井观天，现在有了这书，终于知道世界是怎么样的了。所以他尊称魏源为"海外同志"，然后就用这个东西推动变法。后来他的学生吉田松阴看了这书以后，决定冒险出海，偷渡到海外，实地考察求学，因当时实行的是锁国政策，所以被抓起来杀了。再然后，吉田松阴的学生，大名鼎鼎的伊藤博文前赴后继，也冒险偷渡，偷渡到英国成功了，回来后推动改革，成为明治维新运动的领袖。所以梁启超说，日本的尊王攘夷，维新图强，完全是受了《海国图志》的刺激。通过这个跳板，他们突破了岛国的局限，发现了一个崭新的世界。

更不要说他们每一次失败，每一次吃亏，都必定带动跳跃式的进步。比如说公元663年，朝鲜半岛是高句丽、新罗和百济三足鼎立，百济和日本勾搭在一起打新罗，新罗和唐交好，向唐求救，唐政府就派兵，两家在白村江打了一仗，史称"白村江海战"，《旧唐书》有记载的。当时，仗打到海水都发红了，日本人惨败。惨败后的日本人马上就决定派遣唐使。所以日本就是这样的，你比他狠，他就服你。所以我在日本穿的衣服，只要比日本人贵，日本人看到就会说："噢，你的衣服很好看。"当季的新款衬衫刚出来，我就买了，那是比较贵的，日本人也佩服。总之，他们服比自己牛的人和事。又比如说"二战"时它栽了大跟头，但接着能马上向美国学习。加藤周一说日本文化有"杂种性"，还真是这样。所以从这个意义上说，我觉得这一次的地震不会压垮它，它还会起来。这个民族就是这样的，它溃散到最厉害的时候，也就是复苏的时候，所以它是不大容易会消沉下去的。当我们在说中国崛起的时候，我们当然是相信中国能够崛起的，我们也暂时不说中国为了这个崛起付出了多大的代价，但中国的崛起不必然就伴随着周边国家的下沉，相反，像日本这样的国家，它会慢慢复苏，我相信它会复苏。因为根据以往的历史，它每次都复苏了。

我今天看报纸，与谢野馨，他们的财务大臣，说今年的年报出来了，日本的经济已经有复苏的迹象。那离三月份的地震才多少时间？所以你到日本这个国家去看一看，它能把每条马路搞得像洗过一样，每个建筑物的屋顶像镜子一样亮，每条街道的背后和它的正面一样干净，就知道这个民族不大会就此垮掉。所以，个人对日本这个民族，包括它的国民与它的历史文化，感情很复杂，可以说是五味杂陈。所以，我看到现在对日本的文化也好、政体也好，下一些简单判断的人，我都觉得他们不是"知日派"。或者他们是出于偏激和鲁莽，或者是出于某些现实的需要，必须要这样说。但如果你是真正了解日本的，乃至你是真正想了解日本的，就不会轻易下这种判断。这种判断如果得不到纠正，会造成中国人对日本认识的偏差，现在已经有太多这样的偏差了。

比如说日本的流行文化，有一部分基本上是情色文化，非常变态。但实际生活中，日本人与人交往非常重感情，非常照顾、体贴你的想法，特别能够换位思考，易地而处。他所有的与人交往的第一原则就是让你方便，让你舒服，这个我是时常感觉到的。在和我交往的那几个日本老人中，有一个叫杉美智子，一个老太太，是没有孩子，和我结识的时候已经七十多岁了，所以她说"我把你当作孩子一样看"。她很有钱，住的是临海的豪华公寓。丈夫有严重的心脏病，有一次在海边散步，心脏病突发，倒到海里去了，所幸被人拖上来，及时送到医院。第二天就是1月1日，日本的新年，我一个人在房间里是很寂寞的。十点钟有人敲门，她来了，拿来了新年的菜，因为她知道我一个人在这边过年,所以尽管自己很不方便,仍要代表其他几个住得远些的日本人来看我,还送上了花。所以说,日本人是非常照顾别人的感受的。我当初写了日本的"间文化",后来有读者写了篇感想给《笔会》的"回音壁"。他举了个例子,以前一个日本教授教他的,说是一个日本人去上班,出门的时候走过一个街口,看到一个老太在扫地,就和她"おはよう",之后突然想起忘带东西了,就回去拿,只是他走回去的时候不是循着原路,尽管原路返回最经济,但他觉得这个老太还在那里扫地,刚才自己已经跟她打过招呼了,原路返回必须再和她打次招呼,她还要再回答一次,或许会觉得麻烦吧。所以他绕了老大一个圈子,回家,取了东西,有点像做贼一样地溜走了。这位读者说,他当时不明白教授说的事,现在看了汪先生的"间文化"才知道其中的缘由。所以说日本人是非常体贴人情的。当年中日建交的时候,田中角荣对周总理说,我们日本人对不起中国人,我们给中国人添麻烦了。当时周总理就很不以为然,说所谓添麻烦是指你把一盆水不小心泼到女孩子的裙子上了,这才叫添麻烦。这样的反击很智慧,也很见原则的韧强。但站在日本的文化立场上,这个"添麻烦"就是一种自我责备。因为在他们那里,害死了一个人,临伏法之前忏悔,向被害者家属说的也是这一句,他并不是想逃避责任。当然也有逃避责任的,一部分日本人到今天还在逃避,但是田中当时说的那句"添麻烦",是有承认侵略的意思的。所以中日两种文化,对同一件事可能会有不一样的感觉，存在着某种误读。中国人老是觉得日本人没有真心道歉，日本人老是觉得我早就道歉了，我不知道歉过多少回了，我们小泉首相当初还到卢沟桥去了，我们的村山首相也已经承认侵略了，然后他们又很好面子，觉得你不体谅我，你使我觉得很尴尬。所以，这里有文化差别的因素。归结起来说，要使自己的日本观察不流于表面，乃至要使自己的异文化观察不流于表面，深入其历史文化的底里，往复咀嚼、过细的含玩非常重要。那种跟着兴趣走，追着潮流看问题，必不得正解。

记者： 刚才聊到文化部分，我在想，如果放到今天，我们今天对日本文化的了解，其实和以前三四十年代又不一样，我们接触的渠道太多了。渠道太多有时是便利，但有时更会造成误读。比如我们刚才说到的，日本的影像文化，我们接触到的其实也只是日本影像文化的一部分，不管是日剧、韩剧在这里多受欢迎，我们还不是看到全部。日本文化现在可能全方位地进入到中国人的生活，我们可能接触到的、使用的，包括电器，都从一个侧面反映了日本的文化。那您觉得，在今天这样一个日本文化更多进入中国的情况下，我们中国人该怎样去了解它？

汪： 这个问题问得好，特别是现在年轻人当中，接受日本文化的很多。我前面提到过，年轻人除喜欢日本的电器和电子产品之外，还有就是喜欢日本的动漫，喜欢 AV，喜欢日本的图文书、轻小说，还有日本的服装，优衣库啊、无印良品啊。说到日本的服装好卖是有道理的,因为它适合亚洲人,尤其是东亚人的体型,它的色彩、款式也适合亚洲人。还有日本的化妆品也是这样,能让人化过后像没上妆一样,这个对中国年轻人特别有吸引力。记得有一个叫陈奇佳的,我在网上看到的,她有本书研究日本动漫对中国年轻人的影响,里面有许多问卷调查,调查表中列出的一系列关键词,其实在日本是非常常用的,但从收上来的问卷看,这边年轻人都不知道,而所知道的部分就是这些与动画、图文书,或同人杂志有关的东西。同人杂志是由在趣味上有同好的人自编的杂志,他们对一些具有耽美倾向的作品作某种改编,反映的经常是同性之间的"禁忌之爱"。还有就是一些流行歌手、明星,一些演员和日剧。我的感觉是这样的,因为要学语言,我也看了许多日剧,它有一个特点就是非常纯情。其实今天的日本,有一部分年轻人的生活已经很不像话了,有"援助交际"什么的,日本人在这方面从来比较开放,不苛求贞操,特别是在结婚之前,没有类似的观念。但是这些电视剧却拍得非常正气,总是揭示一段浪漫的感情,非常纯情。主人公两个人,经过千回百转,类似小人的拨弄,彼此的误会,还有两地分居,好不容易走在一起了,他们就到一个地方,找一个山上,找一个屋顶,拥抱一下,然后背后的太阳升起了,引出一段优美的旋律,故事就结束了。感觉人家注意的是艺术的引导作用和教化功能。我就想到我们的电视剧,同样两个人谈恋爱,可能到第二集,男女主人公就已经在床上了。

其实，我们年轻人的生活比日本的同龄人要更干净些。

当然，这是好的方面，它也有另一面，就是说它有时候刻画了一段感情，说出的一段故事，都比较抽象。虽然是从生活当中提取出来的，但抽象化后，和当下的生活都不粘连了。这个东西，它的真实度有多少呢？比如说日本的电影也好，小说、动漫也好，连续剧也好，充满着一种淡淡的诗意的感伤。但是人生岂止是淡淡的感伤，你要明白，人生的本质是深深的绝望。日本的电视里面也有绝望，但都是些适可而止的绝望。你去看早先的那些日本作家，山田花袋、德田秋生，包括谷崎润一郎，他们是彻彻底底的绝望，他们写出的才是真实的人生。现在日本的年轻人能够接受生活的残酷吗？如果残酷到绝望的程度，他肯定不喜欢了。就是那种有一点痛苦，但这个痛苦又在自己可掌控的范围里面，可以装饰自己的青春记忆，他们才喜欢。可是，靠这个东西根本不足以走好人生。说起来，日本的那些小说本来是学陀思妥耶夫斯基和托尔斯泰的，对人生有深刻反省，包括法国的自然主义文学，是它的"精神教父"，但好像现在这种精神联系有点模糊甚至断裂了，至少有待加强吧。同样，我觉得此间的年轻人一味地喜欢这些东西，有时候拿它作为时尚化生活的标记，是对日本理解肤浅的表现，更是对生活理解肤浅的表现。我的意思，如果没有对更复杂的人性与更广大的社会的深刻理解，你对日本的了解也就不能深入。"哈日一族"的标志是用日本的化妆品，穿日本的服装，还要以日本人的语调与手势说话,说得出当红的歌星、影星与电视剧。不过也仅止于此而已。我碰到过几个哈日的女孩子,她们跟我说话的时候眼睛不断地眨,这个眨眼的动作完全是刻意的,是从日本学来的。现在我上了点年纪,不忍心点破,但其实,这样扮可爱,很没劲的。

记者: 那我们聊到这里,我还想问一下,汪老师您接下来的"东邻浮绘",还有什么新的设计与打算?

汪: 我想就是向前辈学习。我们讲日本的历史与文化,离不开对类似白鸟库吉、内藤湖南到丸山真男、沟口雄三等日本学人的一系列研究成果的了解。除此之外,我还想更多地涉及一些政治、经济方面的东西。像前及蒋百里这些人,都关注日本的政治、日本的军政,我觉得自己的专栏也应该有这个内容。

我无意一味赞美日本的东西,从很大程度上说,更注意吸取它的教训。到今天为止,日本已经失去了二十年,接着似乎还要再失去十年,有许多的教训。它太"脱亚入欧"了,然后,它整个的价值观和趣味都太朝向欧美了。所谓经济上的"雁行系列",它是雁阵中的头雁,然后东亚国家一长串跟在后面,这种自我定位,造成了它和东亚其他国家的关系始终处在一个疏离的状态。再加上历史的问题,更造成许多的不和睦。而且它求发展的心态也太过头了,遥想 20 世纪,盛田昭夫自信满满,与石原慎太郎合著《日本可以说不》。80 年代的时候,三菱把洛克菲勒中心给买了,索尼把哥伦比亚公司买了,松下把环球电影公司买了。以至到90年代，夏威夷百分之八十的酒店都是日本的，洛杉矶市中心百分之四十的商业地产也都是日本的。但是《广场协定》以后，一切戛然而止。因为它心里是佩服美国又害怕美国的，所以同意了日币升值。日币升值以后，很多游资没了出路，都涌到地产项目，所造成的泡沫，一下子就把它的经济给弄垮了，所以它现在又收缩得厉害。

日本人在经济上，现在更在观念上，一方面想继续学习西方，但另一方面又想花最小的代价，不破坏自己的核心价值，所以直到今天都走不出新局。它叫外国人依然是"外人"，就是把你排挤在外。它少子化、老龄化得厉害，尽管如此，仍不愿接收外国劳工，没办法最低限度地接收了，也叫"放入"，而非"迎入"。再比如，我和两个日本朋友偶尔网上聊天，有意思的是，我skype过去的是我的照片，他们发还给我的是他们的宠物，似乎怕以自己的真面目示人。这多少让人体会到他们自我封闭的程度。对中国人是这样，对欧美人也是这样，而且他们一般来说很难跟你说笑。现在日本人都知道了，自己已被西方人称为"迷路国家"了，自己切切实实面临着"第三次开国"的问题了。在我看来，这个"第三次开国"不仅专指政经方面的开国，更须文化开国，心理开国。在这个过程当中，日本将怎样恢复，怎样发足重启，这里面有许多东西可以研究。

但眼下，日本社会读书学习的风气已大不如从前。想当年，梅契尼科夫《回忆明治维新》中，对那里的贩夫走卒皆识文断字，印象是何其的深刻。但到去年，日本政府已需要用设定"国民读书年"来推动人离开漫画、杂志、口袋书和手机阅读了，这是多么大的变化！体现在经济上，它已深深陷入"格差社会"的泥沼，继过去的"一亿中流"之后，一种"中流崩溃论"业已在人们心中成型。日本《经济学人》杂志甚至称日本已是"贫困大国"，可见危机之深重。现在，世界各地的经济学家都在研究，日本的经济发展走势究竟是L型的，就是一下子跌下去了，然后持续低迷，还是像V型那样可以反弹，这个反弹又是否呈W型的复杂态势。眼见着日本的"派遣"即临时工人数越来越多，临时工多了，员工对企业的忠诚度也就没了，这本来是日本文化的一大特色。大家都知道。日本人加班是很多的，一个星期七天加班也很正常，他们叫"残业"，当年人人都"残业"的，现在少了许多。我在写地震的那篇文章里，谈到日语"我慢"这个词，就是"忍耐"的意思，现在日本的年轻人最多说的就是"もう我慢できない"，我再不能忍了。所以，日本人已经走到了一个必须转变的关口，在这个必须转变的关口，它的民族性中必然会产生出一些新的东西。

我现在比较关注日本的一些网站，目的就是去掌握这些新东西。我的日语比较差劲，有的时候要不断地翻字典，才能读懂他们的意思，至于有些"黑话"，根本无法理解，只有多看《日语学习》这类杂志，这些专业类杂志经常会把年轻人的"黑话"及时译介过来。借助这个，多少可以切近日本的当下。

记者：我们非常期待汪教授能够继续在文汇笔会的"东邻浮绘"专栏中，介绍更多有关日本文化的东西。我们也希望能够在比较短的时间当中，看到汪教授这部分文字结集成书。再次感谢汪教授作客我们的文汇网笔会在线栏目。

汪：谢谢大家！

后　记

本书系个人 2007 年以来在《文汇报》笔会版上发表的专栏"东邻浮绘"的结集，也兼采在《文汇报》书缘版、《东方早报·上海书评》和《书城》上刊出的相关文章。这些文字大抵从世相、人物与书情三个方面，谈日本的历史文化与当下。由于是个人的观察，而这个人又缺少专业修养，所以有时难免谈岔方向。这样的原因，你偶然读到，可以佐兴助谈。按实考证，就需注意。

不过亦另有说，正因为这些文字不靠逻辑演绎成就，仅从日常体察中来，然后过眼过心，入理入情，其一路迤逦，贴合个人经历同时，未始不能照见对象的精致与细腻。当然，这样说也只是基于个人的一种认知。譬如山中寺外，山樱谢了，新红抹上秋叶，那劈面而来的鲜烈，如霞障，似朱幔，看成整体，其实独立。做学问的方式最不易接近。此时，你须有心了，若能沉潜往复，含玩从容，它会告诉你许多；若你大喇喇一掠而过，它也就掉头他顾，或至于零落成泥。以这样的体会，点滴关心石上的苔藓与院中的地衣，在人不经意的地方采撷真思想的晶屑。有时你都不敢相信，透过学理的隙罅，你长久以来一直想亲近的东西原来就在那里。它不仅增你闻见，还祛你积疑，让你在荒败的浮世，伸伸足，浮一白。真是何等的快意！

当然，因言说对象的特殊，这样的快意通常难觅。几个世纪以来，东西方谈日本的人何其之多，包括不久前读到被西方称为"我们时代最卓越社会学家"的艾森斯特朗（S. N. Eisenstadt），他的《日本文明》，中译本725页，几乎三分之一注释。饶是如此，他还是承认日本像一块磁石，能吸引人产生赞叹与嫌恶相混杂的复杂的情感。因此他的序言不同常人，有一"日本之谜"的副标题。也见到过一些轻率的发言，譬如说日本的上古根本无史，中世是渡来人与神话各说其是，至于现代史则左改右改，至今难有定论。日本的文化也无足道，无非说完东洋说西洋，上半部是东洋的儒学与佛学，下半部就得"脱亚入欧"了。而因长久的交往，源头上有过的感通，许多人在许多时候，更会认为自己本就与它相熟，甚至相视莫逆。但个人的体会，每每这个时候最易看朱成碧；一些误读因此一直存续到今天。对此，日本人通常笑笑，不轻意指出；此间专家忙做学问，没工夫指出。轮到我说，自然堕入下道。但你不会否认，认清这个国家的历史文化，对我们太重要了，不仅对我们的过去，对将来也是。准此，我将对它的观察视同对自己的观察。因为根本是在察己，所以也就敢放胆下笔。

只是要察得真相，太困难了。所以得承认，这个观察非常初步，也很难就此终止。因为有一些传统已无可挽回地淡出甚至消亡，有一些传统换过一种形式仍兀自在滋长。更有一些传统腾逸在你视线外，摇曳在误解与非议的时空中，伴你见识过的人事，不甘放废，不断翻化出新的姿态。你暗中揣摩，它们或许是后现代，抑或后后现代？但谛视熟审，依然都是日本。用时代小说家藤泽周平的话，"我生长的土地呈现出不会与别的土地混同的、只有这片土地才有的容貌"。

就以个人观察过的世相而言，变化是深彻而显然的。盖随日本贸易收支三十年来首次出现赤字，经济增长模式进入历史转折点，全日本领取最低生活保障的人数也达到了历史最高点。现在，那里的老人变得更加孤独，随着血缘、地缘与社缘的丧失，农村中老年人口超过半数的"限界集落"不断增加。城市中的老人也好不到哪里去，有的流浪，有的犯罪，更多"孤独死"。但年轻人加入此队伍的人数也越来越多，是许多人没想到的。先前，因爱的缺失，抑或"宽松教育"的纵容，他们大多缺乏学习兴趣，又容易情绪失控，饮酒、吸烟之外，校园暴力与破坏公物更是屡见不鲜。如此少有礼貌，整天一副志得意满的"どや颜"，自难叫人接受。故一旦出了校园，很难立足于社会，一来二去，遂使由来已久的主动"弃世"，翻成现时代的"为世所弃"。

那里的男性"御宅族"性情变得更加孤冷，整天与机器宠物作伴，好不容易从榻榻米上起身出房间，却去了东京地铁站，跟浑不相干的路人开讲漫画，而这漫画的内容也已经与过往不同，充满着失败、狡狯与荒诞；有的人更发展到与任天堂公司 Love Plus 游戏中的主人公结婚，牧师主持典礼，本人宣读誓词，然后翻出触摸屏上的新娘，携手飞去关岛蜜月。而女性"御宅族"则更沉静如古井，绝望到内心不起一丝波澜。虽然，因新出动物保护法，猫咖啡馆是不能去了，秋叶原的"伪娘咖啡馆"也能免则免，但到缝纫俱乐部解闷、用岩盘浴减压，仍是其寂寞时的首选。至于新出的"森女"，最是崇尚简单，懂得行乐，比之关注对面看过来的男孩，她们更喜欢随身带着相机，把美好的路景与时刻记录下来。

还有，那里的和尚尼姑，红尘热场，搭起建桥，走 T 台，行猫步，将原本屏息清修的佛堂，易为廉价招引的秀场。一些寺院还为西式婚礼准备好管风琴，殷勤周至，有过于当年的绍圭法师。而绍圭本人则适时推出《东大 IT 僧侣修行日记》，一时大卖，风头犹胜于当年。至于那里的大相扑日渐凋零，仍是外人连胜、番夷当道不说，居然还有横纲打架，大关赌球，发展到后来，更有人吸毒嗑药，有人接受黑社会资助，而传统中，这些人原本是根本近不得土俵半步的……

但你千万别以为它就此没落了。在日本人自己，是棒球照打，艺能界照样笑闹，东京的街道依然有世界时尚最重要的地标。所以你看得到，LV和范思哲撤出了银座，但"快时尚"仍在引领亚洲。然后，它的社会总体上依然富裕，人们追求生活的品位，寿命越来越长。由享遐龄而重养心，许多人开始回归传统，为新一轮的精神修炼，不惜费时耗力，投入巨资。去年，在高松市举办的"亚太盆栽景石大会"上，一株300年的松树盆栽拍出一亿日元；今年，一条青森县捕获的黑金枪鱼在筑地鱼市也开出5649万日元的最高价。而另一边，不追求速度，着眼于开放的生活风格和合理的消费结构，一种建设日本版"スロ―シティ"即"慢城"的理念，开始在那里一点点化为实践。故BBC的调查，日本的全球形象依然仅次于德国，排名世界前列；其低迷的经济表现背后所传达出的转型与增长模式，依然好过东亚许多国家。用英国《金融时报》的说法是，它消除了现代化即全盘西化的冲动，这正是中国人需要学习的地方。而今年初的《纽约时报》更用数据证明，相对于美国，日本足以被视为榜样而绝非教训。要之，它的历史依然让全球范围的人们着迷，它的文化依然散发着独特的魔力。至于它的流行文化更是无远弗届，从银幕走入人心底。《黑暗骑士》和《蜘蛛侠3》叫座西方不说，博客文学与手机小说也领先世界。而它具有标帜意义的芥川奖，几乎同步进入此间年轻人的视界。顺便一说，其获奖者已不再由小女孩一统天下，类似"海峡文学"的古典韵味，正重新赢回读者的青睐。

这样就说到了年轻人，那里的男孩开始在类似佐伯泰英的

"忘忧小说"和"痛快物语"中,找回了久已失落的男子汉感觉,而不愿再一味充当"男少女"时代喧杂的背衬;那里的女性更昂然顶破天花板,让一百三十年历史的日本央行首次有了女性行长,甚至日本航空公司也诞生了第一位女机长。再具体到让男女双方都很纠结的"草食男"一族,虽然依旧备受关注,但真正的人气王已悄悄变成了"KOGE MEN",即所谓"热情男子"。他们重视人与人之间的友谊纽带,比过去任何时候都更追求人生梦想的完美实现。

如此一路高歌高宴,浮华与喧嚣中,极度性感的苍井空老了,为后半辈子,到上海来代言走秀了,但AKB48演唱组的美少女却越来越多,也越来越漂亮;日本社会的整体似乎越来越沉静了,但引入的外来语却越来越多,为其不仅易于形状新事物,更能表达新情感。你说这些都是当下全球化时代和商业娱乐的产物,你没说错,但较之此地,常会在追赶的狂飙中迷路,似乎那里的一切,东洋的气息依然浓郁,阴翳的笑容依然可寻。这个谜一样的民族,你怎么描画,都太困难。

所以,这是一份费力不讨好的工作,很容易流于挂一漏万或浮光掠影。幸好,已有一大群感兴趣的外人对着日本指指戳戳在先。其中英国人大卫·皮林的表达很有意思,他说:"对于有人试图理解日本,我所读到的最好的描述,是把这个过程比作剥洋葱。文化探求者层层剥开、探寻日本内在的意义,却没有意识到,意义的存在就在于那些被弃置的洋葱皮中,而洋葱的中心一无所有",这样的判断像足了对人的挑战。不过我的感知,洋葱的中心终究藏着许多东西,而这些东西也值得人深入研究。因有日本朋友的鼓励,觉得作为一个文化和地域意义上的关联者,应该为他们留下一份来自异域的观察。正如我在访谈中说过的,我深知这在他们,是长长久久的爱好。那就谨以上述粗浅的观察,作为后来更有学养与见地的劝引。

最后,感谢贺圣遂老师和孙晶。感谢周毅、郑逸文、陆灏和黄育海先生,是他们的鼓励和支持,才使得个人粗浅的文字被更多人看到。责编方尚芩与美编为本书的出版付出许多,学生顾文豪与鲁颖对书稿的完成也有贡献,在此一并致以谢忱。

要说明的是,本书所收各文,因种种原因,发表时有的或有删削,今均一仍其旧,以存真实,只就其中文字误脱处作了订正。附录文字,系去年"文汇在线"的采访实录。因所谈话题可用为这部分写作的说明,所以收作附录。不过,也因为是访谈,一些地方的语义难免不周,文法也有倒互,间或漏掉作者,说错名物,在在多有。此次在完全保持原样的基础上,对这些问题一一作了更订,特此说明。

汪涌豪
辛卯年岁末

再版后记

这本小书才出不久就将告售罄,很出乎我的意外,因为没理由啊。但现在想想,或许万事都是缘起,都有道理。譬如有的人本就哈日,迷恋东洋的一族,这样从动漫、服饰到化妆品,爱物及书,偶然被谈那里的文字勾留住,自有万一的可能。但更多人与本书的缘分就不止于此。有学生告我,他是因为书中谈到了日本人的"无常观",类似《平家物语》所说的"诸行无常,盛者必衰",或三岛由纪夫所说的"美只限于年轻","美人就该夭折",从来让他惊心。有朋友则声称是对彼拙于言说精于拿来感兴趣,尤其是那种对团体利益与他人评价的看重,让他印象深刻。也有共通的感受,就是一苇可航的东邻,从没有像今天这样,让他们感到陌生。

个人的好奇其实与他们一样多。不同的是,从不认为我们非常了解日本,相反,觉得这样的了解还很不够。因此,对两者关系虽难称异体,但也绝非同体甚至互体,有一份清醒的坚持。就说无常观，在彼是以生为幻梦，死为常驻；是要人看破一切实存如雨后之虹，虚空处着色。由此，它让人在寂灭中体认，而不要在境上生心。那种活在哪里都是活在无常里的惨酷认知，与夫不粘着于物表、不缠缚于尘网的爽利与决绝，有时不出自信仰，多基于日常，是只见于日本文化的特别的风色。或以为，在我们，也深情，也体知，也能感到许多时候，一种深在的感情是不说与说一样真，但因为是信从道释思想的缘故，抑或前贤往哲的训教，还是与他们重情上的默会与意上的感通不大一样。还有，受一种更博大的文化涵容，中国人的心地似乎更豁亮洒落一些，更能入而复出，知道人活一世，草木一秋，须破斥一切的浪喜妄忧，看淡一切的稠情与浓愁，并情深不寿，慧极必伤，这与他们不惜以美与生命的破残，来维护初心的完满也判然有别。

也所以，你看得到，倘若夏未歇，秋早至，花心碎裂的声音，在你或是绽放，在彼就只是凋零。日本人看外物，就是这样，任何时地，总能感受到一种垂死的目光，似乎因这种目光它才能理会，眼见的一切，孰为平宁，谁是欢喜。对此，他们的说法是，倘若不能体无，哪有实有；倘若不与死同在，如何悟生。以这样的认知，再回看一己的肉身，有太多的人将之视作注满空无的花瓶，就是十分自然的事情。

再说拙于言说或重视团体利益与他人评价，这可上溯至远古弥生时代与稻作文化的影响。它所养成的"共同生活体"意识,让每个日本人都知道灭我从众,克己奉公。对此,本书各处已多有发扬。这里想补充一说的是,这个共同体对人的关怀是如何的无微不至。譬如早先的日本会社,照顾员工终身,不但提供住宿,还负责介绍对象,所以生意场上,往来酬应,其人交换名片,往往会先诵公司大号,再及自己。至于不同的公司,与其说有自己的文化,不如说都归服于共同的制度安排。而这制度,因有日本文化的柔韧,全不似西方式的木强,每每能无言而化,不令而行,让人甘愿受其约束,进而还能外扩至广泛的人际,对整个社会产生深刻影响。故这样的时候,受这种文化融炼,所有的言说在很大程度上就成了多余的东西。如果再配合上述对无常与寂灭的体认,你就能够理解,为什么在日本人,多言是一种讨人嫌的败兴甚至败德行为。因为在那里,语言本就不是清晰地表达个人思想的工具,而仅被用为彼此感通与合意的媒介。这就是加藤秀俊《日本文化とミユニケーション》一书说日本人"所谓的交流常常可以表现为默默无言的交涉过程"的原因。

同时,你也能理解,为什么当其转身向外,会常有周遭皆水仍无一滴可饮的强烈的异己感。有些人看似走出去了,像我们说到过的加藤嘉一,但后来的事实证明,他不过是为了能再转身回去,与同胞抱团取暖而已。当然,那是一种够体面很风光的回归。凡此,就是外人看去,尽管日本国际化程度不低,到头来仍脱不了"封闭"恶谥的原因。今天,世界各地的人们都在说，自"二战"以来，日本已成为比任何时候都缺乏世界观念的内向国家，日本人自己也多讨论，这个国家是否真的患上了"加拉帕戈斯综合征"，即试图在完全孤立的情形下独自生存发展。你都不能相信，这种内向与封闭，有时使得他们对自己的同胞家人也不能做到开放。由于相信人与人之间最安全的相处方式，就是彼此没有期待，甚至忘却，从根极处持这样峻刻的态度，他们中许多人才会像胡兰成说的那样，唯以情绪的行动来与现实对决。至于又极重视别人的看法，无非是为更好地维护自己而已。

我知道这样说有点绕，本书各处，类似绕的地方也有不少。但请读者原谅，我们言说的对象就是这样。对此，日本人自己也有感觉。故早在20世纪50年代到70年代，由他们自己写的"日本人论"就有近七百部。70年代至90年代，更达两千多篇部。"日本人国民性"的调查与此同步，始于1953年，以后每五年一次，从未中绝。于此可以知道，陷身困局的他们也很迷惑，也需要得到解说。当然，与重视外人评价一样，其求解说的目的，只是为了维护自己。

你是不是觉得很独特？究其根由，东京医科大学教授角田忠信认为与日本人的大脑结构有关。比之欧美人左脑主理性，右脑主感性；左脑主语言，右脑主音乐，他认为日本人正好反是，由此产生的种种，外人不解非常自然。你听了这种解释，包括类似其他的血型分析，一定以为奇谭，但大物理学家汤川秀树的感觉是,这样的判断,是"近年来听到的最有趣的问题"。如果再要问,那与同处东亚的中国人相比又如何?恕我鄙陋少闻,生理结构上的研究尚未见到,但文化上,自17世纪水户学派以来,日本就一直在刻意拉开与中国的距离,迁延至于今天,早就渐行渐远,却是不争的事实。

不过不怕,我们终究是能够了解日本的,因为我们了解它的文化,知道它的起点在哪里,它最想抵达的目标又是什么。进而,还能对其茁强的生存欲求及另一面的暴烈刚狠有足够的把握,对其近乎艺术化的纤敏个性及另一面的个体内省发达整体反思缺乏有清醒的认识。想特别提请注意的是,我们知道在国力下行过程中,它的焦虑不安和由此反激出的孤傲与自大,但这不等于说,这个民族特有的文化的生命力,它绵延不绝的韧强与坚久真就可以被人忽视。我们的理解,你只有重视它才不至于错认,它放缓了的发展速度,其实是向更合理的可持续发展的转型。

事实上,已有一些人认识到,日本的发展方式可能被误解了,它或许失去了高速增长的自信,但并没有影响整个国家的发展与稳定。所以它的失业率依然不高,贫富差距比其他发达国家要低,犯罪率就更低了。它全民享受医疗保险,平均寿命一直冠绝世界。还有,它的海外投资获利甚丰,足以支持国内的实体经济。它的国力因为有此独特的政治—社会结构的支撑,依然不可小觑。而我想说的是,追究到底,这一切的一切,无不与它的传统和文化有关。包括泡沫经济涨破后,仍有兴致发明PSP游戏机、任天堂的DS和拓麻歌子玩具,都是这种文化力独特的魔力折射。你若以为这些东西不过玩乐而已,你要上当的。

这样的意思,我在初版后记已经说过,今次再度提出,仍是为了想引起注意。因为毕竟自己所以抉剔旧闻,钩稽琐细,结穴在此;所以深知不是适任的观察者和解说者,仍不自量力,勉力尝试,目的在此。

感谢贺老师和孙晶,让我有机会说出这些话。遗憾的是,困诸事丛集,此次再版,除了订正讹误撤去图片外,没来得及作更多的修订。尽管今天再看,许多地方一掠而过,说得浅了;许多地方竭情发扬,又说得深了。凡此均仰四方高明据实折衷。最后想说的是读书与写作的美好:在各位,是无吝纠弹,匡我不逮;在个人,是敢奉瓦石,以就攻错。书与人的相与,真是一件最有意思的事情。

汪涌豪

2012年岁末

三版后记

收在本书中的文字，大多写在十年前。这次再看，竟生出一种陌生感，同时慨叹沧桑悬隔，才一回头已过尽的日子，竟能使心境一如窗前的流光，有这样大的潜滋暗长的变化。

说起来，在日本度过的三年，是自己人生最纯粹悠闲的时光。说它纯粹，是因为除了授课、读书和写作，几乎全无意外添生的干扰，也不用接应任何庸琐的日常；说它悠闲，是因为既无官守，又无言责，可绰有余裕地用全副精神，在各地行走中观察别一种文化，并体会它在自己心中激荡出的不同于他人或前贤的回响。

在此期间，因各种机缘，结识了许多日本人，各年龄段和各种职业都有；更读了许多关于日本的书，他们写自己的和别人写他们的，能找的都尽力找来，以致很长一段时间，成了福冈和神户两地博物馆、民俗馆和市民图书馆的常客。当然，由南到北，这个狭长列岛的四时景明，文明更化，与夫暴烈阴柔相交缠的天意人情，更引出自己无穷的感叹。与此同时，也日渐真切地感到那些压垮日本人的复杂的阴翳与晦涩，是如何同时将许多研究日本的文字也挤压得毫无生气的。当时的感觉，既然它们中有许多不仅不能生动，更不能周延，那么自己虽所知有限，说一点个人的直感也就未尝不可。尤其是，许多现象是寄身在日本的中国人不愿说与不能说的，而身陷其中的日本人则未必说得清楚；即使能说清楚，也不一定肯诉诸广众，是尤其需要有心人经由细致的观察，让它们尽可能纤毫必至地回到所发生的第一现场的。如果还能进而揭出其背后所隐藏的深在原因，就更好了。

直到今天，自己都不能确知这些观察是否准确，仅知道殊不愿就所见到的任何人事，作浮光掠影的面上的罗列，乃或仅基于不明所以的痴迷与膜拜，而忽忘对其之所以如此的根源究诘与负面的开显。好在依自己的感觉，日本人不仅是世界上最爱好自我定义的民族，也很乐见有人通过各种渠道、以各种方式来打量自己，并给出他们都意想不到的解释和评价。即使有些评价是否定性的，他们也甘之如饴，并比之那些夸赞之辞，更乐意将之做成口袋书，添加到自己所从来重视的自画像中。当然，是否真予采纳和汲取，又进而有以自省和修正，是另一回事。这也是"日本人论"之所以会在那里成为历久不衰的显学的原因。

稍感欣慰的是，可能是因为自己能时刻自我提醒，须将所有的观察建立在既正视日本历史文化的特殊性,又不把这种特殊过于神秘化的基础上,这些陆陆续续发表的文字,几乎都在第一时间就获得了认可,以至结集出版后不久就在香港推出新版,又在内地推出修订版。包括日本朋友在内,许多读者甚至专门家的肯定,让自己多少有了些自信。这些年,随兴趣的转移,个人已脱开日本很久,但间或仍会关注那里所发生的明显的世相变化,以及许多有争议的重要问题的研究进展。所以,当读到类似马里乌斯·詹森的《剑桥日本史》(19世纪卷),还有罗斯·摩尔和杉本良夫合著的《日本人论的方程式》等书,不禁会生出许多的联想。后者对战后"日本人论"从缘起到方法的质疑,对"日本特殊论"和"日本同质论"的批判,以及尝试在多元化阶层模型中重新认识全球化时代日本国民性的努力,常常让人顿生先获我心的快感。至于由此书开启,从皮特·戴尔、卡罗尔·格卢克曼到道格拉斯·拉米斯和别府春海等人对日本国民性的更深入的解析,尤其前者的《日本特质的神话》和后者的《作为意识形态的日本文化论》等书,从不同的角度多少佐证了自己的一些判断,更让人每念及此,不胜快慰。

今天,进入"后增长时代"的日本社会,较之十多年前,无论国家政治还是世俗人情,都已发生了不少变化。随着令和时代的开启,或许还会有一些新的现象出现。但就大的方向而言,无疑是走上了一条更为内敛而精致的发展道路。尤其如帕特里克·史密斯《日本：再诠释》一书所揭出的，它消除了现代化就必须全盘西化的冲动，在保持自己的文化和生活节奏方面，一定会继续表现得比其他任何非西方的发达国家都要出色。但另一方面，面对着失去"亚洲第一"的难堪与窘迫，日本人的焦虑感还是有的。四年前又去了一趟日本，在书店看到许多类似《身为日本人，啊！真好》《如此受到世界各国热爱的日本》和《日本主义》这样全面夸赞日本的图书、杂志，至于电视台周播节目如《世界排行榜》《和风总本家》，更不间断地主打外国人如何最最喜欢日本的主题。诧异之余，读到《东京新闻》等媒体的报道分析，才知道那是正风行于列岛的"自夸自赞综合症"发作。它们不无自嘲地指出，这种病症正是日本人不能正视中、韩等邻国的崛起而陷于应急的心理代偿的反映。所以，面对压倒性优势消失后产生的盲目的自大自欺已然遮蔽了一部分原本谦抑低调的日本人的眼，又改变了他们当中许多人内向克制的个性，我们能说自己的观察已经足够了，已经能称"知日"了？回答显然是否定的。

  但个人已经走过了日本。再也回不去的，是那段时间的专注和投入。世界何其之大，无时不在用一种"复杂的单纯"召唤人。相比之下，日本终究只是"单纯的复杂"而已。不过尽管如此，仍要感谢在那样纯粹悠闲的日子里，它曾给过我的快乐。特别是能以一种温雅亲和的方式，唤起个人深在的情感记忆，并抚慰一个行者的文化乡愁。

最后，要感谢竹村则行先生，釜谷武志先生和杉美智子太太。他们叠合在一起，是让我自觉又信心较完满地阐释什么是"日本我"的最好范例。

也感谢上海文艺出版社，让此书以新的面目，呈现在喜欢它的读者面前。

汪涌豪

2019 年 4 月

图书在版编目（CIP）数据

知日的风景：日本的历史文化与当下/汪涌豪著.
-- 上海：上海文艺出版社，2019.8
ISBN 978-7-5321-7229-0
Ⅰ.①知… Ⅱ.①汪… Ⅲ.①随笔－作品集－中国－当代 Ⅳ.①I267.1
中国版本图书馆CIP数据核字(2019)第114568号

发 行 人：陈　徵
责任编辑：余雪霁
封面设计：胡斌工作室

书　　名：知日的风景：日本的历史文化与当下
作　　者：汪涌豪
出　　版：上海世纪出版集团　上海文艺出版社
地　　址：上海绍兴路7号　200020
发　　行：上海文艺出版社发行中心发行
　　　　　上海市绍兴路50号　200020　www.ewen.co
印　　刷：苏州市越洋印刷有限公司印刷
开　　本：787×1092　1/32
印　　张：11.25
插　　页：5
字　　数：224,000
印　　次：2019年8月第1版　2019年8月第1次印刷
I S B N：978-7-5321-7229-0/I.5763
定　　价：59.00元
告　读　者：如发现本书有质量问题请与印刷厂质量科联系　T:0512-68180628